転生したら大好きな幼馴染に斬られるモブ役だった。　上

Munimuni

むにむに

Ruby collection

Contents

登場人物紹介
レオニード・アトモス
侯爵家子息。物語のヒーロー役。チート級の魔力を持つ。氷の貴公子と呼ばれる超絶美形でクールなキャラだが、メルクリスを溺愛。
メルクリス・エヴァン
子爵家子息。転生者。推しキャラのレオニードの幼馴染の悪役モブキャラなはずが、何故かレオニードから溺愛されている。

メリーウェザー・ヘプト
侯爵令嬢。
ジョシュア王子の婚約者。
モブキャラなはずが、
レオニードに迫る
悪女にキャラ変。
伊東綺羅
メルクリスと同じく
転生した少女。本来の
物語の主人公。魔力はないが、
自分を聖女と
言い張る。
ローランド
第二王子。側室が
産んだ子で、離宮で暮らす
深窓の令息。メルクリスに
干渉する謎めいた
キャラ。
ジョシュア
王太子。第一王子。
物語ではレオニードの
相棒役のため、レオニードに
やたらと絡んでくる。

転生したら大好きな幼馴染に
斬られるモブ役だった。 上

「俺とメルはこれからもずっと一緒だよ」

目の前の5歳児にしてはキザな台詞《せりふ》を恥ずかし気も無く口にした幼馴染《おさななじみ》を見上げた瞬間、僕の頭の中に怒涛《どとう》の映像が流れ込んで来て視界がぐらりと揺れた。

僕もレオニードとずっと一緒にいたい。

そう告げる前に、僕の意識は遠退《とおの》いた。

「…………レオ？」


右手の温《ぬく》もりに力が込められて覚醒《かくせい》した。

視線だけでその温もりを追うと、僕の手を握り締めたまま眠るレオニードが居た。

窓の外は既に暗くなっていて、僕が倒れてから大分時間が経《た》っている様だ。


長い、夢を見た。


僕の前世は日本で生まれ育った下山樹《しもやまいつき》と言う25歳の会社員だった。

物心ついた時から僕の恋愛対象は同性である男だけだった。

内気で気弱な性格で、同性とも中々打ち解けられないし、ましてや気になった相手にアプローチを掛けるなんて無理な話だった。

出会い系やゲイバーなんかを調べたりはしても勇気が出ず、このままおひとり様で孤独死まっしぐらなのかな……と思っていた矢先に妹が大学進学を機に上京して来て、僕の1人暮らしの部屋に転がり込んで来た。

この妹が、平凡な両親から生まれたモブ顔の僕の妹とは思えない、ちょっと見ないくらいの美少女なのに周りの男には興味が無い、所謂《いわゆる》腐女子だった。

僕は小心者なので最後まで誰にも同性愛者だとカミングアウトする事が出来なかったが、妹が同人活動をするのを2人暮らしを始めてから知り、何度か告げようか迷ったものの、結局言えないまま事故死してどうやら転生してしまったらしい。

僕が転生したこの世界は、どうやらその妹が同人活動をする程に大好きだった小説『君を守るのは……』の世界の様だ。

そして、僕はその小説の中でヒーローの幼馴染なのにもかかわらず影が薄く、最後にはヒーローに有無を言わさずに斬られて消えて行く運命の悪役モブだった。

「よりによってメルクリスなのか……」

メルクリス・エヴァンは物語の主要人物の1人であるレオニード・アトモスの幼馴染だ。

エヴァン家は子爵家でアトモス家は侯爵家だが、エヴァン領とアトモス領は隣り合った領地で両家の両親が学生時代に学園生活を共に送った仲であったので、学園を卒業してからも頻繁にやり取りは続いていた。

生まれた子供も同い年という事もあり、子供同士も早くから引き合わされて僕達は仲良くなった。

メルクリスは大体は樹と似た性格で大人しく、見た目も平凡そのもののモブ顔だ。

対するレオニードは、10人中10人が見惚《みと》れるであろう濡羽色《ぬればいろ》の髪と瞳《ひとみ》が印象的な5歳児で、ここからとてつもなく美形に成長し何をやらせても完璧《かんぺき》男になる。

物語はネット小説が原作で人気が出て書籍化、漫画化、アニメ化とヒットを続け、実写化を経て乙女ゲーム化された。

主人公は日本に住む女子高生で、ある日いきなり魔法有りの異世界へ転移してしまい、出現先で助けられたレオニードに一目惚《ひとめぼ》れをし、保護された王宮内では王太子であるジョシュアとも良い雰囲気になってからは三角関係に悩みつつ、魔力の高さを買われ聖女となり、レオニードとジョシュアと共に魔王退治に向かう事になる。

そして無事に王都に戻って来た聖女は婚約者のいる王太子との関係に悩み、学園寮で暮らすレオニードのもとに相談に訪れ、そこへ聖女に横恋慕した僕ことメルクリスがレオニードの不在時に現れて、手籠《てご》めにしようと襲い掛かろうとした所を、レオニードにバッサリと斬られて死ぬ。

18年の仲とは思えないレオニードの容赦無さに、妹に影響されて原作を読んだ僕は若干引いた。

だけど、レオニードが好きだったから、あれはメルクリスが悪いんだと納得してしまっていた。

愛した相手以外には冷酷無比なそんなレオニードの事も、二次元の世界の相手だから許せたのかも知れない。

だが自分がメルクリスの立場になったら、推しがイケメンだから許せる！　とか言っている場合では無いのだ。

「……それにしてもこの2人ってこんなに仲良かったっけ……？」

僕が前世の記憶やこの世界の事を夢の中で見ている間、5歳のレオニードはずっと手を握っていてくれたのだろうか。

レオニードは学園では氷の貴公子と呼ばれている程クールなキャラクターだ。

原作では王太子であるジョシュアとのツーショットが多い。と言うのも、レオニードの父親は宮廷魔導士で陛下の覚えも良く、同い年の王子の遊び相手として選ばれたレオニードはジョシュアと子供の頃から頻繁に会っていたので、メルクリスよりも2人は親密な雰囲気だった筈《はず》だ。

だが、この世界で5歳よりも前の記憶を思い返してみてもレオニードがジョシュアと遊んだ、仲良くなったという話を聞いた事は無いし、そもそもレオニードはアトモス領の屋敷からエヴァン領の僕の住む屋敷までほぼ毎日の様にやって来ているから、王子と会う暇は無いと思われる。

「……もしかして……僕の所為《せい》……？」

原作とは違う同性愛者の僕の影響で、レオニードとの仲も変わってしまっているのだろうか？

そもそも原作での僕の存在が薄過ぎて判断が難しい。

……でも、氷の貴公子の二つ名が付くとは思えない程に、僕は毎日レオニードの笑顔を見ている。

「ん……っ、メルっ？」

「レオ？」

僕の独り言で目を覚ましたらしいレオニードがガバっと起き上がった。

「メル、メルっ何処《どこ》か痛い？　大丈夫？」

「ううん。何処も痛くない、大丈夫」

いつもは凛々《りり》しくキリッと男らしい眉尻《まゆじり》を下げて、レオニードは僕の頬に手を添えて顔を覗《のぞ》き込んできた。

前世の僕ならイケメンの顔が至近距離に近付いたとあれば悲鳴を上げて逃げていただろうけど、今の僕はレオニードのスキンシップにすっかり慣れてしまっているから、何とか叫ばずに済んだ。

「本当に？」

「ん、本当。ごめんね？　レオこそ大丈夫だった？」

「俺は全然平気」

「そっか……レオ、一緒に寝よ？」

「うん」

掛け布団をめくって誘うと、レオニードは直《す》ぐに靴を脱いで隣に潜り込み僕の事を抱き締めた。

「お休み、レオ」

「お休み、メル」

そっとおでこに何かが触れて、それが唇だと気付く前に僕の意識はまた遠退いていた。

今はまだ5歳なのだ。

考えるのは明日にして今日もレオニードと寝ようと思う。

＊

「ん……」

眩《まぶ》しさに意識が少しずつ覚醒していき、まだまだ眠っていたくて枕に顔を埋《うず》めたら、頭上で何かが動いた。

何だ……？

動いてみようにも、金縛りにあったのかと思うほど身体《からだ》が動かなくて、漸《ようや》くその原因に気付く。

これ、レオだ。

原因に気付いたので身体の力を抜いてレオは放置して、もう少し微睡《まどろ》む事にした僕は、ぼんやりと昨日の出来事を思い出す事にした。

昨日はうちの領地で豊穣祭《ほうじょうさい》があり、小さな子供は仮装して街を練り歩き大人にお菓子を貰《もら》うハロウィンの様なお祭りが催されていた。

去年のレオは確か家族と王都に行っていてこのお祭りには参加しなかったので、物心ついてからレオと参加するのは今回が初めてだった。

僕は兄のお下がりで妖精《ようせい》を模した淡い水色の、一見するとワンピースの様な膝丈《ひざたけ》の衣装に羽根を背負って朝から門の前でレオを待っていた。

何分も待たずに遠くから走って来る気配がして立ち上がると、騎士の格好をしたレオが僕の目の前で足を止めて、息を整えると走って乱れた前髪を掻《か》き上げた。

その姿は5歳児とは思えない色香を漂わせていて、僕は無意識に喉《のど》をごくりと鳴らしていた。

「メルの仮装は妖精なんだね。とても似合ってて可愛《かわい》いよ」

そしてレオは5歳児とは思えない程に完璧な紳士だった。

僕はモブらしく地味な顔立ちだ。今は子供だから可愛いと言われるけれど、あと2年も経てばもう両親にだって容姿について褒められる事も無くなるだろう。

それなのに、レオは毎日毎日朝から走ってうちの屋敷まで来て、嬉《うれ》しそうに笑って僕を慈愛の眼差《まなざ》しで見つめてくる。レオからしたら頭2つ分小さな僕は弟の様なものなのかも知れない。

この世界には魔法がある。

魔力は人それぞれで遺伝では無い。

生まれて数日経つと教会で魔力値や適性魔法を調べるのだが、レオは生まれて間も無いのに膨大な魔力を有していたらしい。

対する僕は、平均より少ない魔力量だった。

魔力量はそのまま成長にも影響を与え、魔力が多いと成長も人より早く身体的にも恵まれる事が多い。

遺伝は関係無いと立証されてはいるが、レオの家系は魔力が多い者が多く、父親は宮廷魔導士として陛下に重宝されている。武闘派では無いが、3人いる叔父達は全員魔法騎士団に所属しているらしい。

レオはそんな叔父達の英才教育と持って生まれた魔法の才能を4歳児にして遺憾無く発揮し、レオの住む領地に現れた魔獣を騎士団よりもいち早く発見して楽々と殲滅《せんめつ》したそうだ。

そして、うちの領地とレオの領地は隣り合っているとはいえ、互いの屋敷まで子供の足では距離がある。普通の子供より成長の早かったレオは、3歳の頃からうちの領地まで馬車で2時間かかる所、なんと1時間で走ってやって来て僕と1日過ごしてまた走って帰って行く。日に日にそのタイムも縮まっているらしく、レオにとってはほんの軽いロードワークなんだそうな。

初めの内はまだたったの3歳児の侯爵家の跡取りでもあるレオの無謀な行動に、家族や使用人達は必死でレオを止めたが、何をしてもいつの間にか家を抜け出して僕のもとへ向かうレオに両親は遂《つい》に諦《あきら》めた。現在は僕と一緒に昼間は我が家で家庭教師を付けて学んでいる。

レオは魔力、体格、身のこなしが抜群な上に頭の回転も良く、教師の説明が理解できない僕にも分かる様に丁寧に教えてくれる。

そんな完璧な上にイケメン、そして昨日までは気付いていなかったが、前世の僕の推しであったレオに惹《ひ》かれない筈が無い。

そんなレオが騎士服を着て現れたもんだから、僕がぽけーっと口を開けたままレオに見惚れてしまったのは仕方がないと思う。

前世では小説を読んでレオのクールさに惚《ほ》れ、漫画化されてビジュアルの良さに惚れ、アニメ化されて声の良さに惚れ、実写化されてレオ役の俳優のファンになり、乙女ゲーム化されてからはレオルートしかプレイしなかった。

原作では聖女はレオと王太子ジョシュアの間で揺れ動くが、レオと結ばれる結末だ。けれど乙女ゲーム化されるとジョシュアエンドもあり攻略対象も増えた。だが、僕は一貫してレオルートしかプレイしなかった。レオ一筋だ。

だがしかし今は何故《なぜ》全ルート網羅しなかったのかと後悔が襲う。

なにせレオルートしか攻略していないのでメルクリスこと僕が生き残れるルートがあるのかすら分からない。

ジョシュアルートや別キャラルートに進めば生き残れるのか、どのルートに進んでも僕はレオに斬られるのか、それとも違う死因でモブの役割を果たすのか……。

レオと聖女が結ばれる結末を見るのは心が痛い。前世では恋愛する事もなかった。今の幸せな時間があれば尚更《なおさら》レオが聖女と結ばれるのを側《そば》で見るのは辛《つら》くなるだろう。いっその事大好きなレオに斬られて死ぬのも悪くないかも知れない。

だけど、その原因が僕が聖女を襲ったからというのは解せない。有り得ない。無理だ。

だって僕は女性に興味が無いのだから。

レオが大好きなのだから。


「メルは妖精みたいにふわふわしてて可愛いから、俺が一生側に居て守るね」


レオに手を引かれて街が見下ろせる丘の上でそんな事を言われた僕の頭は沸騰しそうになり、前世の記憶を思い出してしまった。

レオの僕に向ける友情が愛情に変わる可能性は無いだろう。なにせレオは何もしなくてもモテる。エグい程にモテる。5歳児の今でもそのモテっぷりは引く程なのに、あと10年も経ったらどうなるというのか……成長すれば世界が広がり、学園に通い出せば原作通りに僕とは一定の距離を保つ様になるのだろうか？

このまま何も思い出さず、何も知らないままレオと笑い合っていたかった。せめて聖女が現れるまでは。

けれど、思い出してしまったものは仕方が無い。

今生でも僕の恋は成就しそうにないけど、何とか穏便に生き残れる道を探すしか無さそうだ。

「メル、お寝坊さん。そろそろ起きないともちもちのほっぺに吸い付いちゃうよ？」

「やだぁ」

「メル、目を開けて？」

頬に柔らかい感触が触れて唇で優しく食《は》まれる。

いやいやと寝ぼけている振りをしてレオに縋《すが》り付くとそれに応える様に抱き締め返してくれるこの幸せを、今は噛《か》み締《し》めよう。

「おはよう、メル」

「レオ、おはよう」

朝からレオの最高級笑顔を至近距離で拝めた僕はきっとこの世界一の幸せ者だ。

＊

学園は王都にあり、主に貴族を対象に門戸が開かれているが、頭脳・魔力が高く試験に合格すれば平民でも学費を援助して貰えるので学園の2割は平民の生徒で構成されている。

15歳から3年間を学園で過ごし、その後は将来の仕事に合わせ、専門的に学べる場所だ。前世で言う所の、専門学校的な所に通い就職活動をしてから働き出すという流れだ。

家を継がない貴族の生徒の半数が卒業後は騎士団へ入隊するが、騎士団にも色々ある。近衛《このえ》騎士は王宮へ仕える。騎士団は魔力が少ない者が剣術のみを使用する。魔術団は騎士団とは逆に魔力の高い者が多く攻撃魔法に特化していて騎士団と組む事が多い。レオの父親のデイビットさんの様に高魔力所持者で戦闘要員ではあるが研究色要素が強く主に王宮へ仕えているのが宮廷魔導士団で、魔法と剣術の両方に特化している者は魔法騎士団に入る。うん、沢山あってややこしい。

レオは魔法と剣術の両方を扱う魔法騎士を目指しているので魔法騎士団の養成所へ進むんだろう。レオの叔父さん達は「レオは学園卒業したら直ぐに騎士団に来い！　俺達が話通してやるから！」と酒の席で話していたが、学園入学前にして全騎士団の入団資格である技術は6歳頃には身に付いていたので、これだと本当に学園卒業と共に騎士団に入団する事になりそうだ。

その前にレオは魔王を討伐するので、その頃には今更新たに学ぶ事も無いと判断されるだろう。

対する僕は家を継ぐ事も無い三男なので、比較的将来に関しては選択肢に自由がある。

……だが、その前にまずは自分が無事に学園を卒業出来るのかが問題だった。

聖女が異世界から転移してくるのは学園生活3年目だ。在学中に魔王が出現しレオ達は討伐に向かう。記憶が確かなら半年程で戻って来てそのまま卒業する。

討伐の間も聖女はレオとジョシュアの2人と仲を深め、凱旋《がいせん》してからも2人の間で揺れ動く。

そして、王宮預かりとなっていた聖女がジョシュアとの関係に悩み、寮のレオの部屋へやって来る。レオがジョシュアの様子を見に王宮へ行く間にレオの部屋は聖女1人になり、そこへ何も知らない僕がレオの部屋を訪れ聖女に迎え入れられて……という展開で戻って来たレオに……という最後を迎える。

まず、原作ではモテまくりのレオに嫉妬《しっと》していたメルクリスという下地があるのだが、前世の記憶のある僕は女の子にモテたい想《おも》いが全く無いのでレオへの嫉妬などは一切無いし、何故か今のレオは僕にべったりなので逆に僕が女の子達に嫉妬されているという現状だ。

仮にレオが聖女に惹かれたとしても、僕が不用意にレオの部屋へ行かず、聖女に近付かなければ良いんだ。

そうすれば最悪、レオに斬られる事は無いんじゃ無いだろうか……。

原作の強制力的なものが働くのか分からないけど、出来るだけレオの部屋には近付かない様にしよう。

そう思っていた頃が僕にもありました。

「……え？」

「俺とメルの部屋だよ」

「……え、レオは1人部屋じゃ……」

学園の寮は下級貴族は主に2人1部屋で、上級貴族になると1人1部屋が与えられ使用人の帯同も許可される。原作だと僕は子爵家なので同じ下級貴族の生徒との同室で、レオは侯爵家だが使用人は伴わずに1人部屋を使っていた。

それなのに、だ。

入学式の前に入寮を済ませる為に馬車で迎えに来たレオと共に寮へ来たら、案内された部屋は上級貴族の部屋だった。

上級貴族は1人部屋の筈《はず》がベッドは2つ運び込まれていて、僕とレオの荷物が到着して既に片付けが済まされていた。

「俺とメルの部屋」

レオは焦る僕に微笑《ほほえ》みながら部屋へとエスコートする。

「えっ、僕、子爵……え、え？」

当たり前の様に僕の鞄《かばん》も持っていたレオは勝手知ったる様子で荷物を置いてお茶の用意を始めていた。

「え？　何かの間違いじゃない？　僕、怒られちゃうよ」

下級貴族の僕が上級貴族の部屋に居たら何を言われるか分かったもんじゃ無い。

焦って部屋を出ようとしたら、背後からレオに抱き留められた。

「大丈夫。この部屋は俺とメルの部屋だから」

「…………はい」

3回言ったよ。

イケボで良い匂いがして腰が砕けそうだよ。


僕は入学式で驚きの事実を知った。

講堂でレオと入学式の開始を待っていたが、いつまで経っても王太子が来ない事を疑問に思いレオに尋ねたら、意外な答えが返って来た。

「えっ王太子は入学しないの……？」

「ああ、警備の問題で入学は断念したそうだ」

「警備……」

原作で王太子のジョシュアは入寮こそしないが学園には通っていた。もしかして、幼馴染《おさななじみ》で評判も高いレオが居るからという理由で原作では学園に通えたのだろうか？

現状、レオと王太子のジョシュアは遊び相手とも言えない2、3度会った事がある顔見知りレベルらしい。勿論《もちろん》僕は会った事が無い。

これは原作とかけ離れた未来に進んでいるのでは……？

もしかしたら、僕は生き残れる……？

「メル、王太子に会いたかったの？」

「へっ？　え、違うよ！」

ずい、と顔を寄せて来たレオはいつもの微笑みはなりを潜め真顔だった。

15歳になったレオはもうそんじょそこらの美男子レベルを突き抜けていた。

歩く猥褻《わいせつ》物かって程の妖艶《ようえん》さ。

原作でそんなに色気ダダ漏れだった？　いや、もっと年相応にクールながらも爽《さわ》やかじゃなかったか？

僕はもう15年も一緒にいるから多少慣れたものだけど、ここ最近上半身裸で眠るようになったレオの寝起きのエロさには慣れそうも無い。

レオが視線を向ける先に居る女性、というか男性までも頬を染めてレオの美貌《びぼう》に見惚《みと》れ色めき立つ。

今まで僕は領地から出る事は無かったし、領地の皆もレオの美貌に僕までではは無いけれど慣れているので、学園でのこの反応は新鮮だった。

「メルは王太子に興味があるの？」

「無いっ無い無い！　無いから！」

顔を覗《のぞ》き込まれて思わず仰《の》け反るけど、椅子に座ってるので一瞬で距離が詰まり、レオの顔が目の前に迫る。

僕の視界は一面レオで、どうなっているか分からないけれど周りからは悲鳴が聞こえる。

「メルは他の男と仲良くなりたいの？」

「へぇっ？」

いきなりの言葉に目の前のレオの目をぽかんと見つめると、まぬけな顔の僕が瞳《ひとみ》の中に映っていた。

「俺以外の男の事考えないで……」

「かっ、考えない！　考えない！」

眉根《まゆね》を寄せて切なそうな吐息で囁《ささや》かれると腰が、やばいから、腰が。椅子に座ってて助かった……。

「そう……良かった」

ほっとした様子で僕の頬を両手で包んで微笑むレオとか、原作の聖女にもしなそうで本当に混乱する。

レオニード、原作とキャラ違い過ぎじゃない？

＊

友達１００人とまでは言わないから、５人くらいは出来るかな？

なんて思っていた入学前の自分に言ってやりたい。

学園に入っても相変わらずメルクリスの友達はレオニードただ１人だけだよ、と。

領地に居た同世代の女の子達からはメルクリスがレオニードを独り占めしていると反感を買い、その女の子達の反感を買いたくない同世代の男児もメルクリスを避けていたので、実質領地に友人らしき人は居なかった。

僕が街に行くと遠巻きにひそひそ内緒話をされていた。

おかしいな……僕、一応領主の息子なのに……。

「メル？」

「あ、ごめん。なに？」

今はお昼の休憩時間で、僕とレオは学園の裏庭に幾つかある四阿《あずまや》の1つでお昼ご飯を食べている。

ランチは食堂で食べる人が大半を占めていて、僕はレオの作ったランチボックスをレオと2人で食べている。

なんとレオは侯爵子息にして料理男子でもあった。

領地にいた頃はお茶の時間に僕の為にケーキや焼き菓子を作ってくれる事はあったけど、まさか料理まで完璧《かんぺき》にこなすとは知らなかった……。

流石《さすが》に朝ご飯と夜ご飯は寮の専属料理人が作った食事を部屋でレオと2人で食べているんだけど、サーブしてくれるのはレオだ。

学園が休みになる週末は出掛ける予定が無ければ1日レオの料理しか食べない日もある。

本当に原作のレオは何処行った？

「好きな味じゃ無かった？」

「ううん、どれも凄《すご》く美味《おい》しいよ」

今日のレオシェフのランチボックスはサンドイッチに野菜たっぷりのスープ、デザートにはフルーツの盛り合わせである。

フルーツには芸術的なカットが施されていて、シェフ顔負けだ。

「そっか、良かった」

レオは微笑んで、伸ばされたレオの指が僕の頬に触れてチキンサンドのソースを拭《ぬぐ》うと、ナチュラルに指を舐《な》めた。

その瞬間、あらゆる方向から悲鳴がこだました。

サンドイッチのソースを舐めただけなのにやたらエロい。

ビクっと肩が跳ねた僕を見て、レオはにこりと微笑むとそっと手を外に翳《かざ》した。すると、先程まで聞こえていた女生徒（たまに野太い声も）の声が途切れた。

どうやらレオが音声遮断の魔法を使ったらしい。因《ちな》みに今僕達が居る四阿には防御魔法が掛かっていて、外から四阿の中へ立ち入る事が出来ない様になっている。

入学してから1週間、あらゆる手段を用いてレオとお近付きになろうとするご令嬢方のあしらい方をレオは即身に付けていた。

原作では王太子のジョシュアが学園に通い、成績順のクラス編成でレオとジョシュアは同じクラスだったから2人は行動を共にしていた。

原作のメルはというと勉強は苦手だった様で勿論2人と同じクラスでは無く、同じ学園に通っていても昼食を共にする事も無かった筈だ。

今の僕は小さな頃からレオと勉強をしていたので何とかレオと一緒のクラスに滑り込めた。

そしてレオは文字通り片時も僕の隣を離れず、レオ目当てのご令嬢にはにこりとも笑わないので、早々にご令嬢方はレオを結婚相手から観賞対象に切り替えた模様。

まぁまだ全然レオを諦《あきら》めてない令嬢もいるが、そんなご令嬢は尽《ことごと》くレオの防御壁に吹き飛ばされていて、僕はオロオロするばかりなのにレオは視界にも入れず相変わらず僕を見て微笑むばかりだ。

こんな状態で友達が出来る方が奇跡だと思う。

レオが好きな僕としてはレオと居られるのは嬉《うれ》しい事だけど、将来的な事を考えたらやはり友達の1人は欲しい所なんだけどなぁ。

聖女としなかったとしても、いつかはレオも結婚して侯爵家を継ぐんだし。

そして、子供が生まれて、奥さんと子供達と幸せに……。

「メル……?」

「レオ、メルくん」

どうなるかも分からない未来を勝手に想像して少し息が苦しくなって俯《うつむ》いた僕の肩をレオが抱き寄せた瞬間、聞こえる筈の無い声が聞こえた。

「……!?」

唐突に目の前の席にレオによく似た美丈夫が現れ、僕はぽかんと大口を開けていた。

「……何ですか、父さん」

「つれないなぁ、久し振りに会った父親にその反応……メルくん、久し振り」

「あっ、はい、お久し振りですデイビットさん」

レオの防御壁をものともせずに現れたのはレオの父親で宮廷魔導士のデイビットだ。

武闘派では無い分レオよりも細身で、切長の瞳のレオとは違い少し垂れ気味の瞳は親しみ易さを感じさせる。両親の親友であるデイビットさんには僕も小さな頃から可愛がって貰っていて、レオにこそ及ばないらしいが、彼の魔力も相当なものらしい。

因みに急に現れたのは転移魔法と呼ばれるもので、魔力量の消費が多く、才能がないと使えない魔法なのだが、デイビットさんは、王宮への出仕に転移魔法で移動しているらしい。

「父さん、今は昼食の途中なんです。用があるなら……」

「お前ね……いい加減王太子のお誘いを断るのやめようよ、お父さん王太子に会う度に睨《にら》まれちゃって困ってるんだよ？」

デイビットさんの発言に思わずえっと声を上げてしまい、慌てて口を手で押さえる。

「メルくんからもレオに言ってくれない？　王太子とデートしてやってくれって」

「デート……」

「父さん」

ピシっと音がしてデイビットさんを見ると、前髪の一部が何故か氷漬けになっている。

えっと思ってレオを見ると、冷ややかな視線で父親を見ていた。

「ちょっ、怒らないでよ!?　本当、お願い！　10回に1回くらいは応えてあげて！　ね！　お茶飲むだけで良いからさぁ！」

パンっと手を合わせて哀願する様子は侯爵様とは思えない。

「レオ、そんなに殿下の誘い断ってたの……？」

レオから聞いた話によると、ジョシュアとは殆《ほとん》ど話した事は無いし、仲良くも無いと言っていた。

実際にはジョシュアはレオと親交を深めたいと思っているのだろうか？

「俺と殿下では仲良くなれるとは思えないし、それよりも俺はメルと一緒に居たいんだ」

レオは僕の手を取ると、そっと甲に口付けた。

「っ……う、れしい、けど、あんまり殿下の事無視するのも……どうなのかな……？」

目の前に迫ったレオから逃れる様にデイビットさんの方を見ると、あっと思い付いた様子で手を叩《たた》いた。

「ならメルくんと2人で来れば良いよ。殿下には話付けとくから！　週末のお昼！　王宮に来てね！　来ないとお父さんメルくん攫《さら》っちゃうからね！」

「父さ……っ……」

デイビットさんは早口で捲《まく》し立《た》てるとパッと転移して消えてしまった。

「お、王宮……？　僕が……？」

原作でのメルクリスは王太子であるジョシュアとの接点は無い筈《はず》だ。

もう、何から何まで原作と違い過ぎる。

「メル、週末は旅に出ようか」

「……デイビットさんなら何処にでも来れるんじゃ無い？」

溜息《ためいき》を吐《つ》きながら僕の身体をぎゅーぎゅーと抱き締めるレオ。

そんなにジョシュアと会うのが嫌なのだろうか。

週末かぁ……週末って、明日じゃない？


「メル、今日は寄り道して帰ろう」

「寄り道？」

「ちょっと買いたい物があるんだ」

「へぇ、うん。行こっか」

昼食時のレオパパ乱入によりまさかの王宮へ王太子に会いに（王太子が会いたがっているレオにくっ付いて）行く事になってしまい、授業中は教師の言葉が頭に入って来なかった。

教師に指されて危うく答えられない所だったのをレオが助けてくれた。

そんな僕の心境を悟ってか「大丈夫、大した事ないよ。直ぐに帰れるから」とレオには励まされてしまった。

レオは王太子と関わりたく無いけど、王太子はレオと接触したいらしい。

レオ曰《いわ》く、王太子とは気が合わないとか。原作ではあんなにニコイチ状態だったのにな……。

ジョシュアといえば、王子様を体現した様な爽《さわ》やかな見た目でレオと並ぶと本当に眼福なのだろうから、ほんの少しだけ楽しみではある。

政略結婚とはいえ婚約者のある身で聖女と良い雰囲気になる所を除けば、概《おおむ》ね問題のあるキャラでは無かった様に記憶している。

だが、レオのキャラがもう既に原作崩壊してるからジョシュアのキャラもどうなっている事やら……。

会わない事にはなんとも言えないし、今の僕にはレオという強力な味方がいる！

と言い聞かせて、残りの授業に集中した。


「……服作るの？」

レオの迷いの無い案内で辿《たど》り着《つ》いたのは仕立て屋だった。

「メル、明日着る服ある？」

「あっ！　……無い」

学園でもちょっとしたパーティーが1年に1度は開催される。だけどまだまだ先の話なので、時期が近付いたら作ろうと思っていた。

三男だから家族の代理でパーティーや夜会に出席という事も無いので、礼服など持って来ていないし既にサイズも合わず着れないだろう。

なので街歩きの服しか持っていなかった。

流石レオ、気遣いの男である。

「そこまで頭回らなかったよ、ありが……あ」

「どうした？」

テーラーのドアを開けようとするレオが振り返って首を傾《かし》げた。

「いや……あの、今は持ち合わせが……」

急な事なのでお金の持ち合わせが無い。

持ち合わせがあったとしてもここは確か王都で1番の老舗《しにせ》だ。子爵家が使える様なテーラーでは無いだろう。

「大丈夫、父さんに付けとくから」

「えっ」

店の前で立ち止まってしまった僕の手をレオはそっと取ると悪戯《いたずら》っ子の様に笑った。

「父さんが無理矢理決めたんだから父さんが払うのが道理だろ？」

「ぇえ？　いやぁ、でも……」

「メルが行かないなら俺は行かないよ」

「脅さないでよぉ……」

「ね、間に合わないからオーダーメイドじゃ無いし既製品だからそんなに掛からないよ。2人でお揃《そろ》いにしようか？」

「お、お揃い……？」

１９０㎝超えのモデル体型のレオと１７２㎝のひょろい僕が並んだら同じデザインでも同じに見えなそうだな……。

なんて事を考えながら僕の反応ににこにこと笑うレオに手を引かれて店内に足を踏み入れる。

「アトモス様、お待ちしておりました」

店内に入ると直ぐに店員に出迎えられ、奥の個室に案内された。

「ご連絡頂きまして、こちらで数点選ばせて頂きました」

応接テーブルに座ると紅茶が出されて、店員さんがどんどん服を運び込んで来た。

この世界、便利なスマートフォンなんて物は無いのに、レオはいつの間に連絡していたんだ……。

「メル、これ似合いそう」

レオが選んだのはネイビーのジャケットにリボンタイの付いたシャツのセットだった。

「そちらだとこの前アトモス様が作られた物と相性が良いですね」

「ああ、俺もそう思う」

店員さんとレオの有無を言わさぬ笑顔に、足早に試着室に向かった。

制服を脱いでシャツに腕を通す。

いつも着てる服とは素材から違う気がする。肌触りが良い。既製品と言えどかなりするのでは……？　スラックスを穿《は》いてジャケットを恐る恐る羽織ると、あつらえた様にピッタリなんだけど……？

見慣れない自分の姿に何だかそわそわしてしまう。

モブと言えど日本人では無いメルクリスのふわふわとしたミルクティー色の髪に、前世よりも整った顔に成長し、正装した姿は見慣れず気恥ずかしい。

「メル、着れた？」

「うん」

鏡を色んな角度から見ていたら声を掛けられ、慌てて返事をするとレオがカーテンから顔を覗《のぞ》かせ僕を見ている。

「ああ、うん。良いね。似合ってる」

「そうかな……」

「メルの髪色に合ってるよ。可愛い」

「可愛い……」

まぁ、レオから見たら僕は子供みたいなもんだよなぁ……と思いながら差し出された手を取ると、用意された靴を履いて試着室を出る。

「不自由はございませんか？」

「はい、大丈夫です」

「明日はこれ着てディナーでも行こうか」

「ええ……」

そんなに嫌なのか、ジョシュアが。

何だか不安になって来たよ……。

「こんな可愛いメルを俺以外に見せたく無い」

そっと腰を抱き寄せられてリボンタイを直されながら耳元で囁《ささや》かれる。

声が無駄に良いから！　顔は何とか見慣れても耳に直接吐息を掛けないで！　腰が大変な事になるから！

店員さんの生温かい微笑みに見送られて王都に来て初めての買い物をしました。

明日が色んな意味で怖いよ。

＊

ベッドの中からクローゼットに掛けられている昨日買った服をぼーっと眺める。

遂に今日、王太子ジョシュアと対面するのか。

レオの原作崩壊キャラを考えると、ジョシュアのキャラも違っている可能性は高い。

幼少期からレオが居ると居ないとでは人格形成に大きく関わる、と思う。僕がレオ贔屓《びいき》だからでは無いと言いたい。

出会い頭にいきなり罵倒《ばとう》される展開とかあるんだろうか……何だかずっとレオに袖《そで》にされてきたみたいだし、デイビットさんにかなり文句を言っていたらしいので、いきなりモブがレオにくっ付いて現れたら不敬罪とかで牢《ろう》に入れられたりとか……無いと願いたい。

デイビットさん、本当にちゃんと話付けといてくれてるのかな……。

ふと、身体を包む温もりが締め付けてきた。

「メル、嫌なら無理しないで良いんだよ？」

「レオ……大丈夫だよ」

レオの寝起き特有の掠《かす》れ声がそれはもう色っぽくて、いつか本当に腰が砕けそうなんですけど。

でも流石にお年頃なのでそろそろ抱き締めて眠るのをやめて貰《もら》わないとなぁ……。

特に今は部屋が同じだから一日中一緒なので、中々処理をする余裕が無い。性欲の。

いつか起き抜けに粗相をしてしまいそうで恐ろしい……。

条件はレオも同じ筈だよな？　レオって自己処理してるのかな……。

「メル？　何考えてるの？」

「へっ、あ、いや、王宮なんて初めてだし緊張するなぁって……」

お腹《なか》に回されたレオの腕にぎゅっと抱き締められるとより密着して、背中にレオの温もりがダイレクトに感じられる。

変な気分になってましたとか言えないですごめんなさい。

「俺が居るから。メルは何も心配しなくて良いよ」

「粗相しそうになったら直ぐ言ってくれると助かるかなぁ」

「ん、任せて」

ちゅ、と頭上からリップ音がする。

原作とはキャラが全然違うけど、レオは昔から変わらなくて、僕は内心で安心すると同時に不安も大きい。

聖女が現れたらレオはどう変わってしまうのか。

聖女以外には目もくれなくなって……あれ？

「どうした？」

「ううん」

今更気付いたんだけど、これ、もしかして聖女を僕に置き換えたら別にレオはキャラ崩壊では無いんじゃないか？

……いや、聖女相手でもこんなにべったりではなかったか。

原作のメルクリスよりもレオが好きな所為で、ただの幼馴染《おさななじみ》だった原作の時より仲が良くなり、レオにとって僕が保護対象みたいになっているだけで、聖女が現れてレオと恋をしたら原作通りに僕とは普通の幼馴染みたいになるのかな。

どっち道、僕は当て馬のモブである事に変わりは無さそうだな……。

レオの態度が冷たくなってしまったら、生きていけるだろうか。無気力人間になってしまいそうだ。

そうだ、そうなったら傷心旅行でもしよう。

無事に生き延びて学園を卒業出来たら、卒業旅行と称して傷心旅行だ。

レオと聖女の結婚式なんて出席するメンタルは持ち合わせていない。笑って祝福出来る程、出来た人間じゃ無い。

「メール。また考え事？」

「ひっ」

ぼーっと物思いに耽《ふけ》っていたらレオに耳をあむ、と食まれてびくっと大袈裟《おおげさ》に身体が跳ねる。だがしかしレオに抱き締められている為、びくともしない。

「何考えてるの？」

「っ……み、耳、食べないでよっ」

「耳以外なら食べても良い？」

「揚げ足取るな……っ！」

ジタバタともがくけど、いかんせんびくともしないのだ。

たまにレオの指先が胸に当たって変な声が出そうとか藪蛇《やぶへび》だ。

「で、何考えてたの？」

朝一で息を切らしてる僕とは正反対に、未《いま》だ寝惚《ねぼ》けているかの如《ごと》く平常時よりおっとりしている。

「んー……学園を卒業したら旅行でもしようかなぁ……なんて」

「今から卒業の事？」

髪の毛に吐息が掛かってレオが笑っているのが分かる。良かった話を逸《そ》らせた。

「何処へ行く？」

「ん？　うーん……国内回ってみようかな」

今から小遣い貯《た》めて勉強の為……とか言えば父さんに怒られないかな。

「国内か……休暇で足りるかな」

「ん？」

「ん？」

「えーと……1人旅のつもりなんだけど……」

「何で？」

空気が一瞬にして凍った。

いや、本当に。

窓がピシって言った。あれ絶対ガラス割れてる。

9歳の頃にレオの事が大好きな女の子に足引っ掛けられて転んで鼻血出した時よりはマシだと思うけど。

あの時は本当に大変だった。鼻血出しながらも必死にレオを説得して事なきを得たんだっけ……。

そして今、レオが怒っている。

「え、えっと、ほら、レオは卒業したら直ぐに騎士団でしょ？　僕はさ、文官目指してる訳でも領地経営する訳でも無いし、多分縁談とか来ないし自由にさせてくれるっぽいから……勉強の為に……」

しどろもどろに話していたら、ぐるんと身体が回転してあっという間にレオが僕の上に居た。

「それならメルは騎士団の事務方を目指せば良いんじゃ無いか？」

「へっ？」

逆光でレオの表情はよく分からないけど、ほんの少し緊張しているのが伝わる。

子供の頃のずっと一緒にいるって言葉は、まだ生きているのかな。

「騎士団の事務は何処も毎年採用があるとは限らないし人気職だからなぁ……」

敢《あ》えて明るい調子で言うが、間違いでは無い。

人気職故にどこの団でも退職者はあまり出ず、求人は数年に1回あるか無いからしい。

宮廷魔導士団は特に顕著で、魔力量が高い上に近衛騎士でも無いのに容姿端麗な騎士が多いと噂《うわさ》で倍率は特に高い。要するに美男子パラダイスなのだ。

ハイスペック美男子と少しでもお近付きになりたいご婦人がこぞって希望するので、求人がある年は熾烈《しれつ》な争いになるんだとか。

そんな戦いに勝てる自信も無いし、勝ったら勝ったで後が怖過ぎる。

「大丈夫、近々一斉に配置換えして女性職員は入れない方針になるらしいから」

「えっそうなの？」

「父に聞いたんだが、今までも団員目当てに職務中にも問題行動を取ったりして問題視されていたらしい」

「ああ……」

レオの親族も各騎士団に居るそうだけど、揃って美形だもんなぁ。僕はレオ一筋だけど。

「だから、国内旅行は休暇の時に少しずつしよう」

「……僕と旅行したいの？」

ほんの少しだけ意地悪を言う。

割れた窓ガラスから風が吹き込んでカーテンが揺れて、差し込んだ光がレオの顔を照らした。

「うん。メルとずっと一緒に居たい」

何でそんなに切なそうな、必死な顔するんだよ。

そんなんじゃ、聖女が現れても諦《あきら》められなくなっちゃうよ。

「メルは……？」

まだ不安そうな瞳《ひとみ》のレオに手を差し出すと、当たり前の様に握られる。子供の頃からずっと変わらない仕草。

「僕もレオとずっと一緒にいたいよ」

空いた手を伸ばしレオのサラサラの髪を指で梳《す》くと、やっとほっとした様に笑った。

もうこのまま王宮なんて行かずにレオと2人で旅行に行きたいなぁ。


寮を出たら侯爵家の馬車よりも豪奢《ごうしゃ》な馬車が横付けされていて、ふかふかで優雅な馬車の座席を堪能する余裕も無くてカチコチな僕に、向かいに座っていたレオが隣に移ってずっと手を握ってくれていた。

過保護過ぎやしないか？　最早《もはや》お父さんだな……実の父より頼りになりそう……。

とか何とかレオの顔を見ながら思っていたら、あっという間に王宮に着いてしまった。

そもそも、馬車も必要無い距離だったんだよ。

学園から目と鼻の先だもん、王宮。

あわあわしながらレオにエスコートされて馬車を降りると、見覚えのある顔が出迎えをしてくれた。

「アトモス様。お待ちしておりました」

僕は待たれて居なかった。

って言うか、君はアランじゃ無いか⁉

アラン・デュバイは僕達よりも確か5歳程年上の伯爵子息の近衛騎士で、ゲーム化された時に追加された攻略キャラクターだ。

ゲームでは異世界から突然現れた女子高生（後の聖女）の護衛担当として出て来る彼だが、聖女が現れる前に登場するのか……。

アランは硬派で仕事一筋の男だが、聖女の護衛を任され聖女と過ごす内に彼女を守りたいと想うようになる内の1人。

まだ下っ端の筈《はず》だから彼がどうしてこんな所で出迎えをするのか分からず、レオをちらりと見る。

あれ？　怒ってる……？

さっきまでにこにこしてたよね……？

「今日は私だけでは無く、このメルクリス・エヴァン殿と共に王太子に面会する予定だが」

ひぇっ、そこ、噛《か》み付く？

「……申し訳ありません。殿下からアトモス様のお名前しか伺っておりませんでした。直ぐに確認致しますのでこちらでお待ち頂きますようお願いします」

一瞬、僕の事をちらりと見たアランは面倒そうな視線を寄越《よこ》しながらレオに謝罪すると足早に立ち去った。

「いきなり不穏な空気だね……」

「父さんがちゃんと話を通して無かったみたいだね……ごめん。メルに不快な想いをさせた」

「レオが謝る事じゃないよ」

「でも、呼び付けたのは向こうなんだ」

レオは少し不貞腐《ふてくさ》れた様に唇を尖《とが》らせる。

こんな所は年相応で可愛らしくもあり、僕の前だけで見せてくれるもんだから不意打ちできゅんとしてしまう。

「まぁ、殿下が会いたかったのはレオだけだし、急な事だったからねぇ……」

「帰りはこの前話したカフェに行こうか」

「今からお茶飲むのに？」

「楽しめないんじゃないか？」

「確かに」

僕が小さく笑うとレオもふっと息を吐いて、隣り合った指先が軽く触れて小指が絡まった。

もしかしたらデイビットさんはちゃんと話を付けていてもここは魑魅魍魎《ちみもうりょう》蔓延《はびこ》る宮廷、嫌がらせという可能性もある。

社交界と無縁の下っ端貴族の三男なのでどんな嫌がらせがあるのかも分からないけど、初っ端《しょぱな》から
これでは先が思いやられるが、気を引き締めて行こう。

そう決意を新たにしているとアランが戻って来た。

「お待たせ致しました。エヴァン様をお迎えする準備も整っていますのでご案内致します」

アランの言葉にほっとして小さく息を吐くと、小指がきゅ、と絡まりするりと離れて、レオを横目で見ると、小さく頷《うなず》いて微笑んだから僕も笑みを返した。

大丈夫、きっと大丈夫だ。何とかなる。

10分は経っただろうか、広過ぎる王宮の中をアランの背を見ながらレオと並んで歩く。

これ、確実に1人じゃ迷子になるな。

ああ、1歩1歩ジョシュアに近付いているのか……。

「メル、迷子になるから俺から離れちゃ駄目だよ？」

「うん……今、思ってた所」

小さくレオの笑う気配がして、緊張が少し和らいだ。


「ぁ……っ、殿下……こんな所で……」

路地から開けた庭園の方へ出たと思った瞬間、お茶の用意がされたテーブルとは似つかわしく無い艶《つや》っぽい雰囲気が漂っていた。

「っ……」

何とか声を出すのを耐えた。良くやった自分。

だがしかし、隣のレオからは盛大な舌打ちが聞こえたよ。王太子に舌打ちとか不敬罪にならない？

ねぇ、僕じゃなくてレオが斬られるんじゃない!?

「何処であろうと貴女《あなた》は触れさせてくれないじゃ無いか」

ジョシュア、本当に同い年？

レオ程の色気は出てないけれど、僕と同い年とは到底思えない妖艶《ようえん》さを漂わせて妙齢の貴族女性らしき令嬢の腰を抱き、キスしそうな程に顔を寄せて居た。

「……殿下、アトモス様とエヴァン様が到着されました」

僕が冷や汗を流しながら内心焦っていると、アランが逢引《あいび》き真っ最中という感じの2人に戸惑う事なく声を掛けた。

アラン、まだ下っ端なのに中々やるな。

「っ……ぁ、では、私はこれで……」

上気した頬を扇子で隠しながら令嬢は足早に去り、その背中をほんの数秒見送ったジョシュアはくるりとこちらを向いて髪をかき上げ、笑った。

「良い所だったのになぁ……」

「ではお邪魔な様なので私達はこれで」

「ちょっ、待って待って！」

チャラっ！　軽っ！

ジョシュア、まさかの方向にキャラ変していた。

僕の手をしっかりと握って踵《きびす》を返したレオに、慌てた様子でジョシュアが呼び止める。

「もぉー……本当、愛され過ぎてて怖いくらいだよね。君」

砕けた口調からゆったりと硬質なものになっていき、レオに笑い掛けていた笑みは僕を見据える頃には消えていた。

……僕、レオじゃなくてジョシュアに斬られるんじゃ無い？


素晴らしい花咲き誇る立派な庭園。

素晴らしい調度品が揃《そろ》ったテーブルセッティング。

素晴らしいお茶に色とりどりの見るだけで楽しくなる菓子達。

どれをとっても素晴らしいの一言に尽きるのに、この場の雰囲気は最悪だ。

「…………」

「…………」

「…………」

10分前のジョシュアとの初対面からずっと僕は身を縮こまらせて座っていた。

「君がメルクリス？」

「っ、はい。お初にお目にか――」

「あーそういう堅苦しいの良いから」

「……はい」

しっしっ、と手を払う仕草で僕と視線も合わさずにジョシュアはレオを見ていた。

「ねぇ、レオニードはデイビットみたいに転移魔法使えないの？」

「私は使えません」

「ふぅーん？」

僕は目の前に広がる美味しそうなケーキに釘付《くぎづ》けになりながらも、殿下とレオの会話を聞きながら内心ハラハラと気が気ではない。

レオ、何でそんな嘘《うそ》を吐《つ》くんだ……？

ちらりと視線だけレオに向けると、しれっとした表情で僕の手を見ている。何で僕の手。ぴくっと僕の指が動いてしまうと、レオの口角がほんの少し上がった。お願いだから殿下を見て下さい。

レオは5歳頃には転移魔法がとっくに使えていた。

確か前世の記憶が蘇《よみがえ》った辺りから寝る準備が整うと、いつの間にかレオが僕のベッドの中に居た。

それから毎晩レオは僕と一緒に眠り、朝一で転移魔法で自分の屋敷へ帰って行くから、もしかしたら僕以外はレオが転移魔法を使えるって知らないのかな……。

確かに思い返せば転移魔法は2人きりの時にしか使っていなかった気がする。

何で隠そうとするんだ？

転移魔法は難易度が高く、転移魔法が使えるというだけで宮廷魔導士になれる程のスキルなのに。

魔法騎士団に入る際にも非常に有利になる筈だ。

転移出来ても魔力が足りなければ意図しない場所に飛んでしまう事もあるらしい。

そうなると魔獣が出た時に役に立たない。

しかし、デイビットさんやレオは目的の場所に確実に転移出来る。

やっぱり隠す要素が思い当たらない……。

そして、無言の威圧感が凄《すご》い。

やっぱりというかなんというか、殿下はレオにしか興味が無い様で、一方、出会い頭の緊迫した空気にレオはテーブルセッティングされた椅子をピッタリと2つ並べて僕を隣に座らせた。

そんなレオの様子を殿下はにやにやと興味深そうに眺めていた。

……これは僕が動かないと駄目なんだろうな。

意を決して顔を上げると、殿下と目が合った。

「……発言をお許し頂けますでしょうか」

値踏みする様な視線に喉《のど》が詰まりそうになりながら声を押し出す。

「なに？」

「御手洗いの場所はどちらでしょうか」

「はぁ……」

手を洗いながら鏡の中の自分を見て深い溜息《ためいき》を吐いた。

トイレに行きたかった訳では無い。

多分、殿下はレオと話がしたかった筈だ。

僕が居ては思う様に会話も出来ないだろう。

レオが案内すると言って聞かなかったけど視線で何とかレオを押し留《とど》め、侍女に案内して貰《もら》った。

無駄に豪華なトイレでゆっくりと手を洗い、ゆっくりと手を拭《ふ》いて廊下へ出たら、此処《ここ》まで案内してくれた侍女が居なくなっていた。

「1人で帰って来いって事……？」

きょろきょろと辺りを見渡しても人の気配は無い。

仕方なく廊下を進むも、あっという間に道が分からなくなってしまった。

「まずい、まずい……いや、時間稼ぎには良いのか？　いやでも殿下を待たせ過ぎるのはまずい？」

きょろきょろきょろきょろと首を忙《せわ》しなく動かしながら何とか城から出て庭を歩き進めるけれど、似た様な景色が続いていて何だかちょっと泣きたくなって来た。

「君、迷子？」

ふと、柔らかい声がして振り返り、固まった。

「……泣いてるの？」

正直泣きそうでした。

でも、今はそれどころでは無い。

僕の目の前に、ローランド第二王子が現れたのだから。


ローランド第二王子は側室が産んだ僕達と同い年の皇位継承権第二位だ。

王妃との間に中々世継ぎが産まれなかった事から召し抱えられたが、ローランド王子を身籠《みご》って直ぐに正妻である王妃がジョシュアを身籠り先に産み、側室様はローランド王子を産んで直ぐに亡くなって、第二王子は離宮に隠される様にして育てられた、というのが原作設定だ。

ゲームでは隠しキャラとされて攻略キャラとなるらしい。

らしいというのは僕がレオ一筋で、レオの好感度しか上げなかったのでレオルートの相棒であるジョシュアしか出て来ず、ゲームでローランドを見た事がないからだ。

ジョシュアルートでプレイした場合、攻略対象のジョシュアの好感度が低いと隠しキャラであるローランドが出て来て、魔王退治もレオとローランドの3人で行く事になる。

だがメインキャラのジョシュアと関わりを断つのは難しいので最難関の隠しキャラと呼ばれている。

ゲーム化されるまでその存在は僕と同じくモブ同様の扱いだった。

そのローランドが今、僕の前に居る。

ジョシュアとは色彩が異なるが概ね兄弟と分かる容姿で、ジョシュアは輝かんばかりの金髪でローランドは眩《まばゆ》いシルバーの髪色。

ジョシュアは王太子の貫禄《かんろく》がある意志の強そうな面差しで、ローランドは穏やかそうな微笑みが似合う。

「っ……あ、いえ、あの、ちょっとテンパっちゃいまして……」

「テンパ？」

「あぁっいえ、あの、その、王宮は初めてで、その、ローランド殿下にはお初にお目に掛かります」

焦って思わず前世の口調が出てしまい、バッと頭を下げる。

「……君、僕の事知ってるの？」

しまった――――！！！

その存在をほぼ隠されて生活しているローランド殿下の顔や名前を下級貴族の僕が知ってる訳無いじゃないか！

「……ぁ、の……実は今日は王太子殿下のお茶会に参加しておりまして……その、ジョシュア殿下と、似てらっしゃったので……」

しどろもどろになりながらも答えると、ふと笑い声がして顔を上げた。

「ふふ、僕は兄上に似てるんだね」

「……はい、似ていらっしゃいます」

レオで美形の笑顔に見慣れてて良かった。

ローランドはその境遇から登場当初は感情を無くしたかの様ににこりともしないが、聖女と関わり合う内に次第に感情を取り戻していくという展開だった筈《はず》だ。

そのローランド王子が、凄く嬉《うれ》しそうに目の前で笑っています。


「あの角を曲がれば兄上がお茶会をしている庭園だよ」

「ありがとうございます！　ロー……」

僕がローランドと鉢合わせた場所からジョシュアとのお茶会会場は近くだった様で、案内をしてくれたのでお礼を言おうとしたら、急にローランドが僕の唇を指で押して言葉を遮った。

「僕と会った事は内緒にしていてね」

「へ」

人差し指をそのまま自分の唇へ当てたローランドは、しーっとジェスチャーで秘密の合図を送って来た。

「君の幼馴染《おさななじみ》くんにも内緒にしてね？」

「え」

レオの事を知っているのだろうか？

どう返事をすれば良いのか戸惑っていると、ローランドはにこりと微笑み背を向けて立ち去ってしまった。

「ぁっ……あ、りがとうございました」

その背中へ改めて小さくお礼を言うとローランドは顔だけ少し傾けて、また直ぐに歩き出した。その横顔は少しだけ笑っていた様な気がした。

ローランドが見えなくなるまでその背中を見送った。

しかし、何故いつも離宮に居る筈のローランド王子がこんな所に居たのだろう。

僕が知らないだけで普通に王宮の方にも来るのだろうか？

彼は僕がローランド王子の事を知っていても何も追及しなかった。

ジョシュアとお茶をしているなら怪しい奴とは判断されなかったという事だろうか……？　でもローランドにとってジョシュア派の人物は気を抜けない相手になる筈じゃ……。

ああ、もう考えても分からない。

取り敢えずはレオだ。

体感で多分20分は経っている。

自惚《うぬぼ》れるなと言われそうだが、これ以上待たせたらレオが何をするか分かったものではない。

足早にレオのもとへ向かった。


「メリーウェザー嬢、放して頂きたい」

「まだ良いでは無いですか、レオニード様のお話をまだ聞きたいの。ねえ、ジョシュア様？」

「そうだね」

垣根から庭園へ曲がると飛び込んで来たのは新たな登場人物だった。

「お話しする様な事はありません。もう30分も経ってる。何かあったのかも知れない」

レオは立ち上がって僕を探しに行こうとしているらしい。

まずい、既に30分経っていたようだ。

そしてそんなレオの腕を掴《つか》んで引き留めているご令嬢を見て僕の足は止まった。

見事なまでに真っ赤な髪色に豊かな胸元が大胆に開いたドレスを着た美女、彼女はジョシュアの婚約者であるメリーウェザー・ヘプト侯爵令嬢だ。

『君を守るのは』……略して『君まも』には所謂《いわゆる》、悪役令嬢は居ない。

魔王討伐がメインで学園生活はおまけ程度だったし、ゲーム以外では聖女はジョシュアとキス未満の関係で、結局ジョシュアは聖女に好意を抱いてはいるものの、婚約者のメリーウェザーと結婚する。

ゲームでも、ジョシュアルートに入った所でメリーウェザーはあまり登場する事なく円満に婚約解消の運びとなるとネットで見掛けた。

そんな僕と扱いが同じレベルの彼女が、今レオの腕にしな垂れ掛かっている。

婚約者が別の男に触れているのに怒りもせずにこやかに笑うジョシュアも怖いし、レオは表情には出さないものの、あれは内心物凄《ものすご》く怒っているに違い無い。

「王宮内で何かある訳無いじゃないですか、迷ったって誰かに案内して貰えますよ。ねぇ、ジョシュア様」

「そうだね」

ジョシュアは「そうだね」しか言えないの!?

「メル！」

ぽかんとしたまま僕が垣根に身を寄せて突っ立っていると、レオが僕に気付いて腕にぶら下がっているメリーウェザー嬢を振り払い、僕のもとへ走り寄って抱き締めた。

「ぐえっ……！」

「メル、心配した……何かあった？」

ぎゅうぎゅうと抱き締められてレオの厚い胸板に顔が押し付けられているもんだから、苦しくてレオの腕を軽く叩《たた》くと抱き締める力が少し緩くなった。

「ごめ……っ、迷っちゃって……」

「やっぱり俺もついて行けば良かった」

「うっ……面目無い……」

まさかこの年になってまで迷子になるとは思っていなかった。王宮がこんな小迷宮ダンジョンなんて聞いてないよ。

「……レオニード様、そちらの方は？」

「私の友人のメルクリス・エヴァン子爵令息です」

レオの腕の中に閉じ込められたままメリーウェザー嬢に説明され、焦って挨拶《あいさつ》をしようとするもののレオに抱き込まれてまたレオの胸板にダイブした。

「ふぐっ……！」

「メルが戻りましたのでこれにて失礼させて頂きます」

「うわっ！」

早口で捲《まく》し立《た》てると、レオは僕の事を子供を抱っこする様に抱えて歩き出す。

一瞬視線が合ったメリーウェザー嬢の人を殺しそうな眼差しの威圧感に萎縮《いしゅく》すると、レオの手が僕の頭を包み肩に埋める様に抱き込まれた。

「レオ……大丈夫なの……？　不敬罪にでもなったら……」

「大丈夫だから、心配しないで」

今更戻って謝る事も難しいけど……。

第一、今は怒れるレオの相手をする方が僕の最重要課題かも知れない。

有無を言わさぬ抱っこで馬車まで向かうと、見慣れたアトモス家の馬車が停《と》まっていて、漸くレオは僕の事を降ろしてくれた。

ほっと一息ついて馬車に乗り込みレオの向かい側に座ろうとしたけれど、それは叶《かな》わなかった。

「メル、誰と会ってたの？」

僕を膝《ひざ》の上に乗せて首筋の匂いを嗅《か》ぐレオの声は、確実に怒っていた。

ローランド王子、ごめんなさい。

約束は守れそうに無いです。

「レオ？　どうしっ……ひゃっ!?」

いつの間にかシャツのリボンタイが解かれ露《あら》わになった首元に生温かい感触がして、甲高い声が出てしまった。

なに、なに!?

首を思い切り捻《ひね》るとレオが僕の首に舌を這《は》わせながらうなじの匂いを嗅いでいた。

「ちょっ、レオ!?」

くんくんぺろぺろすんすんと忙しない。

いや、何してるの貴方《あなた》!?

必死で身を捩《よじ》るけれど、がっしりと腰を抱き込まれていて身動きが取れないし、馬車は動き出しているからあまり暴れるのは危険だと判断して力を抜いた。

「……メル、誰に触らせた？」

今までに無いレオの低い声に、ひゅっと喉《のど》が鳴る。

痛いくらいに抱き締められ、声が詰まる。

「触らせた訳じゃ……いっ……」

ぎゅーっと骨が軋《きし》みそうな程抱き締められ、顔を顰《しか》めるとレオの腕の力が緩んだ。

「レオ……おわっ!?」

色気の欠片《かけら》も無い叫び声を上げたのは、レオがいきなり僕の身体をひょいっとひっくり返して対面で膝の上に乗せたからだ。

「何処を触られた？」

「っ……………く、ちを……ちょっと触られただけだよ」

僕が答えた瞬間、バキっと何かの割れる音がした。

ちょっとちょっと、馬車壊れない!?　大丈夫!?

「んむっ」

慌てて馬車の中を見渡していた僕の顔がレオに掴まれて、一瞬食べられたのかと思った。

「んんっ!?……っ……！」

レオの顔が目の前にある。

唇同士が触れて……と言うかやっぱり食べられてる!?

「んぅっ……」

レオの舌に口が抉《こ》じ開《あ》けられ、舌が絡まり、吸われている。

これが所謂ディープキスというものだと気付くのに優に30秒は掛かった。

「ふっ……ぁ……っ、レっ……ん」

訳も分からずレオの舌に翻弄《ほんろう》される僕に対して、息を乱す事も無く僕の口内を縦横無尽にレオの舌が動き回る。

前世でもした事の無いキス、しかも濃いそれを僕が、あのレオとしているだなんて。思考がストップしてしまい、頭が真っ白になってただただレオに抱き締められ、舌を絡められ、吸い尽くされる。

「……誰に触られた？」

痺《しび》れそうになる程吸われていた舌がぬるりと解け、口端から顎《あご》に掛けて舐《な》めながら聞かれる。

ぼぅ、と、レオの口元を眺めていると僕の唾液《だえき》を舐め取っているのだと気付いて、今更だけど顔が熱くなる。

「道に迷ってたら……ローランド殿下に声を掛けられて……」

「ローランド……」

「……ぁ」

ローランドの名を出してから気付く。

もしかしたらレオはローランドの事を知らないかも知れない。

「あの、第二王子の……」

「知ってる」

「あ、そっか……」

流石レオ、知ってたよ第二王子。

「第二王子は離宮からほぼ出ないっていう話だが」

「……そうなの？」

やっぱりローランドは離宮から出ないんだ。

じゃあ何でさっきはあんな所に……。

「何を話した？」

「いや……これと言って……ジョシュア殿下に似てるって言って……その、ローランド殿下に会った事は誰にも話さないでって、言われて……」

また馬車の中がバキって言った！

いやマジでこの馬車壊れない!?　怖い怖い怖い!!

「それでメルは俺に第二王子と会った事を秘密にしようとしてたんだ？」

「っ……そんなつもりは……」

「俺が聞かなかったら話さなかった？」

「それは……」

あの時はメリーウェザーまでいて混乱していたから頭が回らなかったけど、あの場所には聖女以外のメインメンバーが揃《そろ》って居た。

揃いも揃ってイレギュラーだ。

ローランドは見た目しか知らなかったけど、流石にこれだけ原作とストーリーがズレて来ると他のキャラの動きにも慎重にならざるを得ない。

ローランドが何を考えているのか現状では全く分からない。

レオの事は無条件に信頼しているけれど、ローランドに近付けていいものなのか判断が付かない。

そもそも、聖女って本当に現れるの……？

魔王は復活するの？

「メル」

考えあぐねて俯《うつむ》いていると、ぽふっと頭がレオの胸元に倒されまた抱き締められていた。

「メル……」

「レオ……？」

レオの声が聞いた事ないぐらい弱々しくて、そろそろと腕を伸ばすとレオの眉根《まゆね》が下がっていた。

いつも凛《りん》としていて、迷う事の無いレオの瞳《ひとみ》が不安そうに僕を見つめた。

「メル……俺の側から離れないで」

「レオ……」

そっとレオの頬に触れると、僕の手の上からレオの手が重なる。

大きくて、剣の練習でマメが潰《つぶ》れて硬くなった掌《てのひら》だけど、いつも僕に触れるレオの手は誰よりも優しい。

「一生、誰よりもメルの隣にいさせてくれないか」

「……っ、レ、オ……」

掠《かす》れてしまった声は震えに変わる。

レオの僕への好意は小さな頃からずっと感じていた。

レオは完璧《かんぺき》な人だから、平凡でモブな僕は弟の様に可愛がられているんだと思い込んでいた。

そう思う様にして、聖女が現れた時に僕が傷付きたくなかっただけだったんだ。

何が聖女との仲を応援する、だ。

こんなにも、嬉《うれ》しくて仕方がない。

「レオ……っ、好き、レオが好き……」

レオの指が僕の涙を拭《ぬぐ》ってくれるけど止められない。

「メル、愛してる」

不安そうにしていた目尻《めじり》は下がり、見た事もないほど表情を崩して笑ったレオの顔が、ゆっくりと近付いた。

触れるだけのキスなのに愛《いと》しさが込み上げて、また涙が溢《あふ》れた。


「レ、レオ……っ、レオ……ってば……」

ちゅっちゅっちゅっちゅっちゅと何度も何度も触れるだけのキスを繰り返すレオに、涙も止まって冷静になって来た僕は段々焦り始める。

想いが通じ合った上でのキスはとても気持ち良いけど、そんな事を思っている場合では無い。

馬車は止まる事なく動き続けているけれど、カーテンは全開である。

見られていたらどうしよう!?

僕はどうでも良いとして、レオは侯爵家の跡取息子だ。こんな若いうちから男色なんて社交界に知れ渡ったら、レオの将来が……。

「メル……余所見《よそみ》しないで」

「いや、いやっ、ここ、王都の真ん中だからね!? 外から見られちゃうでしょ!?」

やっと唇が解放されて、せめてレオの膝の上から降りて隣の座席に座りたいとやんわりと腕を突っ張ってみたら、その手を取ってレオの首に回されたので慌てて振り解く。

そうすると不満そうだけど楽しそうに笑うレオに、こっちはハラハラしているのにと気が抜けそうになる。

「防音に視界遮断魔法掛けてるから大丈夫」

「……抜かり無いね」

「メルの可愛い泣き顔は誰にも見せたく無いからね」

ぺろりと目尻を舐め上げられた僕がまた色気の無い悲鳴を上げた瞬間、馬車がゆっくりと停まった。

「着いたよ」

「……そう言えば行きより長く無かった? って……ん? ……何処?」

窓の外を見るが見慣れた寮は見当たらず、何処かの裏口の様な所に馬車は横付けされている。

「デートしようか」

「デっ……」

「学園に慣れて来てやっとメルと出掛けられると思ったら呼び出されて……けど、今日は記念日だからね」

レオがにっこりと微笑む。

今日、何の日だったっけ……？

「記念日？」

「俺とメルの交際記念日」

「こっ…………そ、や、え……っ」

何の事か分からずに呆《ほう》けた顔をする僕の耳元にレオが唇を寄せ、囁《ささや》かれた言葉に顔がぼっと熱くなる。

その時、外から馬車のドアが開かれ僕は慌ててレオの膝《ひざ》から退《ど》こうとしたけど、カクンと足の力が抜けて後ろに倒れそうになった腰を再びレオに抱き留められた。

「あれ……？」

「腰抜けちゃった？」

「うっ……」

遂に僕はレオに腰を抜かされてしまったらしい。

クスクスと笑うレオに抱き締められたまま馬車を出る。

恥ずかし過ぎて御者の顔が見れずに俯くと、レオは僕の頭を撫《な》でながら御者とは違う執事の様な格好の人と一言二言会話をして、裏口のドアから中へ入って行く。

声を出すのも恥ずかしくて運ばれるままにレオにしがみついていると、通路の奥にある部屋の中へ入った。

「……カフェ……？」

然程《さほど》広く無い個室の真ん中にはテーブルがあり、その上には先程王宮で見たそれよりは豪華さは劣るが、それでもケーキスタンドには美味しそうなケーキや焼き菓子、軽食が所狭しと並んでいた。

「前に行きたいって言ってたカフェだよ」

「……あ、行列って噂の新しいお店？」

学園で噂に聞いた王都に出来た貴族が嗜《たしな》む本格的なお茶会が出来るお店が平民の間で人気で、休日は開店前から閉店まで行列が出来ているらしい。

レオは僕を椅子に降ろすと向かいの椅子に座った。

「ありがとう……実はお腹が空《す》いてたんだ」

「俺もなんだ」

僕が小さく苦笑するとレオも微笑む。

執事姿の店員らしき人がワゴンを押して入って来て、淹《い》れ立ての良い香りのするお茶を給仕してくれると「それではごゆっくりお過ごし下さい」と部屋から出て行った。

王宮では紅茶を一口しか飲めなかったんだよなぁ。

きっと最高級の茶葉を使っていたんだろうけど、それを楽しむ余裕なんて微塵《みじん》も無かったから、今は気が抜けてお腹が鳴りそう。

「そう言えばメリーウェザー嬢は何であそこにいたの？」

「ああ……話していなかったな」

スコーンにクロテッドクリームを塗りながら聞くとレオにジャムを渡される。

数種類あるジャムの内、僕が今食べたいと思っていたブルーベリーのジャム。

僕って結構分かりやすいんだろうか……？

「王妃教育で王宮に来ていたらしいんだが、何処から聞いたのかいきなり乗り込んで来た」

思い出したのか、レオは眉根を寄せながら紅茶を飲む。不機嫌そうに紅茶を飲んでるのに、レオだと絵になるなぁ……なんてぼんやり眺める。

レオの話し振りだとジョシュアもメリーウェザーがあの場に来る事を知らなかった様だ。

もしかしたら、ローランドも何処からか話を聞き付けて離宮からレオを見に来たのだろうか。

「メルに変なものを見せた……」

「変……あぁ……あれは……驚いたね」

そう言えばメリーウェザーはレオにしな垂れかかっていた。

原作のメリーウェザーは僕並にモブ扱いなのでレオと絡む場面など無い。

あの様子から見るにレオに気があるか接触を図ろうとしているかにしか思えない。

「2度とメル以外には触れないから」

「いや、そこまでしなくても……」

「俺が嫌なんだ」

ジャムが付いた指を舐《な》めていたらレオに手を取られて指先にキスされた。

どうしてこの男はこんなにもさらっとキザな事をやってのけるのか。

「……じゃあ、僕もレオ以外には触れない様にするね」

そんな機会無かったしこれからも無いだろうと冗談半分に言ったのに、レオが本当に嬉しそうに笑ったから、僕はキュン死にしそうになった。命がいくらあっても足りなそうです。

「それにしてもメリーウェザー嬢と知り合いだったんだね」

きゅんきゅんしてカッカする顔を隠す様にティーカップを呷《あお》る。

領内でも特に親しい女の子が居なかったレオだけに、あんなにベタベタする程の仲だったとは知らなくて、今更ショックを受けている。

「いや、今日が初対面だ」

「っ……!?」

紅茶が気管に入って盛大に咽《む》せると、レオが直ぐに立ち上がり僕の側に来て、ナプキンで僕の口を拭いながら背中をさすってくれる。

「ごっ、め……えっ……初対面？」

咳き込みながらもレオの顔を見ると、レオは無表情に首を縦に振った。

「……俺も驚いた。侯爵令嬢で王太子の婚約者でもあるのに、その王太子の前で初対面の俺に許可無く触れてくるとは思いもしなかった……」

「ふわぁ……」

まさかの初対面だったよ。

レオの言う通りだけど、本当にあれで王妃教育中の侯爵家の御令嬢なの……？

「王太子もずっと見ているだけで何も言わないし……あと数秒メルが来なかったら……」

レオはナプキンをグシャリと握《にぎ》り潰した。

僕は慌ててケーキスタンドからピンク色したマカロンを取ってレオの口に押し付けると、レオは唇をモゴモゴさせてマカロンを口の中に収めた。

「何がしたかったんだろうね、彼女は……」

「茶会の招待をずっと断ってるから大方、どんな奴なのか見てみたかったんじゃないか？」

「ああー……」

貴族の子女は学園に入る前から人脈作りの為に子供達だけでお茶会を開く事がある。

我が家のそういった行事は兄達が担っているので、僕はお気楽に領地で過ごしていた。

そんな僕に毎日会いに来ていたから、レオもプチ社交会に参加出来て無いって事なのか。

しかしレオは姿は現さないが、その噂は貴族の中で有名だ。

まずこの見た目だ。

昔何度かデイビットさんに引き摺《ず》られる様に王宮に連れて行かれていたけれど、その数回の登城でも凄《すご》い騒ぎになったとデイビットさんが面白おかしく話していたのが懐かしい。

そして言わずもがなの魔力量。

更に無双状態の剣技。

小さな頃から数々の魔獣を仕留めては領内で大騒動になっているから、きっとレオに関する噂は色々出回っているのだろう。

……僕の事に関する噂があまり出ていない事を願うけれど、それは難しいだろう。

原作でのレオはそういった催しに参加していただろうから、メリーウェザーもあそこまで興味を示さなかったのだろう。

それにしても、原作通りのキャラがほぼ居ない。

メルクリスからして違うもんなぁ……。

「もう関わる事も無いから心配しなくて良いからね」

「そうも言っていられないんじゃ……」

「王太子の婚約者とは会う事は無い」

「……うん、それが良いね」

クッキーを頬張っているとレオの指が伸び、僕の口端に付いていたクッキーを取って食べた。

「あ、そうだ。レオが転移魔法使える事って話しちゃ駄目なの？」

「駄目では無いが、バレると呼び出されたりと面倒だから家族以外の前では使わないし、使えるとも言わない様にしてるな」

「成る程……」

「あ」

思い出した様にちらりと僕を見たレオはそろりと視線を逸らした。

何その反応可愛い。初めて見るんですけど。

「毎晩メルの部屋に行ってたのはバレてないから、内緒にして？」

「やっぱりか……」

悪戯がバレた子供の様に笑うレオにまたきゅんとなる。

何なの、レオってこんなに可愛かったっけ？

「もしメルに何か言って来たら直ぐ俺に言って？」

「ん、分かった」

子供みたいな笑顔の後に頼りになる表情、狡《ずる》い……。

「半分払うってば」

「俺が勝手に予約したから良いんだ」

「でも……こんな人気店の個室貸切なんて高かったんじゃ無い？」

心ゆくまでお茶とスイーツ達を堪能して入店した時と同じ様に裏口から店を出ると、既に支払いは済ませていた様で、執事姿の店員さんに恭しく見送られた。

割り勘……は無理でも少しでも払えないかと財布を取り出したけど、レオがジャケットに戻してしまった。

「流石に半額は出せそうに無いけど……少しは出させてよ」

レオは魔獣退治で驚くぐらい稼いでいる。

騎士でも無い領民が倒せる様な強く無い魔獣は倒しても大した稼ぎにならない事が多いが、レオは1体倒すだけで30年は遊んで暮らせると言われるシルバードラゴンを既に5体倒している。

「じゃあ、もう一軒付き合ってくれないか？」

「うん」

馬車に乗るのかと思ったらレオは御者に何事か告げると、馬車はそのまま走り去ってしまった。

「ここから近いから歩いて行こう」

レオに手を差し出され、一瞬迷ってレオの顔を見るが、いつもの様に笑っているからおずおずと手を乗せると、柔らかく握り返された。

「何処に行くの？」

レオと手を繋《つな》ぎながら路地を歩く。

僕が気にするのを知ってか、レオは裏路地を選んで人目を避けてくれている。

レオは領地でもこうして人目を避けてくれていた。まぁエヴァン・アトモスの2領では既にレオの僕への溺愛《できあい》振りが広まっていたので意味があったのかは定かでは無いが。

……なのに、何故学園ではあんなにも振り切れているのだろうか。

「着くまで内緒」

「あ、分かった武具？」

「外れ。でもそっちは今度付き合って」

「うん」

レオが行きたいお店は大体限られているから予想をしてみるが武具では無いらしい。

「じゃあ本屋？」

「違う。本屋もまた今度付き合って」

「うん……じゃあ……薬？」

「残念。着いたよ」

斜め上を眺めながら予想してみたけど、全部外れだった僕の事を微笑ましそうに見るレオの指がするりと解かれ、あるお店の前で止まった。

今まで縁の無かったお店に、僕は目を瞠《みは》る。

「……宝飾店？」

何かの間違いかと思ってレオに尋ねるけど、レオは微笑んで頷《うなず》いた。

宝飾店で間違いじゃないらしい。

「いらっしゃいませ」

レオがドアを開けて僕を店内へ促すと、店内に居た男性店員に迎えられた。

「レオ、アクセサリーが欲しいの？」

こぢんまりとした店内にガラスケースが並んで、その中には宝飾品がずらりと並んでいる。

「ああ」

「珍しいね。邪魔になるからってアクセサリーはしないのに」

レオは魔獣退治や剣技の訓練の時には防具さえも邪魔だと言って軽装備で行ってしまうから、僕はいつもハラハラしながら見送っている。

そうだ、レオがアクセサリーを身に着けるなら、防御魔法の付与された物でもプレゼントしてみようかな。

「今日は記念日だから」

「まっ……また、そうやって……」

僕が恥ずかしがるのを楽しんでレオは顔を寄せて囁《ささや》く。

しかし、そうか。記念日か。

いやでもそういうのって1周年記念日とかじゃないの……？　早くて1ヶ月記念とか？

前世で交際経験の無い僕には未知の知識だけど。

「これを出して欲しいんだが」

レオはざっと店内を見渡して、迷う事なくケースの上から商品を指差すと店員に声を掛けた。

「かしこまりました」

直ぐに店員が鍵《かぎ》を開けてレオの選んだ商品をトレイに置く。

反対側の商品を見ていた僕はレオがどんな物を選んだのか気になって、レオのもとへ行くと目に入った商品を見て顔が赤くなるのを感じた。

「メル、似合う？」

レオが首元に当てたシンプルなネックレスのトップにはアクアマリンの石が付いている。

「……レオは何でも似合うよ」

ごにょごにょと店員にバレない様に俯《うつむ》きながら言う。

レオが選んだ石の色は僕の瞳《ひとみ》の色だった。

「メルの色じゃないと似合っても嬉《うれ》しくないよ」

「っ……そういう事を……もう、いいや……」

耳元で囁かれて、僕はもう全身赤くなっているのではなかろうかと思う。

「これと、こっちも下さい。このまま着けて行きます」

「かしこまりました」

えっと思って顔を上げると店員がケースの中から商品を取り出して、トレイの上にはもう1つネックレスが置かれた。

「メルはこっち」

トレイから商品を手に取るとレオは僕の首にネックレスを着けた。

「…………」

「似合ってるよ」

僕の首にはレオの色が、小さいながらも光に反射してキラキラと主張をしていた。

鏡越しにレオと目が合って、もう何も言えない僕は小さく礼を言うだけに留めた。

「あ、支払いは僕が……」

さっき商品を見ていたら割とリーズナブルな価格帯だったので、これなら僕にも払えるんじゃないかと思って慌てて財布を出したのに、レオは支払いを既に済ませていた。

早技過ぎやしないか？

「カフェ代を払う為にここに来たのに……」

「メルにはまた今度奢《おご》って貰《もら》うから、ね？」

店員に店先で見送られながらレオとまた路地裏を並んで歩く。

「そう言ってまたレオが払うんじゃん……」

口を尖《とが》らせて呟《つぶや》くとレオに頭を撫《な》でられた。

これ僕、レオの子供みたいになって無い？

「1番欲しいものはメルから貰うから」

「1番？」

僕がレオに返せるものなどあると言うのだろうか？

考えても分からず、レオを見上げると不意に唇が塞《ふさ》がれた。

「んぅっ!?」

唇は直ぐに離れたけど、レオの赤い舌がペロリと唇を舐《な》めるその仕草に目が離せない。

「分かった？」

「へ？」

いきなりぐっと抱き寄せられてレオと身体が密着する。

僕がレオにあげられるものって。

僕自身……？

「っ……」

「いつかね」

レオが真っ赤になっているだろう僕の耳に熱のこもった声で囁いた。それから手を繋いで寮へ帰ったんだけど、僕はもう頭の中がパニック寸前で帰路はレオに話し掛けられても生返事するので精一杯だった。

＊

ぼんやりと意識が浮上して来て、薄《うっす》らと瞼《まぶた》を持ち上げると最近漸く見慣れた寮の部屋だと認識する。

今朝も背中にレオの温もりを感じる。

昨日までとは違う緊張感に包まれている様に感じるのは……僕だけなのかも知れないけど。

昨日はあの後、カチコチに固まった僕はどうやってこの寮の部屋に帰って来たのかあんまり記憶がない。

「いきなり襲ったりしないから、そんなに警戒しないで？」

僕があまりにもカチコチになっていたからか、レオに苦笑しながら頭を撫でられ抱き締められた。

子供扱いされてるけど、レオがしたい事は大人がする事です。

前世では全くそういった事とは無縁で、今生も同性が恋愛対象の僕はまた独り身を貫くのかな……なんて思っていたのに、まさかのレオと両想いになれた。

となると、その次の段階と言えば……。

身体の関係……大人の階段をレオと2人で登っちゃうの!?

「ひぇ……」

小さく悲鳴を上げると、首筋にふっと吐息が掛かってビクっと震える。

「メル？　何考えてたの？」

「えっ、いやっ……その、いや……」

僕を抱き枕にしたままのレオはクックツと笑っている。

「ぅう………っ」

恥ずかしさに足をジタバタさせていたら、ぐっとレオに腰を引き寄せられて思わず固まった。

あれ？

え、ちょっ……え？

お尻《しり》に……背中に……何か……。

「あんまり刺激されると大変な事になっちゃうからね？」

「っ……はい」

耳に、熱い吐息が、鼓膜に響く！

ちょっと待って。

こ、これ、何処まで……腰に……当たってる……！

「ひぅっ!?」

ぐり、と腰を押し付けられてよりその形を意識させられる。

「レオっ……」

思わず呼んだ声が泣きそうになってて、我ながら情け無い……。

「ごめん、揶揄《からか》い過ぎた」

ちゅ、と目尻《めじり》にレオの唇が落ちて背中の熱が引いて行く。

「シャワー浴びてくるからメルはまだ寝てて」

「え、あ……うん」

さらりと僕の髪を梳《す》いてレオはバスルームへ向かった。

背中だけでも十分に引き締まって筋肉が付いているのが分かる。

レオは領にいた頃はきちんとパジャマを着ていたのに、寮暮らしになった途端に上半身裸なのはなんなの!?

誘惑されてるの!?

レオの下半身も上半身も卑猥《ひわい》に見えて来てぎゅっと目を瞑《つぶ》ると、パタンとバスルームのドアが閉まった。

やっぱり、レオでも生理現象があったんだ。

ちゃんと、性欲があったんだ。

その、対象が僕なんだ。

「…………ぅわぁ〜〜〜」

レオの居なくなったキングサイズのベッドの上でゴロゴロと転がり回ると、ふわりとレオの香りがして、僕の下半身が疼《うず》いた。

「っ……」

暫《しばら》く自己処理してなかったから、レオの香りに包まれて、レオのあんな欲情した熱に当てられたら……。

「……っ、……はぁっ……」

そろそろと下着の中に手を突っ込んで、僅《わず》かに反応し始めた性器を手で包み込むと途端に下半身に熱が集まる。

レオがいつ戻って来るか分からないから、早くしなきゃ……。

「っ……レオ……っ」

枕に顔を押し付けて、レオの匂いを嗅《か》ぎながら必死に手を動かすとどんどん手中が滑りを帯びて来る。

いつか、レオと……背中に当てられた熱を、形を思い出すとぶるりと身体が震え、手の動きが速くなる。

あんな大きなの……入るのかな……。

「くっ……れっ……ぉオ……っ」

自分で恥ずかしくなる程に甘い声を上げて欲を吐き出した。

慌てて下着が汚れない様に処理すると、丁度良くレオがバスルームから出て来た。

「メル、起きたの？」

「ぁ……うん……僕もシャワー浴びようかな？」

恋人になったとは言え、少しの気まずさと拭《ふ》いたとはいえ拭《ぬぐ》い切れなかった下着の中が気持ち悪いのでそそくさとレオの横を通り過ぎようとしたのに、レオに腕を取られた。

「早く帰って来て」

「っ……シャワー、浴びる、だけ……」

シャワーを浴びたばかりの蒸気を纏《まと》った肌に黒髪から水滴が垂れて、いつもは前髪で隠れたおでこが可愛くも妖艶《ようえん》で扇情的過ぎるのに、切な気でエロい声で囁かれて唇を舐める様に食まれた。

バスルームに駆け込んだ僕がもう１度抜いたのは言うまでも無いだろう。

＊

「ごきげんよう」

もう会う事は無いと思っていたジョシュア王子の婚約者であるメリーウェザー嬢が姿を現したのはお茶会の２日後だった。

「……何かご用でしょうか」

レオの作ったローストビーフを食べようと大口を開けていた僕は、口を開けたまま固まって2人のやり取りを見ていた。

「お昼をご一緒したくて」

メリーウェザーの斜め後ろには昼食だろうか、大きな包みを携えている従者らしき男性が立っていた。

「見ての通り私達は2人で昼食を摂《と》っていますので他を当たって下さい」

「席はまだ余裕がありそうでしてよ？」

「メルクリスは子爵家です。貴女の様な侯爵家であり王太子の婚約者が同席すると気疲れしてしまいますのでご遠慮願いたい」

「あら、貴方だって侯爵家でしょうに」

「私達は生まれる前から一緒なので問題ありません」

「まぁ……メルクリス……さん、でしたっけ？」

「はっ、はい！」

「貴方は私と一緒に昼食を摂るのはお嫌かしら？」

「えっ……」

「身分が上の者にそんな尋ね方をされて嫌と言える筈《はず》が無いでしょう」

「今はメルクリスさんに聞いております」

「メル、答えなくて良い。他の場所に移ろう」

週明けの月曜日、あ、この世界は原作者が日本人なだけあって世界観は洋風なのに、日本製品や日本の習慣等がちらほら見受けられる。

学校や仕事は土曜、日曜日は基本的に休みとなる。入学や入団は4月だし、四季もちゃんとある。トイレはウォシュレット付きだし、貴族街では見掛けないが平民街では和洋折衷色んな料理が食べられるし、インスタント食品も数多く存在する。

それよりも今は目の前の危機だ。

王太子の婚約者メリーウェザーは僕達よりも1つ年上で学園には通っていたが、この学園は学年毎《ごと》に校舎が変わるので2年生の彼女が1年生の校舎まで来るとは思わなかった。

「女性を、上級生をここまで蔑《ないがし》ろになさるの？」

「約束も無くいきなり押し掛けて来る女性に敬意を示す必要性は感じません」

「……レオ」

張り詰めた空気に居《い》た堪《たま》れなくなって、不敬は承知で2人の会話に割って入った。

レオの制服のジャケットをくいくい引っ張ると、振り返ったレオの顔はいつもの様に優しい。

けど、その奥の刺す様な視線を感じて動悸《どうき》が激しくなる。

「ん？」

「いや、ほら、時間もあるから……ヘプト様もご一緒して貰《もら》ったら……」

パキン

レオの結界にヒビが入った。

「メルは優しいな」

「っ……そ、そそんな事、無い、よ……？」

内心冷や汗ダラダラで引《ひ》き攣《つ》った笑顔を向けると、レオは小さく溜息《ためいき》を吐いて僕達のいる四阿《あずまや》の防御魔法を解いた。

レオが怒っている。

おかしい……滅多に怒らないのに、学園へ入学してからレオの沸点が低い様に感じる。

それだけ関わる人が増えているという事なんだろう。

そして、将来の王太子妃との関わりも今から作られていくのかな。

僕がレオの隣を独占出来るのは存外に短いのかも知れない。

「後で……お仕置きね」

ぼそりとレオに耳元で囁《ささや》かれた爆弾発言に、悲鳴を上げなかった事を誰か褒めて欲しい。

「そちらのお料理は全部レオニード様が作られたのですか？」

「そうです」

「まるで一流のシェフが作った様に綺麗《きれい》で美味しそうですね」

「どうも」

「どれか一口頂けませんこと？」

「申し訳ないが俺の料理はメルだけの為のものなので」

「まぁ……良いではありませんか。こんなにあるのだから……ねぇ？　メルクリスさん」

「えっ、あ……どう――」

「駄目だ」

「頑《かたく》なですのね」

クスクスと笑うメリーウェザー嬢。

ちらりと覗《のぞ》き見《み》たけど、目の奥が笑っていません。

美味しい筈のレオのご飯の味が分からないくらいに気まずい。

メリーウェザーは清々《すがすが》しい程に僕の存在をスルーしてくれるので、そのまま僕を巻き込まないで欲しい。

「殿下が打診した専属騎士のお話を断ったというのは本当なんですの？」

「ああ」

専属騎士……？

専属騎士ってアランなんじゃ無いの？

いや、でもアランはまだ新兵だろうからあの日はたまたまジョシュアの警護担当だったのか？

それにしても王太子に専属騎士が未《いま》だに付いてないなんて大丈夫なのかな。

原作ではどうだったっけ？

ずっとレオと一緒にいるイメージしか無いからジョシュアの専属騎士の記憶が無い。

ジョシュアがレオにずっと会いたがっていたのはそれが理由だったのだろうか。

「どうしてですの？　類を見ない出世ですのに」

「王宮勤めには一切の興味が無いので」

「では将来は魔法騎士団に？」

「はい」

「欲の無いこと」

「それはどうも」

「王宮の堅苦しい雰囲気が嫌なのでしたら、私の専属騎士になりません？」

「っ……」

先程からちびちびと動かしていたフォークを危うく取り落としそうになった。

ジョシュアにメリーウェザーもレオを専属騎士に欲している。

レオの能力と容姿であればどこでも引く手数多《あまた》だろう。

近衛騎士なんて見た目だけで採用されそうだし、令嬢の護衛なんて、令嬢にとってもレオの様な見目麗しく完璧《かんぺき》な男を従えられるならば鼻が高い事だろう。

「なりません」

「即答ね」

レオの言葉に内心でほっとすると、じとりとした視線を感じたが目線を上げる事が出来ない。確実に睨《にら》まれていると分かる。

幼い頃からそういう視線を向けられる事には慣れているが、慣れているからといって何も感じない訳では無い。

人から恨まれるのは存外にしんどいものだ。

だからといってレオから離れたいとは微塵《みじん》も思わないのだから、そういった悪意も甘んじて受け入れていかなければならない。

「ねぇ、メルクリスさんもそう思わない？」

「……え？」

ぼけっとしていたら話し掛けられていて、生返事を返したら一瞬冷ややかな目で睨まれてしまった。

「魔法騎士団の様な戦場や魔獣退治の前線で危険な任務が多い職場よりも、私の専属騎士になる方が安全な筈よ。貴方も幼馴染《おさななじみ》のレオニード様が怪我《けが》をするより安全な職務に就く方が良いと思わなくて？」

確かに、メリーウェザーの言う事には一理ある。

魔法を主戦力としない騎士団より魔法騎士団の方が遥《はる》かに危険な任務が多い。

王太子の護衛よりも令嬢であるメリーウェザーの護衛の方が安全と言えよう。だけど、

「僕はレオが望む職に就くのが1番だと思います」

「メル……」

レオの手が隣に座る僕の太腿《ふともも》に置かれて咄嗟《とっさ》に振り向くと、レオは目尻《めじり》を下げながら僕の口端に指を当て、その指をペロリと舐《な》めた。

……ローストビーフのタレが付いていたみたいだ。

口端にタレを付けながら偉そうな事言ってたとか恥ずかし過ぎる。

「そう。貴方はレオニード様がどうなっても良いと仰《おつしや》るのね」

「っ……違います！　決してその様な事は……っ」

「幼馴染なら1番に身の安全を考える筈でしょう」

「それはそうですが……」

そんな事は大前提だ。

レオの命が1番大事だ。

僕だって出来る事ならレオには命の危険が無い仕事に就いて欲しい。

けど、こればっかりは御令嬢には理解し難い男の性《さが》みたいなものなのだろうか。

「俺が何の職業に就こうと貴女には関係の無い事だ。メルは俺の事を誰よりも分かっているから理解し尊重してくれている。俺とメルの事を貴女にどうこう言われる筋合いは無い」

「っ………そうですか」

ガチャンとメリーウェザーはティーカップをソーサーに置くと、テーブルの上に乱雑に置いて立ち上がった。

「私の方はレオニード様のご来訪をお待ちしておりますので気が変わったらいつでもご連絡を」

「期待には応えられない」

立ち上がったメリーウェザーとレオが見つめ……いや、睨み合う？　こと数秒、カツカツとヒールを鳴らしながら、肩で風を切り令嬢らしからぬ足取りで立ち去り、従者が風の速さで彼女の昼食を片付けて一礼すると音も無く離れた。

「……なんだったんだろ」

「……あれが将来の王妃になると思うと頭が痛いな」

レオは僕の肩に頭を乗せると、そのままずるずると僕の膝《ひざ》の上に頭を乗せた。

「ちょっ……レオ、こんな所で……」

「結界張り直したから大丈夫」

言われて見渡すと、確かに視界遮断の魔法がいつの間にか施されていた。

膝枕はまぁ良い。

良いのだが、向きがおかしい。

「メル……」

「レオ……っ、あっち向いて……！」

「やだ」

僕の股間《こかん》に向かって話し掛けないで！！！

「レオ！　ちょっ、匂い嗅《か》がなってぇ！」

「メルの匂いは良い匂いだから大丈夫」

「大丈夫じゃないから！」

レオが咄嗟に引いた僕の腰をがっしりと抱き込んできたので、いつもの如く身動きが取れなくなっている。

すんすんとレオは僕の匂いを嗅いでいる。

おかしい。

レオが……どんどん変態化してないか？

「……レオ、何でそんなに僕が好きなの？」

「え？」

しまった、なんという自惚《うぬぼ》れ発言！

恥ずかしい……。

「いや、その、ずっと一緒なのに飽きないのかなぁって……」

「飽きる事なんて無い」

「え……」

「メルにはもう少し俺の想いを分かって貰わないとね」

「へ……？」

ふぅ、とレオが息を吹き掛ける。

「ひぇっ!?」

吐息なのに、股間にきゅんと来たんですけど!?

「メル……」

「レ、レオ……？」

レオが顎《あご》を上げて口を開いて何かを咥《くわ》えた。

って、それ、スラックスのチャック！

「何し……」

うわぁ！　ファスナー降ろし出したよ！

「レオ！　何考えて……っ」

「んー？」

んー？　とか可愛いなってそうじゃない！

腕ごとレオに抱き込まれているから手も動かせない！

いやもう真っ昼間の野外で何をおっ始めちゃうの⁉

そういうのはゆっくり進めるんじゃなかったの⁉

「レオっ……駄目」

「俺達、恋人同士だよね？」

「そうだけど‼　ここ外‼　学校‼　昼休み‼」

「部屋なら良い？」

「うん！……ん？」

とにかくこの場を収めねば、と安易に返事をしてしまった。

「約束ね」

「…………うん」

レオが蕩《とろ》ける笑顔で言うもんだから、断れる訳がない。

「……このアングル良いね」

「気に入った？」

諦《あきら》めて、レオのサラサラの黒髪に指を絡めると、レオが気持ち良さそうに目を細めた。

「もうずっとレオの事見上げてるから、なんか新鮮」

「じゃあこれから昼はメルの膝枕ね」

「……え？」

にっこりと笑うレオのお願いを断れる僕はここにはいないんですってば。

と、ここで天の助け、予鈴の鐘が鳴った。

「続きは部屋で」

「お手柔らかにお願いします……」

ご丁寧にスラックスのファスナーを上げるレオの笑顔はやっぱり、反則です。


「……何だかあんまり食べた気にならなかったな」

「ごめんね、メル」

「レオが謝る事じゃ無いよ」

四阿《あずまや》から教室に戻る道すがら、何だかいつもと様子が違う事に気付いて廊下を見渡す。

「何だか騒がしく無い？」

「そうか？」

「うん。何かそわそわしてる感じ？」

教室の中に入ってもそれは変わらず、僕は気になりつつも次の授業の用意をしていると、教師が慌ただしく教室に入って来た。

「えー、授業の前に君達の新たな仲間となる生徒を紹介する」

教師の言葉の後に教室に入って来た人物に教室内が騒然となる。咄嗟に隣を見ると、レオも驚いた様に目を瞠《みは》って前に居る人物を見ている。

その人は教師の隣に立って教室を見渡すとレオを見て笑い、隣の僕に視線を移すとすっと笑みを消した。

「初めまして。ジョシュア・ユークレティスです。入学式には間に合わなかったけど、これから宜《よろ》しく」

にっこりと笑いながら自己紹介をしたジョシュア王子は真っ直ぐに前へ進み、レオの隣の空いていた席に座った。

「っ……レオ？」

長机の下でそっと手を握ってくるレオを見ると、心配要らないと小さく頷《うなず》いてくれた。知らずに緊張していたのか力が緩む。

「大丈夫」

囁《ささや》く様に呟《つぶや》かれて、小さく頷くとレオは微笑む。

「レオニード、これからも宜しく頼むよ」

「宜しくされるつもりはありません」

「学園なんだから砕けた態度で良いんだぞ？」

「俺達の邪魔だけはするな」

「俺達、ねぇ……」

教室中が2人の会話に聞き耳を立てている中、僕は隅の席で縮こまる。

結局、ジョシュアも学園に通う事になってしまった。

原作と違い過ぎる今生、これから一体どうなるのやら。


「…………疲れた」

「レオ、大丈夫？」

僕が尋ねると、低い呻《うめ》き声を出しながらぎゅうぎゅうとレオに抱き締められた。

あの後、ジョシュアは今まで無視されて来た鬱憤《うっぷん》を晴らすかの様にレオに付き纏《まと》って来た。

防御魔法の授業では毎回ペアを作って実践を行うのだが、ジョシュアはレオとペアを組みたがり、却下するレオと譲らないジョシュアの攻防戦に、クラスメイトや教師までも困惑して僕をちらちらと見る。

無言の圧力に屈し、僕は教師とペアを組むという提案をしたらやっとレオが折れてくれた。

30分粘りました。頑張った。防御魔法の点数少しおまけして欲しい。

周りも安堵《あんど》の溜息《ためいき》を吐《つ》いてたよね。

誰だって嫌だよね。国1番の実力と名高いレオが良いと言い張る王太子とペアを組まされるなんて。

クラスメイト達はちらちらと2人を気にしつつも、自分には話し掛けるな巻き込むなオーラを放ってたもんね。

レオは「今日だけだからな」って言ってたけど、あの様子だと今後もレオにはジョシュアとのペアをお願いしないとだよなぁ。

学園では貴族、平民であっても身分関係無く公平に接する事とされているし、ジョシュアも自己紹介では自分から王太子だと宣言する事は無かったが、皆直ぐにそれと気付いたし、そう易々と王太子に声を掛けられるものではない。

王太子と年齢身分共に釣り合う相手はレオくらいしか居ないし、高位貴族の子供が多いクラスといってもこのクラスは大体伯爵家が多く、侯爵家もいるにはいるがアトモス家は王族からの信頼も厚いので、やはり王太子と話せる強者はレオ以外いない。

その上ジョシュアの背後には眼光光らせた護衛のアランが居るから尚更だ。背後からの威圧感が半端無い。

結局ジョシュアの専属騎士はアランになったんだろうか?

いくら王太子だからといっても、これから毎日授業参観スタイル（1人なのに威圧感半端無い）なのは正直辛い。

ジョシュア王子はその素性が殆《ほとん》ど知られていない。

この世界の社交界デビューは学園を卒業してからになるが、王太子は人前に出る事が多い筈《はず》なのに婚約者が侯爵令嬢メリーウェザーという事しか聞かないのは、僕が田舎の領地に籠《こも》っていた所為なのだろうか……。

見た目はレオに次ぐイケメンランキング2位のジョシュアだから、そわそわと頬を染めていた女生徒達に任せたい……と心底思う。

だけど、その本性が、チャラい振る舞いの腹黒男だと知ったら、クラスメイトは更に距離を取るだろうか。

まぁジョシュアはそんなヘマをする様な男では無い気がするが。

まだ1度しか話した事無いけど。

あれは絶対腹黒だ。

それにメリーウェザーのあの性格から余計にジョシュアへ気軽に声を掛ける女生徒なんていない様に思える。

このままでいけば必然的にジョシュアの相手をするのはレオとなる。

これもジョシュアの計算の内なのだろうか？

レオが僕を側から離そうとしないのは目に見えているので今後は3人……いや、アランも含めたら4人での行動になる事が予想される。

ああ、先が思い遣《や》られる……。

そして、レオは寮に帰って来てからずっと僕を抱き枕にしてベッドに潜り込んでいる。

他人との接触をほぼほぼ断って来たレオにとって、あの積極性の塊のジョシュアの相手は骨が折れたのだろう。

さっきからずっと僕の匂いを嗅《か》ぎながら身体中を撫《な》で回している。

擽《くすぐ》ったくて堪らないから良い加減放して欲しいのだが、ここで拒絶すると後が怖いので今はされるがままに撫で回されています。

不幸中の幸いなのは、ジョシュアが寮暮らしでは無い事だろうか。

元々警備の関係で学園に通えなかったというから、入寮までは漕《こ》ぎ付けられなかったのかな。

そんなこんなで先程までジョシュアにずっと纏《まと》わり付かれていたレオは不機嫌度ＭＡＸだった。

流石にジョシュア相手に当たる事はしなかったレオに僕はほっと胸を撫で下ろした。

「レオ……」

「……メルは俺と一緒にいたくないの」

ぽそりと呟かれた言葉に僕は目を瞬いた。

甘えてる……分かり易く甘えてる……レオが甘えん坊だ……！！！

「王子の事？　あれは仕方無くで……ほら、王子と話せるなんてレオくらいのものだから……」

僕の言葉にレオはおでこをぐりぐりと僕のつむじに擦り付けて子供みたいにイヤイヤしてる。

レオ、付き合いだすと幼児化するタイプなの!?

つい突っ込みを入れそうになったけど、ここはレオの機嫌を直す事に努める事にしよう。

「俺から離れない？」

「そんな訳無いよ」

レオの目を見て言うと、リップ音を立ててキスされた。

つい先程まで子供っぽかったのに急に欲を孕《はら》んだ様な目で見られて、恥ずかしさにレオから目を逸らすと身体がごろりと転がった。

何か、覚えのある展開だな。

「メル、お仕置きが済んでないよね？」

あ、しっかりと覚えてたのね。

僕を見下ろすレオは笑顔だけど、目の奥が笑ってなかった。

あれ？　もしかして、レオも腹黒なんじゃ……？

鼻先が触れる程の距離、レオの吐息が熱くて眩暈《めまい》がしそう。

「ちょっ……待っ」

「お仕置きだから待たない」

「なっ……」

金魚の様に口をぱくぱくさせながら狼狽《うろた》えていると、レオは自分のネクタイに手を掛けて片手で解いた。

ちょっと待って、目の前でレオのストリップが始まるの!?

相部屋になってからのレオは風呂上《ふろあ》がり上半身裸のスタイルだけど、僕はなるべく視界に入れないようにしている。

だって、視界に入れたら否応無しに見てしまう。嬉《うれ》し恥ずかしレオの裸体だよ？　ガン見するに決まってる。

だから、敢えて視線を逸らす。

この前見てしまったのだってレオが居たのは2ｍ先の風呂場であって、目の前ではない。

この世界にプールなんて物は無い。

レオのその美しい御尊顔は生まれた時から見てるから流石に慣れてるとは言え、裸体は未知数だ。

しかも僕達は貴族。

夏に暑いからって庭でパンツ一丁で水遊びなんてする訳が無い。

避暑地の湖で水遊びしたりする事はあるらしいけど、僕達の領は過ごし易い気候なのでそんな機会は巡って来なかった。

レオの裸体なんて妹がイベントの度に発刊したりゲットして来た薄い本でしか見た事がない。因みに妹はレオ×ジョシュア派だ。

そんなこんなで、本物のレオの裸体には耐性が無い。

レオはネクタイを放り投げて釦《ぼたん》に手を掛けると、１つずつ丁寧に外してゆく。

何だかやたらゆっくりとした動きだなぁと思って視線を上げると、レオが笑いを堪《こら》える様に僕を見ていた。

僕がじっとレオの手の動きを眺めている事に気付いたレオも、僕の動向を窺《うかが》っていたらしい。

「メル、俺の裸に興味あるの？」

「はっ、だか……は……う、ええ、いや、まぁ……」

興味はある。

滅茶苦茶ある。

なんなら舐《な》め回す様に眺めたい。

思わずごくりと生唾《なまつば》を飲み込んだら、耐え切れないという様にレオが吹き出した。

「メル、俺が脱ぐとそっぽ向いちゃうよね」

「気付いてたんだ……」

「メルの視線には敏感だから」

クツクツ笑いながら全ての釦を外し終えると、シャツを脱いでまた放り投げる。

「っ……すご」

「メルのお気に召した？」

これは同じ人間なのか。

目の前の彫刻みたいな腹筋をマジマジと眺める。シックスパックと言うかエイトパックじゃない？

何をどうしたらこんなバッキバキになるんだろう。

そろそろと手を伸ばしてその彫刻の様な腹筋に触れてみようとしたら、レオに手を取られ頭上で一纏めに括《くく》られた。

え、と思って手首を見たら、レオはいつの間にか僕のネクタイを外して手首を縛っていた。

慌てて手首を放そうと動かしてみるけど、びくともしない。まぁ、そうだよね。

「レオ……？」

恐る恐る上目で窺うも、レオは僕のシャツの釦を外している。ていうか魔法を駆使して一気に外した。

今の風魔法？　そんな事に魔法使うのアリ!?　僕なんてさっきの防御魔法の授業で今日分の魔力使い果たしたと言うのに……流石レオの無尽蔵魔力……。

とか何とか考えていたら僕も上半身裸に剥《む》かれていました。

レオが前髪を掻《か》き上げて僕を見下ろしている。

レオのその仕草がやたらと扇情的で、僕は顔が熱くなる。

多分、今僕は耳まで真っ赤になっているだろう。

そしてそんな色っぽいレオとは正反対な僕はというと、手首を縛られているのでシャツが手首で引っかかっているという何とも言えない絵面になっている。

モブ受け好きでない限り需要が無さ過ぎる。

「メル……綺麗《きれい》だよ」

「何処が!?　レオの方が……っ」

「こんなに綺麗で、可愛くて、メルは俺をどうしたいの？」

「それ僕の台詞！」

本当レオの目に僕はどう映ってるんだろう。魔力が凄過《すご》ぎて常人とは別の物が見えているとしか思えない。

「メル、俺だけ見てて」

言うが早いか、レオに噛《か》み付く様なキスをされて目を見開く。

「んぅ……っ、ん、ふっ……」

わざとぴちゃぴちゃ音を立てて僕の口内をレオの舌が暴れ回る。

角度を変えて何度も何度も舌を吸われ、絡ませられて初心者の僕はどうすれば良いのかも分からずレオにされるがままだ。

「メル……俺の動きに合わせて」

「っ……ん」

口付けの合間にレオの濡羽色《ぬればいろ》の瞳《ひとみ》が僕を捉《とら》えて離さず、この美しい漆黒の眼《め》に僕だけが映っていると思うと、背筋がぞくぞくとする。

僕の手首を持ち上げると、レオの首に掛けられて触れるだけのキスを繰り返す。

既に息の上がっている僕は、ぼんやりとレオの動きを眺めながらその唇の柔らかさに夢中になる。

「レオ……」

「メル」

頬をひと撫でされると腰を持ち上げられた。

何だか寒くなった気がするのは上半身裸だからなのかな、と思っていたらレオに抱き締められた。

オの顔しか見る事が出来ない。

自分の身体がどうなっているのか確認したいけど、今の僕はレオに抱き付いた状態になっていてレオの顔しか見る事が出来ない。

下着は、スラックスは……？　え、あの一瞬で脱がせたの？　レオも脱いだの？

これは、下半身同士が、触れ合っている……？

何だか、感触がおかしい。

「っ……ぇ」

「メル……っ」

「ひぁあっ!?」

密着した腰が揺すられると、僕の口から信じられない甲高い声が溢《あふ》れた。

腰が、というより、下半身、性器が、熱い。

ピッタリとくっ付いたレオと僕の下半身が擦れ合って、甘い痺《しび》れに変わる。

「メル、愛してる」

「ひぅっ……んやぁ……っ」

耳元で囁《ささや》かれて思わずぎゅう、とレオにしがみ付くと、胸もレオの胸板に擦れて腰が疼《うず》いて逃げ腰になるけれど、レオに抱き締められてしがみ付いている状態の僕は、この状況から抜け出せる訳が無かった。

「うあっ……」

レオがゆっくりと動くとピッタリくっ付いた身体が振動して僕とレオの身体が擦れ合う。

主に下半身が。

いや、何これ何これ！！！

自分でするよりも遥《はる》かに気持ちが良い……。

目の前にレオがいて、レオの匂い、レオの温もり、吐く息がレオの吐息なのか自分の物なのかも分からない。

っていうか！！！

下半身に擦れる熱量が、遥かに僕を上回っている……！

いや、分かってた、分かってたよその大きさが規格外かも知れないって。

けど、これは……これは大人と子供レベルの違いでは無いか!?

大きい！　大き過ぎて僕のが押《お》し潰《つぶ》されそうなのがまた快感に変わり腰が仰け反るけど、レオが腰をがっしり掴《つか》んで放さないので下半身はゴリゴリと擦れ合い、僕の口からは出したくも無い悲鳴に近い喘《あえ》ぎがひっきりなしに漏れる。

「メル……っ、気持ちい？」

「うあっ！　ぐっ、りぐり……しなっ……出ちゃ……！」

快感が半端無くてあっという間にいっちゃいそうなんですけど！

「メル、目を見て」

「めっ……？」

直ぐ目の前のレオの目を見る。

いつもほんのりと艶《つや》やかな黒目で僕を見ている瞳は心なしか、いつもより潤んで、熱っぽく僕だけを見ている。

「そう、そのままずっと俺の目を見て達するメルを見せて」

「んんっ」

言いながら、またレオに舌を絡められる。

「んんんん!?」

レオが今までと比べ物にならない程激しく腰を揺さ振ると、一気に下半身が脈打つ様に震え、夢中でレオの首にしがみ付く。

本当に、だめ、も、イッちゃうって!!

「ほら、メル、俺を見て?」

「んっ、ふ……っ、むぁ……!」

思わず瞑《つぶ》ってしまった目をそろりと開けると、僕の唇を甘噛《あまが》みするレオが見た事ない程の色気を孕んでいる。

こんなレオ、同人誌でも見た事無い……!!

「ぁぁ――――……っ!!　……ぁ、ぁ……」

「メ、ル……っ」

レオと見つめ合ったまま、イッてしまった……。

達して脱力する僕の腰をレオは抱き締めたまま、腕の拘束を解く。

「メル……綺麗だ」

はぁはぁと肩で息をしながら上体を起こして僕を見下ろすレオをぼんやりと眺める。

レオはまた髪を掻き上げて上唇を舐めた。

だから、それエロ過ぎなんだってぇ!!

「レオのが……綺麗、だよ……ていうか……」

「メル？」

ずいっと顔が目の前に迫ってレオの指が僕の頬に触れると撫《な》でられる。

「レオは……エロ過ぎるよ……」

レオの目が数度瞬いて、細められた。

「15年間、ずっとメルとこうしたかったから……強引だった……ごめん、メル」

レオは僕の手を取るとそっと手首に唇を押し付けた。

別に無理に解こうと思っていなかったしキツく結ばれていた訳でも無いので、ネクタイで縛られていた手首には痣《あざ》も跡も付いて無い。

「良いよ」

「メル……」

「レオなら良いよ」

「だが」

「僕が本気で嫌がったらレオはやめる。そうだろ？」

僕の手を掴んでいたレオの手を握り返すと、少しだけ冷たい指先にキスをした。

「メル……愛してる……言葉にしても足りないほど、メルが愛おしい」

「っ……レオ……」

原作のレオは寡黙でクールだけど、ヒロインと出会い態度が軟化していき両想いになっても、最後の最後までこんな風に愛を囁く事も本音を晒《さら》す事も無かった。

原作と違う。

そればかり気にしていたけど、ここは二次元じゃ無いんだ。

僕もレオも生きている。

感情がある。

愛情もある。

こんなに苦しそうに切なそうな顔をする。

「レオが大好きだから、レオなら何しても良いよ」

レオにだから言える言葉。

レオにしか言えない言葉。

「っ……メル」

レオの指が僕の唇をなぞる。

その指先をちろり、舐めるとキスの雨が降る。

「メル……」

「ん……っ」

ぞくりと快感が走ってレオを見ると、レオの指が僕の胸に触れていた。

レオの指の腹が、ぷくりと尖《とが》った先端を捏《こ》ねる様に弄《いじ》る。

「ひゃっ……！」

もう片方の手が僕の腹部に伸びて、視線で追うとレオの下腹部が目に入った。

見事な腹筋に張り付かんばかりの見事なモノが反り返ったまま。

「あっ！」

そちらに気を取られていたら両胸を弄るレオの指先が滑《ぬめ》りを帯びている事に気付いた。

それが、僕の出したモノだと気付くと同時に、全身がカッと熱くなる。

「メル……最後までしないから、もう少しだけ……」

さっきまでレオの事をエロ過ぎだと思ってたのに、もう今はエロの化身かエロ神様かと思う程の果てしない色気のダダ漏れ具合に頭が沸騰しそう。

何処まで出るの、レオの色気……。

「ぁあああっ、りょ、ほ……弄っちゃ……！」

ぬるぬるした指で乳首捏ねくり回さないでぇ!!

僕、乳首で感じちゃう系男子だったの!?

自己処理はしてたけど、断じてチクニーもアナニーもして無いよ!?

「メル、可愛い……」

レオの熱い吐息が掛かり舌先に翻弄《ほんろう》されていると、胸を弄っていた指がするりと下に降りて行き太《ふと》腿《もも》を掴んで抱えられた。

「ふ……ぇ……？」

快楽の波が収まったと思った次の瞬間、僕の閉じられた太腿の間に熱いモノが押し当てられた。

「メル、一緒にもっと気持ち良くなろう」

壮絶にエロい笑顔で笑うレオに、嫌だと言える人類はいるのだろうか。

「おわ!?」

自分の股《また》の間からにゅっと飛び出して来たのは、凶器的な大きさの割になんとも綺麗《きれい》な……なんて思ってたらどんどん僕の方に綺麗な凶器が伸びて来て……。

「あぇっ!?」

ずりゅ、と吐精したばかりで萎《な》えてへたれた凶器にもならない僕のそれに、レオのガチガチの凶器が擦れる。

「メル……」

「レオぉっ！　ちょ、まっ……待っ！」

イッたばかりなのに今度は太腿の間をレオが出たり入ったりして擦れる上にこの正常位の体勢が恥ずかし過ぎる！

「ぅ、ぁ、ん……っ」

まさか自分があんあん言う日が来るとは思わなかった！

恥ずかしさに咄嗟《とっさ》に手で口を覆えば、直ぐにその手をレオに取られ、指を絡められた。

「メルの可愛い声、聞かせて」

「ひぅっ」

レオのその掠れ声こそエロいんですけど!?

腰を揺さ振りながらキスされて、乳首は弄られ過ぎてヒリヒリして来たよ！

そう抗議したいのに、あいも変わらず僕の口からは喘ぎ声しか漏れない。

「メル、可愛い……」

可愛くない！　断じて!!　そう思うのはレオだけ！！！

なのに、本当に幸せそうな恍惚《こうこつ》とした表情をするもんだから、強く出れない……くっ、惚《ほ》れた弱みか……!!

「イッ……ちゃ……レォ、イク、からぁっ……！」

「メル、いっぱい気持ち良くなろう？」

「――――っ!!」

もう抵抗力０で、ころころころころと色んな体勢で朝まで喘がされたよ…………。

「どう？」

「……凄《すご》い、疲れが取れた」

もう出る物も無いのに絶倫エロ魔人レオに朝まで身体中擦られ弄られ喘がされ尽くしたけど、まだお尻《しり》の方は未開通、未使用、新品である。

しかし、もうぴくりとも動けない僕を抱えたレオに風呂《ふろ》に入れられていた。

レオは浄化魔法が使えるけれど、僕がお風呂好きだから毎日お風呂に入る様になったらしい。

やはり日本人としては湯船に入らないとお風呂に入った気にならないから、僕は前世の記憶が戻ってからは出来るだけ湯船に浸《つ》かっている。

湯船の中で抱っこされてレオに身体を預けると、ほわんと身体を包む光に目を瞑る。

眩《まぶ》しさが止《や》むと動かなかった指が動き、背後のレオを振り向くと唇を塞《ふさ》がれた。

ちゅっちゅちゅちゅっちゅっちゅと繰り返されるキスにレオの腕を叩《たた》くと、漸くレオの口が離れた。

「んんっ……」

「メル……ごめん……やり過ぎた」

レオが僕の首筋におでこを擦り付けてぐりぐりしてる。

なんなのそれ、僕なんかよりレオの方が可愛いでしょ！

図体デカ過ぎるけど。

だけどそれがかえって可愛さを引き立てると言うものだ。

「朝までは辛いから、手加減して欲しいかな……」

「ん、分かった」

ぐりぐりが止まり今度は首筋にキスの嵐。

分かってんのかな、これ。

内心で溜息《ためいき》を吐くが、大概僕もレオに甘いので許してしまう未来が見えて遠い目をした。

今日もレオとジョシュアの攻防戦があるのかな……と多少憂鬱《ゆううつ》になりながら教室に入るとジョシュアは居らず、結局その日ジョシュアの姿を見る事は無かった。

*

「今日も来ないね、殿下」

レオお手製のバナナマフィンを頬張りながら呑気《のんき》に呟《つぶや》いた。

「煩わしくなくて良いな」

「言い方……」

ジョシュアが登校1日目以降その姿を見せなくなって3日目、今日も僕は四阿《あずまや》でレオとお昼ご飯を食べている。

レオは既に食べ終わって僕の膝《ひざ》の上で寝転び僕の太腿を撫で回している。

「もしかして怒らせちゃったんじゃ……」

「それならそれで厄介払いが出来た」

「だから言い方がさぁ……」

「ねぇ、貴女さっきジョシュア殿下にお声を掛けて貰《もら》っていたわよね」

「まぁ！　それは本当？」

「ええ……少し挨拶《あいさつ》をした程度ですが……」

ふと聞こえて来た声に今しがた話題にしていた人物の名前があり、僕は咀嚼《そしゃく》していたマフィンを飲み込んで声のした方を見る。

各校舎の校庭程の広さの裏庭には５ｍ間隔に四阿が並んでいたり噴水やベンチも沢山ある。

学園内では貴族同士も平民とも分け隔て無く生活を送る事になっている。

領地で暮らしていては経験出来ないであろう身分の違う同年代との交流を楽しむ為、この四阿で過ごす生徒は多い。

レオの魔法で僕達が今居る四阿は現在外から見えない様になっているらしい。

メリーウェザーの襲撃を受けて以来、更に結界を強化したんだとか。

そんな訳で僕達が居るとも気付かずに近くの四阿では声を上げてきゃあきゃあとジョシュアの話に花を咲かせている。

「一体何を話されたの？」

「うちの領地の話を聞かれて、少し答えただけなのよ？」

「まぁ、そうなの？」

「なんだ。それだけなのね」

「ええ。それに殿下にはメリーウェザー様もいらっしゃいますし……」

「そうよねぇ、いくら素敵と言っても王太子様ですものね」

「目の保養ですわよね」

領地の話か……って言うかジョシュア、学園に来てるの？

そしてやっぱりご令嬢達にも人気なんだな。まぁジョシュアイケメンだもんな。腹黒だけど。

「殿下、来てるっぽいね」

「興味無い」

僕の足の間に埋めた顔をぐりぐりと動かすレオに慌てて頭を押す。刺激が危険だ。

こんな所で真っ昼間から盛っているなんて知れたらもう学園に来れなくなる。

「ひょ!?」

変な声を出してしまって慌てて口を閉じるが、現在この四阿はレオの魔法でそもそも存在が消されているらしいので声も聞こえる事は無い。

だからと言ってこんな所で色っぽい事をするつもりは毛頭無いので、座っている僕のお尻に指を突っ込んでもみもみと揉《も》んでいるレオをきっと睨《にら》む。

「……変態」

「メルの前だと俺はいつだって変態だな」

開き直った！

「……僕の嫌がる事はしないいんじゃ無いの？」

「……嫌？」

………くっ！

上目遣いで子犬の様な潤んだ目で見つめて来るなんて卑怯《ひきょう》だ！

ああ抱き締めて頭撫《な》で回したい！

だがしかしこの男のやっている事は男の尻を揉むという変態行為！

「嫌………じゃ、な………い、けど……ここじゃ嫌」

言った瞬間にがばりとレオが起き上がった。

あ、まずいやつだこれ。

「これから午後の授業だからね!?」

「………」

そっぽ向いたレオから舌打ちが聞こえた。

こらこらこらこら!!　止めなかったら何をするつもりだった!?

朝まで喘《あえ》ぎ通しにされてからはレオも反省したらしく、そういうイチャイチャは寝る前に3回程抜き合う事で我慢して貰っている。

その3回も非常にねちっこくレオに身体中を弄《いじ》くり回されてこの2日間僕は寝落ちして朝を迎えている。

シャツが擦れる度に胸がひりひりして変な声を出してしまいそうになるからそろそろ加減して貰わないといけないな……。

これから夏になると薄着になるのに乳首を立たせて学園で過ごす訳にはいかない。恥ずかしくてお婿に行けない。

「なら王太子の事は考えないで」

「ええ……？」

起き上がったレオに抱っこされて、膝の上に向かい合わせで座らされ、抱き締められる。

ふわりとレオの髪の匂いが鼻腔《びこう》をくすぐる。

同じシャンプーの筈《はず》なのにレオが使うと何でこんなにも色っぽい香りになるんだろ？

「メルはどこもかしこも甘いね」

レオも僕の髪に顔を突っ込んでぐりぐりしている。

今日は汗掻《か》いて無いけどちょっと恥ずかしいので止めて貰いたいが、レオが鼻唄《はなうた》を歌っているので我慢する事にした。

それにしても、ジョシュアは学園に来ていたのか。

何故教室に姿を現さずに学園内を徘徊《はいかい》しているんだ？

領地の事を聞かれたと言っていたけど魔王絡みの話なのだろうか……。

でも魔王出現は3年になってからだから別の件？

物語は1年分しか描かれていないので僕の知らない事はまだまだ沢山あるのだろう。

原作ではジョシュアはレオと並ぶ成績優秀者だったし、魔力も相当高かった。

実際ジョシュアが登校した日のレオとの魔法の撃ち合いも他のクラスメイトとのレベルの差を見せ

付けられる形になった。

うちのクラスに入れるという事はジョシュアの実力は申し分無いと言う事だ。それもその筈だろう、ジョシュアはこの国の誰よりも高等な教育を小さな頃から受けているのだから。

それにしても警備の関係で入学を断念したのに、今更学園に来て授業も受けずに何をしているのだろう。

とはいえ下級貴族の僕に分かる筈も無いので深入りする事は無いだろう。

どうか、レオがその件で巻き込まれないと良いなぁ。

僕の顔にキスの雨を降らせるレオの頭をわしゃわしゃと撫でるとレオの顔が眼前に迫り、僕はゆっくりと瞼《まぶた》を閉じた。


「レオニードは何処で昼を食べてるんだ？　いつも食堂に居ないよな」

4時間目の授業終了の鐘が鳴った直後、ジョシュアがレオに声を掛けた。

この世界、授業の仕組みも日本式で4時間目の後に昼休憩になる。

久し振りに教室にいるジョシュアに、いつもは直ぐに食堂へ向かう生徒もそわそわと後方を気にしている。

「外」

「いや、もっと具体的に……ああ、裏庭？」

問い掛けられたレオは教科書やノートを仕舞いながらジョシュアを見ずに答える。

僕がジョシュアの姿を見たのは1週間振りだ。

その間も彼は学内の色んな場所に出没してその姿を見られているらしい。

いつもレオが食堂に居ない事を知っているという事は、ジョシュアはいつも食堂に居るって事か。

最初は女生徒にばかり話し掛けていると聞いて、まさかの女の子目当てで学園に来たのか？　と半信半疑だったが、どうやら男子生徒や下級貴族や平民の生徒にも声を掛けている様子からすると、何か別の件で調べてる事でもあるのかなとぼんやり考えていたらレオが立ち上がった。

今日のお昼はジョシュアも一緒なのかなぁ、肩が凝りそうだな……なんて思いながら教科書を鞄《かばん》に仕舞い終えた僕の身体は、いきなり宙に浮いた。

「へっ⁉」

何故か僕はレオに横抱き、所謂《いわゆる》お姫様抱っこをされていた。

その瞬間、教室の中が悲鳴に包まれた。

そして次の瞬間、レオは勢い良く窓に突進した。

「はぁ――――⁉⁉」

ぶつかる！！！

咄嗟《とっさ》にレオにしがみ付き目を瞑《つぶ》った僕は、衝突の衝撃を感じる事なく歩き続けるレオを不審に思い、恐る恐る目を開いた。

数秒前まで教室に居た筈なのに、景色は裏庭に変わっていた。

「………飛び、降りた？」

レオに抱えられたままなので視線は上を向いていて、教室の窓という窓からクラスメイトがこっちを見て騒いでいるのが見えた。

その中に大笑いしているジョシュアも居た。

因みにうちのクラスは3階で、僕を抱えたレオは窓から外へ飛び降りたのだ。

魔法が発動した様子は無かったからレオの身体能力だけで飛び降りたらしい。

いや異世界だからって3階から飛び降りたら死ぬよ普通。

15年の付き合いで恋人にもなったのに何をしでかすか分からない。末恐ろしい……。

「あいつが来る前に行こう」

1階や2階のクラスの人達も何だ何だと窓際に集まって僕達の様子を窺っているが、レオは飄々《ひょうひょう》とした様子でいつもの四阿に入ると結界魔法を張った。

「レオ！　やり過ぎ!!」

「……メルと2人きりになりたかった」

レオは僕を椅子に座らせて異空間収納からお昼ご飯を取り出すと、素早くテーブルセッティングをする。因みにこの異空間収納も魔力が高く無いと使えないらしい。

本当に何をやっても手際が良いなぁ……ってそうじゃない！

「だからっていきなりあんな事しなくてもいいだろう？　しかも殿下相手に……」

「……メル、ごめん」

頭《こうべ》を垂れてしゅんとするレオなんて珍しい。

何だか可愛くて怒らなくてはいけないのに手が伸びて、頭に置くとぽふぽふと叩《たた》く。

本当に僕はレオに甘いな……。

くぅ……さらさらでいつまでも撫でていたくなる髪だ。レオも撫でられて気持ち良いのか頭をふらふらと動かしている。

「僕に謝るんじゃなくて殿下にきちんと謝るんだよ？　あと、先生には何て言われるか……」

「ああ……」

そろそろと視線を上げたレオは、僕が怒って無い様子を見るときりっと表情を引き締めてるけど、口元が緩んでるよ。

「先生には俺から話すからメルは心配しなくていい」

とは言っても、入学早々悪目立ちしたくなかった……いや、でも僕はモブだしレオに霞《かす》んで先生にも睨まれる事なんて無いよな。

なんて考えながらオニオンスープを呑気《のんき》に堪能している僕を、レオはいつもの様に微笑ましそうに眺めていた。

昼休憩終了ギリギリで教室に戻りジョシュアに話し掛けられて、さっきのレオの反省が見られぬ素っ気ない返答に冷や冷やしながら教科書を取り出す為に鞄を開けると、ノートの切れ端の様な紙に走り書きされた物を見付けた。

【放課後1人で裏庭の奥の四阿《あずまや》へ来て下さい】

教師じゃなくて生徒から目を付けられたかも知れないです。

これはあれだよね。

体育館裏に呼び出されるやつだよね？

1人でと指定してるあたり、間違い無いよね？

レオに気付かれない様に小さく息を吐くと、小さく折り畳んでペンケースの中に入れた所で授業開始の鐘が鳴り、魔法史の教師が教室に入って来た。

お昼の後で満腹だからこの時間はいつも眠くなるんだけど、今日は目が冴《さ》えている。

教師の話を聞く振りをして教室内を視線だけで見渡す。

差出人の名前は無かったからクラスメイトが入れた物なのかは分からない。

けど、字の雰囲気からして女性だと思う。

まぁ経験上、十中八九女生徒からの呼び出しと見ていいと思う。

嗚呼《ああ》、入学早々ここでもあの洗礼を受けるのか……。

レオと一緒に居る限り避けて通れないであろう試練。

やっかまれるのは慣れているつもりではあるがそれは領地内での事で、殆《ほとん》どが領民の女性だから（たまに男性も）レオが居たから何とかなっていたし、一応領主の息子という事で大々的に嫌がらせを受けるという事は無かった。

だけど、ここは学園だ。

貴族がうじゃうじゃいる。

なんなら多分この呼び出しをしたのも貴族令嬢だろう。貴族令嬢とは思えぬノートの切れ端の呼び出し状だが。

まぁ、今ここでうだうだ考えても仕方ない。

放課後に用件を聞くしかない。

しかし、問題なのはどうやって1人になるか、だ。

レオに呼び出されてる事をバレずに1人で向かう。

これが簡単な様で難しい。

用事があると言えば確実にレオも付いて来るだろう。

ちらりと横目でレオを見ると、すかさずレオの視線とかち合い微笑まれた。

う―――ん、レオを振り切るのは至難の業だし後が怖い。

お仕置きは絶対に避けたい。

そうなるとあの手しか無いな、うん。


「あっ」

学園の直ぐ隣にある寮に入ってから思い出した様に声を上げると、直ぐにレオが「どうした？」と尋ねてくる。

「課題で使うプリント、忘れて来ちゃったかも」

鞄を漁《あさ》って探す振りをする。

勿論《もちろん》プリントは持って来ているから鞄の中にあるが無視だ。

「やっぱり忘れちゃったから教室戻るよ。レオは先に帰ってて」

「俺も一緒に――」

「大丈夫だって、直ぐ戻るから」

レオの言葉を遮って踵《きびす》を返すと寮を飛び出す。

我ながら嘘臭かったかな……と思いながらもレオが付いて来る気配は無かったので、ほっとしながらも裏庭に一直線に向かう。

忘れ物を取りに戻るくらいの時間で話が済めば良いんだけど。

そう願いながら1番奥の四阿に着くと、中では既に数人の女性がお茶をしていた。

女性特有の甘い華やかな雰囲気だったのに、僕が姿を現した途端にしん、と静まり返って、思わず喉《のど》が鳴った。

「……あの、お話があるとの事ですが……」

ざっと見渡したけど、同じクラスの女生徒は居ない様子だ。

だから学年はおろか、家格も分からないし勿論ここに居る令嬢達の名前も分からない。

「……貴方、レオニード様の幼馴染《おさななじみ》なんですってね」

「はい。両親共に学園で学んだ友人同士で領地も隣だったので、レオニードとは生まれた時からの仲です」

名乗りもせずに話し出したから、相変わらず誰なのか分からなくてヒヤヒヤする。

この高圧的な態度を見るに、子爵より格上なんだろうなぁと当たりをつける。

「貴方がいつまでも側をうろちょろして迷惑を掛けている所為で、レオニード様が幸せになれないのよ」

真ん中に座って優雅にカップを傾ける高圧的な金髪縦ロールの女生徒がよく分からない事を言った。

「ええと……」

遠回しな事を言わないでハッキリ言って欲しいなぁと思いながらどう答えるか決めかねていると、金髪縦ロールの隣に座っている大人しそうな令嬢が困った様に金髪縦ロールに何事か囁《ささや》いて、金髪縦ロールは自信満々といった様子で返事をした。

「大丈夫よ、アナタシア様。この男が居なくなれば貴女がレオニード様の婚約者になれるわ」

「ディアナ様っ……それは、もう済んだお話ですし……」

……………ちょっと待って、何だって？

婚約者……？

レオに婚約者などいた事は無いしそんな話聞いた事も無い。

レオの両親は「好きな子と一緒になれば良いよ」なんて言ってるくらいだし、領地経営も安定しているから政略結婚の予定は無い。

王家や公爵家からの話とあれば従わずにいられないが、そんな話も聞かない。

この国の公爵家にレオと年齢の釣り合う令嬢は居なかった筈《はず》だ。

それに、原作だとレオは聖女と結ばれる。

だから、婚約者などいる筈が無いんだ。

「あの、婚約者とは……？」

「こちらはピッツバーグ伯爵家のアナタシア様よ。彼女は小さな頃からレオニード様の婚約者として育てられて来たわ」

「えっ!?」

金髪縦ロール改めディアナは隣に居るアナタシアがレオニードの伴侶《はんりょ》となる人物だと言う。

そんな話、聞いた事も無い。

「あの……それは両家での決まり事なのですか？」

「当たり前じゃない！」

「レオニード様が可哀想《かわいそう》だわ、こんな男がいつまでも付き纏《まと》うから自由になれないのだわ」

ディアナ以外の令嬢達も口々に文句を言ってくるが、思考が追い付かない。

何でこんな事に……？

そもそもレオはずっと僕の事を好きだったから、たとえアナタシアの家が婚約の打診をして来ても断るだろう。

なのにだ、何故そんな嘘を吐《つ》くのだろう。

「ちょっと！　聞いているの？」

ヒステリックに叫んだディアナが手に持っていたティーカップの中身を僕に向かって掛けて来た。

嘘だろ!?

僕は咄嗟《とっさ》に瞼《まぶた》を閉じた。


前世で妹がヒロインのドレスにワインを掛けるのは悪役令嬢がする虐《いじ》めの鉄板の1つだと話していたっけ。

僕は特殊な能力も無く可憐《かれん》なヒロインでも無いのに、今正に熱々の紅茶をぶっ掛けられるのか。

先程令嬢が飲んでいた紅茶だから火傷《やけど》をする程では無いだろうけど、それなりに熱いだろう。

服にでも無く、顔目掛けてカップの中身を掛けられた。目に入るのは不味《まず》い。

咄嗟に目を閉じたが、熱さが顔面を襲う事は無く、代わりに慣れ親しんだ温もりと匂いに包まれていた。


「メル、大丈夫？」

「……レオ？」

恐る恐る目を開けると、目の前にぷかぷかと大小様々な大きさで歪《いびつ》な円形の茶色の物体が浮かんでいた。

　これはあれだ。

　前世で宇宙飛行士の人が宇宙の無重力状態で水を浮かばせているのをテレビで見た記憶がある。

　目の前のこれはあの状態だ。

　という事はこのぷかぷか浮いてるのは紅茶で、レオの魔法？

「浮いてる……」

「こら、駄目だよ」

　つい好奇心で突《つつ》いてみたくなって、レオに抱き締められながら何とか指を伸ばしたら、すんでの所でレオの手が伸びて、茶色の物体は次々にテーブルの上へと落下した。

「あっ……」

「「「きゃっ!!」」」

　テーブルの上にはティーセットやお菓子やケーキも並んでいるが、そこにお茶が降り注いだ。

　ご令嬢方は可愛らしく悲鳴を上げるが、その身体は小刻みに震えて顔色は悪い。

　ディアナを見ると誰よりも怯《おび》えていた。

　その視線の先は僕の頭の上にある。

　要するにレオだ。

　……気付いたけど、今僕レオにバックハグされてません？

「……これはどういう事だ」

いや駄目だバックハグにドキドキしてる場合じゃ無かった！

「あ、あの！　私達は……」

「……誰」

ディアナが割って入ろうとしたが、レオの低い声と共にテーブルの上の食器が勢い良く割れて、ケーキやクッキーがスプラッタの如くぐちゃぐちゃになった。

「ひぃっ！」

ディアナとアナタシアは抱き締め合い竦《すく》み上がっている。

あ、不味い。これは不味い。

「レ、レオ」

「どういう事だと聞いてるんだ」

レオの手が僕の手を包み撫《な》でているが、その温かさよりもレオの放つ冷気は氷点下なんじゃ無いかと思う。

昔、レオと一緒にアトモス領の広場で遊んでいたら僕が足を引っ掛けられて転ばされた時、レオは僕の鼻血を見た瞬間に、足を引っ掛けて来た女の子や周りで笑っていた取り巻き連中を一瞬で氷漬けにした。

子供と言えど容赦が無い。

そのまま氷を砕かんとするレオを止めるのは骨が折れた。

それはもう大変だった。

レオを止めようとする大人は尽《ことごと》く吹っ飛ばすし、唯一危害を加えられない僕は鼻血を垂れ流しながらレオに抱き付いて「何でもしてあげるから壊しちゃダメぇ――――!!!」って叫んだらレオの動きが止まった。

レオの拳《こぶし》が氷に直撃する寸前だった。

それ以降、アトモス領での僕は腫《は》れ物《もの》扱いだ。

まぁ元々9割9分レオが家に来ていたので問題は然程無い。

女の子達も凍らされていた間の記憶が無い様なので、先に手を出したからとレオにはお咎《とが》めがなかったけど、一歩間違えればレオが殺人犯になる所だった……。

昔の事を思い出して視線を明後日《あさって》の方に向けていた僕は、ヒュ、ヒュ、という風の音に目を瞬いた。

目の前では割れた皿やカップの破片にフォークやナイフがぷかぷかと浮いている。

「答えられないのか」

レオの地を這《は》う様な声にハッとする。

令嬢達はガタガタと震えて悲鳴は喘《あえ》ぎの様になっていて、多分、喋《しゃべ》れないいだけだと思われる。

この割れた破片、まさか……。

「答えられないなら強引に聞くま――」

「ダメぇ――!!!」

どんな悪徳業者の強請《ゆす》りだよ!

いや、魔王か!?

レオに抱き締められていたけど、渾身《こんしん》の力でぐるんと方向転換してレオの頬に手を伸ばす。

「メルが大怪我する所だったんだぞ？」

「無事！　レオが助けてくれたから無事！」

「今甘い態度を取ったら付け上がる」

「でもそれはご令嬢にする事じゃ無いよね⁉」

「じゃあどうすれば良い？」

「えっ……あー、ええと……」

被害者は僕なんだし決める権利はあるかな？

「あ、そうだ。レオ、そこのご令嬢と婚約してるって本当なの？」

「…………………殺《や》るか」

パキ――――ン
氷点下な気温がもっと下がった気がする。背筋が凍りそう。

ついさっきまで小さな嗚咽《おえつ》等が聞こえていたのに、急に静かになった背後をそろりと振り返る。

ええ、固まっていましたよ。

氷漬けにされたご令嬢方が。

呆然《ぼうぜん》と目の前のカチンコチンに固まったご令嬢方を見ていると、横に何かが落ちてゴトンと音を立てた。

「わぁっ⁉」

びっくりしてレオにしがみ付いたら、すかさずぎゅっと抱き締め返された。違う、何かが違う。

「ああ、鳥が落ちたんだ」

鳥が、落ちた？

レオの言葉に、落ちた物をよく見て見ると確かに鳥が氷漬けになっていた。

「ああ、鳥……って人多っ！」

そして鳥から視線を上げると、僕達が居る四阿《あずまや》の周りを取り囲む様に生徒がうじゃうじゃと居た。

そして、皆例外無く氷漬けで固まっている。

え、何でこんなに人居るの？

いや、本当に沢山の人が居るんだよ。

「寮から出たら付いて来た」

僕の疑問が分かったのかレオが答える。

レオが1人で行動してるのが珍しくて付いて来たって事？

確かに学園に来てからレオは片時も僕から離れようとはしないから、レオが1人で歩いているだけで騒ぎになるのも頷《うなず》ける。

もしかして、この人達が氷漬けになってるのって僕の所為なんじゃ……。

「レオ、皆を元に戻して」

「……分かった」

レオが手を翳《かざ》すと四阿の周りを取り囲んで居た人達の氷がパッと消え、一様にキョロキョロと辺りを見回している。

「この中は見えてないよ」

「ああ、そういう事か」

バサバサと音がした方を見ると、鳥が空へと羽ばたいて行った。

鳥を見送ってご令嬢方を見ると、何故かまだ氷漬けのままだった。

「え、あれ、何で？」

「それとこれは別」

それはギャラリーの皆さんで、これは僕を呼び出したご令嬢方という事だろうか。

「いやいや、このままの訳には……あれ？　生きてる……よね……？」

急に不安になってレオをじっと見ると何故かほっぺにキスしてきた。なんで！

「大丈夫だよ」

今度は頭をぽんぽんされてるんだけど、だからなんで？

「それより、何でメルがあんな目に遭ってた？」

「え……」

焦った僕を微笑ましそうに眺めていたレオが真顔になった。

やっぱり、話さなきゃ不味いよね……。

「ええと……そちらの……ピッツバーグ伯爵令嬢とレオが昔から婚約してるって言い出して、両家での話なのかって聞いたらその隣の令嬢が怒り出して……」

何か話してる途中で何処かの木に何度か雷が落ちたけど、何とか言い切った。雷も自在に扱えるんだなぁ、流石レオ。こんな状況じゃなきゃ尊敬するのに……。

「ピッツバーグ……あぁ……」

レオは思案する様に目を細めて僕の後ろに居る氷漬けのアナタシアを見て、何かに気付いたのか1つ溜息《ためいき》を吐いた。

「……小さい頃から婚約の打診は幾つか来てたんだ」

「そっか……」

レオは濁してるけど、幾つかってレベルは超してると思う。生まれた時からその魔力の多さは有名だったし、成長するにつれてレオの魅力は国中に知れていたし、婚約の打診は沢山来てたんだろうなぁ。

言わずもがな、僕に婚約の打診は1度も来た事が無い。

「ピッツバーグ伯もその内の1つで、幼い頃から何度断っても諦《あきら》めなかった」

レオは苦虫《にがむし》を噛《か》み潰《つぶ》したような顔でアナタシアから視線を逸《そ》らした。

「そうだったんだ……」

「俺は昔からメル以外と一緒になる気は無いから全部断っていた」

レオは僕を見ると懐かしそうな、切なそうな顔をする。

「レオ……」

手を伸ばして頬に触れると、レオは目を細めて小さく笑った。

「相当しつこくて屋敷にも何度か来ていたらしいから、娘には俺と結婚するとでも言い聞かせていたのかも知れないな」

「うわぁ……」

なんなんだそのレオへの執着は。

確かにレオは娘婿にしたい男№1だろうけど、格上の侯爵家に対して伯爵家が何度も婚約申し込むなんてあるのだろうか。

「うーん……取り敢えず伯爵令嬢の誤解を解いておかないと駄目だよね」

「ああ」

レオはまた手を翳す。

アナタシアの方を向くと氷が溶けていて、アナスタシアは周りを見渡し、他の令嬢が氷漬けになっているのを見て悲鳴を上げまたガタガタと震え出した。

「君は父親から何と言って聞かされた？」

「ひっ……」

アナタシアはレオに話し掛けられて盛大に身体をビクつかせた。

僕は未だにレオの腕の中でバックハグ状態なのでどんな顔をしてるのか分からないんだけど、多分レオが魔王の様な顔をしているんだろうな。

原作の魔王も確か美形だったな。

……これ、もしも闇堕《お》ちとかしちゃったりしたら、レオが魔王になりかねなくない？

「レオ、怯えてるから！　優しくして？　ね？」

「…………うん」

アナタシアがあまりにも震えているからレオを仰ぎ見て言うと、何故かレオは僕を見て頬を染めた。

……どうした？

そしてレオは僕の頭をくしゃりと撫でると、アナタシアに視線を戻した。

「俺は誰とも婚約していないし、これからするつもりも無い。今まで来た婚約の打診は全て断っている。貴女の父親は何度も我が家に来ては娘を嫁にと勧めて来たが、それも全て断ったし何度も来て迷惑しているとも話した」

「め、迷、惑……」

アナタシアは初耳だったのか、目を見開いて狼狽《うろた》えている。

何だか不憫《ふびん》になって来たなぁアナタシア……彼女はどうやらピッツバーグ伯爵とディアナの暴走に巻き込まれてる感あるしなぁ……。

アナタシア本人は大人しそうなご令嬢だし。

「貴女の父親は何と言っているんだ？」

「ち、父は……っ、将来私がレオニード様と結婚をするから……侯爵夫人に……なるのだ、と……ですが、いつまで経ってもレオニード様にお会い出来ないので……その、何か婚約に不備でもあったのかと思って父に尋ねても心配無いと言うだけで……それで、不安になってディアナ様達に話してしまって……」

「……妄想も大概にしてくれ」

レオが舌打ちをしてげんなりしている様子にアナタシアはまた一段と震え上がる。

怖がるアナタシアには申し訳なく思うが、レオが僕や家族以外のましてやご令嬢とこんなに長く話しているのを初めて見るので何だか不思議な感じがして、不躾《ぶしつけ》ながらもレオとアナタシアをきょろきょろと交互に見てしまう。

メリーウェザーとは何だか会話というより押し問答の様だったもんなぁ……。

ほんの少し遠い目をして明後日の方を向いているとお腹に回っていたレオの腕の力が強くなり、ぎゅうぎゅうと抱き締められたので、レオの腕をぽんぽんと叩《たた》く。

「……横は誰だ？」

ディアナの方を顎《あご》でしゃくってアナタシアに尋ねる。

扱いの差！

まぁ、お茶ぶっ掛けようとしたんだもんな……。

声のトーンが下がった事にアナタシアの肩は小刻みに震えるが、少しずつ話し出した。

「ディ……ディアナ・クロフト男爵令嬢です」

ディアナまさかの男爵令嬢だった！

あんなに高圧的な態度だから伯爵辺りかな、なんて思ってた……。

「……男爵令嬢が子爵子息を害してどうなるか分からない程の馬鹿なのか？」

「レオ……」

レオ、とんでも無く口が悪いよ。

ほら、アナタシアまたガタガタ震えちゃっていよいよ泣き出しそう。

でもディアナのフォローは出来ないよな、これ。

アナタシアが伯爵令嬢だから気が強くなっちゃったってやつかな。

ああ、また冷気が漂い出したよ……。

これは僕が収めないと不味いよな、うん。

「……まぁ、学園内の事だし未遂だから今回は大事にするのは、ね？」

仰ぎ見て言うとレオは一瞬顔を顰《しか》めたが、小さく溜息を吐《つ》いた。

「メル、本当に今回だけだからな？」

「うん」

つむじに唇が押し当てられるのを感じながらレオの手が前に翳されるのを見ていると、ディアナや他の令嬢達の氷が一瞬で消えた。

「あっ……あ、ら……？」

ディアナは目を瞬かせ、僕とレオを凝視している。

「真相を確かめもしないで人を害そうとする事が親の教えか」

「ひっ」

大分抑えてくれているんだろうけど、また向こうで雷が落ちている。僕がまたレオの腕を軽く叩くと雷が止んだ。

「……話は聞いた。だがそれは全て嘘だ」

「う、嘘……？」

ディアナが震える声で聞き返してくるけど目には涙が溜《た》まっている。ああ何だかディアナまで可哀想に思えて来た……。

「俺は誰とも婚約していない。これからもする事は無い」

「っ……そんな……」

そこまで言うとレオは四阿に掛かっていた結界を解いた。

「俺のメルを害する者は誰であっても容赦しない」

レオは僕を抱き締めながら、良く通る声でそう言い切った。

……ちょっと待って、今、俺のって言った？

そう言えばこの2人、原作に出て来たっけか？

金髪縦ロールなんてこの世界でもあまり見ない珍しいコテコテの悪役令嬢ヘアなら、1度見たら嫌でも覚えそうなものなのに。

やっぱり僕がイレギュラーな行動をしている所為で周りも変わって来ているのだろうか。

それとも、僕がヒロインよりも圧倒的モブ故に付け入る隙を与えてるのか。何だかその線が濃厚だな。

誰でも突っ込みたくなるよね。次元の違うイケメン……と言うか、なんかイケメンという言葉でレオを纏《まと》めたく無いんだけど、僕の語彙《ごい》力だとレオを正しく表現し切れないのが悔しい……いや寧《むし》ろ言葉で言い表せ無い程に素晴らしいのがレオだ。うん、そうだ。

そして、そんなレオの隣に居るのがこの僕ですよ。女避《よ》けと思われてるとしても選べよとか思われそうなモブの僕だよ。女の子ですらない僕だよ。

これがジョシュア相手だったらたとえこの世界でも薄い本が何十冊と作られるかも知れないけど、残念ながら僕では需要が無いだろう。というか、僕とレオがそういう方向に見られる事は無いと思う。

領地でも多分そういう風には見られてはいなかったと思う。

そうじゃなかったら多分女性達から冗談抜きで殺されかねない。いやまじで。

友達だから、レオはまだ女性よりも友達といる方が楽しいんだ。そう思ってレオが自ら毎日会いに行く僕の事を渋々野放しにしている……そんな状況なんだと思う。

いずれは婚約者が出来て女性に興味を持てば自分も1度くらいはレオと……なんて淡い期待を胸に日々自分磨きに励んでいる女性は多いと、侍女が噂話しているのを聞いてしまった事がある。

夢を壊す様で悪いが、もし婚約者が出来たとしてもレオは君達と浮気なんてしないだろう。

騎士団の中でも討伐や争いの中で昂《たかぶ》った身体の熱を娼館やそれさえ無い戦地であれば仲間同士で鎮め合うなんてザラしいけど、レオはそんな事しないで自分で何とかする。と、僕は思っている。

「メル、戻って来て」

「レオ……」

ちゅっとこめかみにレオの唇が押し当てられ、一段と高い悲鳴が巻き起こった事で、僕の現実逃避は終わった。

「俺のメル」発言を皆スルーしてくれないかなぁと思いながら現実逃避してたんだけど、レオの発言の後、数秒の沈黙の後にワッ！　と悲鳴やら怒号やら何だか阿鼻叫喚《あびきようかん》状態……そこへレオに抱き締められこめかみにちゅうとか、僕は明日からどうなってしまうんでしょうか。

レオの腕の中で恐ろしくて前を見れない僕のつむじにまた唇が押し当てられると、一瞬にして辺りが静まり返った。

なに、なに、一体何したの。

何があったのか確認したいけど怖くて顔を上げられない……。

「再度言うが、俺のメルに害なす者は誰であろうと容赦し無い事を、此処《ここ》に居ない者にも伝える様に」

今、俺の、の部分を強調したよ。

レオの低いけど良く通る声が辺りに静かに響くと、目の前から物凄《ものすご》くブンブンと風を切る音がしてそちらを見たらディアナ達ご令嬢方が壊れたおもちゃみたいに首を縦に勢い良く振っていた。

そろりとその向こうにも視線を向けると、四阿《あずまや》を取り囲んでいた生徒達も首を縦に振っている。

レオ、何か魔法使った訳じゃ無いよね……？

「……レオ？」

「ん？」

シンと静まり返った裏庭からレオに手を引かれ生還した僕は、寮への道すがら、レオが少し残念そうな顔をしている事に気付いた。

怒っているという訳では無く、何故残念そうなんだろう。

「どうしたの？」

「いや……今回はメルがあの言葉を言ってくれなかったから……少し残念だったな」

「あの言葉？」

何の事だ？　と思いながらレオを見ると、レオはわざとらしく口を尖《とが》らせた。なにそれ可愛いずるい写真撮りたいのにこの世界にはカメラもスマートフォンも無いのが残念でならない……。

「何でもしてあげるから……って」

「あー……」

そう言えばそんな事言ったっけ。あの時は何したんだっけ？

「忘れた？　1週間メルと2人で過ごしたのに」

そうだったそうだった！

レオの領地の避暑地に子供2人だけで旅行に行ったんだ。

最初レオの両親は反対したけど一部始終を見ていた領民の説得もあり、晴れて旅行へ向かう馬車の中のレオは素晴らしい笑顔だった。

既に何でも出来たレオのお陰で楽しい1週間だった。うん、大体思い出した。

しかしこんな大事な事を忘れてたとか、僕って結構神経図太くなってる様な気がしないでもないな……。

でもレオといれば日々、昨日を超えて毎日が幸せなんだから仕方がないと言えば仕方がない。

まぁ、でもレオと付き合う上で気が弱いとやっていけなそうだからな、色々と。

「ぁあ〜……湖の近くの……」

「そう。夏になったらまた行かないか？」

「っ……そ、うだね」

レオが耳元で僕だけに聞こえる様に「今度は恋人同士として」だなんて言うもんだから僕は顔が熱くて堪らなかった。

……ちょっと待って。恋人同士で1週間2人きりで旅行って、もしかして、もしかしちゃったりする……？

＊

「メルくん、メルくん」

「……デイビットさん？」

授業の合間の休憩時間に用を足して戻ろうと御手洗いのドアを開けたら、曲がり角から顔を半分だけ出したデイビットさんが僕を手招きしていた。

キョロキョロ辺りを見渡しているのは大方レオを探しているのだろう。

レオと僕はいつも一緒に居るけど、流石にトイレまで一緒には行かない。

……少し嘘を吐きました。レオは僕が何も言わなければトイレにまで付いてくる気がする、多分。

「どうしたんですか？」

「お願いメルくんこっち来て」

高速で手招きするデイビットさんと僕の距離、10mはある。

何でそんなに離れてるの？

それより、何故デイビットさんが学園に居るんだろう。

とても必死そうなのも気になる……。

「何かあったんですか？」

休憩時間なので他の生徒も廊下に居てデイビットさんを遠目に見ている。

デイビットさんはレオを少し柔和にした顔立ちなので女生徒は頬を染めてきゃあきゃあ言ってるし、デイビットさんを知っていると思われる生徒は驚愕《きょうがく》の表情で見ている。

宮廷魔導士のデイビットさんの功績は多岐に亘《わた》る。

デイビットさんはレオより魔力量こそ少ないけれど、レオと同じく子供の頃からその才能を遺憾無く発揮して、様々な新魔法を構築しては国に貢献しその名を国中に広めた。

今現在、国の防衛はデイビットさんが構築した結界魔法で守られている。

他の国では数十人の魔導士が国中に散らばってやっと1ヶ月程度保てる結界を施せるらしいが、デイビットさんはたった1人で王都から国中を守れる結界をものの数秒で構築してしまった。

前はデイビットさんの結界構築で1年は保っていたそうだが、今はレオが少し手を貸したそうで短くても数十年は保《も》つとされている上に、レオが国内に居る限りはこの結界が破られる事は無いらしい。

凄《すさ》まじいなアトモス親子。

「メルくん、ローランド王子と仲良くなったの？」

「へ？」

足早に壁にへばり付いているデイビットさんに近寄るとパッと空気が変わり、結界が張られたと思った瞬間、意外な事を聞かれた。

「ローランド王子から招待状預かって来たんだよね」

「えっ」

デイビットさんがローブの中から一通の封筒を取り出した。

真っ白い封筒は見るからに上等な物だから、ローランドからのものという事は間違い無いんだろう。

けど招待状って、何の？

ローランドは離宮で幽閉状態だからパーティーをする事は無い筈《はず》だし、お茶会という事で良いのか？

「ローランド王子がメルくんと話がしたいんだって」

「話……ですか？」

何を話すんだ？

そもそもメルクリスとローランドがお茶会とか、原作では有り得ない。

まぁ、既に原作から掛け離れてるから何が起きてもおかしくは無い。

けど、何で僕なんだ。ジョシュアに呼び出された時の数分しか会話した事が無いのに。

寧ろその数分しか話せなかったからもっと話したいとか？　ローランドは離宮に籠《こも》りきりで同年代の話し相手も居ない筈だから誰でも良いから話したい、という線が濃厚かな……。

「因みにこれ、招待って僕だけですか？」

「そうなんだよねぇ……」

デイビットさんは困った様に眉尻《まゆじり》を下げる。

ローランドはレオの事を知っている様だったのに何故僕だけなんだろう。

「あ、やばい、レオが気付いた！　帰るね！」

「あ、これレオに言いますよ？」

この前の呼び出し事件の後、レオに嘘を吐《つ》いた事をねちねちねちねちねちと朝までコースで攻められました。ベッドの中で。

でも未だに最後までしていません。

いつするの？　今じゃ無いの？　お泊まりの時？

ベッドの中では言葉らしい言葉が出ない程喘《あえ》がされるし、恥ずかしさが先立って聞くに聞けないし
……。

そしてレオの精神力凄《すご》く無い？　なんて最近思い始めました。愛されてるのかな……なんて思った

りもして嬉《うれ》し恥ずかし……って今はそれどころじゃ無かった。

そう、レオに嘘は吐けない。内緒にも出来ない。

包み隠さずレオに伝えなければならないので、こうしてレオを抜きにして伝えられても、僕はレオに教えるから意味が無くなる。

「良いよ！　じゃあね！」

慌てたデイビットさんは手紙を僕に押し付けると、どろんと効果音がしそうな消え方をしたと思った瞬間にむぎゅっと前から抱き締められた。

「うぐっ」

「父さんはメルに何をしに来たの？」

答えたい。答えたいけど、レオの胸筋に顔を押し付けられていて息が出来ない！

死因レオの胸筋による窒息とか、斬られるより願っても無いけど！

「メル？」

レオに耳元で囁《ささや》かれるのには弱いけど、今は夢中でレオの背中をタップすると腕の力が弱まった。

良かった、助かった……。

「……っ、レオの……おっぱいで……死ぬ、所、だった……」

ぜぇはぁと息を荒らげながらしがみ付き涙目で見上げると、レオが固まった。

「……レオ？」

息が整った所でレオが無言な事に気付いて呼びかけるが、レオは僕をじっと凝視していた。真顔で。

「あ……悪い、苦しかったな」

数秒間見つめ合い、ハッとしてレオは僕の頬を撫《な》でた。

……何だったんだ？

「それで、父さんは何の用だったんだ？」

レオは咳払《せきばら》いを1つすると先程デイビットさんがした様に結界を張った。

「ええと、何でか分からないけどローランド王子から招待状を貰《もら》ったんだよね」

ローランド王子と聞いてレオの結界がピシリと音を立てる。

「中身、読んだ？」

「ううん、まだ」

僕はデイビットさんから貰った封筒の封蝋《ふうろう》を外すと中から手紙を取り出した。

【メルクリス・エヴァン殿
貴方と1度じっくりと話してみたいので、是非私の離宮にお越し下さい。もてなしさせて頂きたく思います】

簡潔にそれだけ書かれたカードを読むと、こちらの様子を窺《うかが》っているレオに見せた。

レオはカードを見ると眉間《みけん》に皺《しわ》を寄せた。また結界がピシって言った。

「……あの日、何かあったのか？」

「え、ジョシュア王子の呼び出しの時？」

レオは眉間に皺を寄せたまま頷《うなず》く。

うう……レオのただでさえ下がってた機嫌が更に急降下だよ……。

「いや、本当に道を案内して貰っただけなんだけど……」

あの日の事を思い返してみても、ものの数分の記憶にローランドとのやり取りに興味を持たれる様な要素は無かったと思う。

それに、話してみたいのなら僕とよりレオの方が有意義な時間が送れると思うんだけどなぁ……。

レオに接触するとジョシュア側の勢力が黙って無いとか……？

幽閉状態の身では僕の様な無害な子爵令息くらいが話し相手になるのか、はたまた僕を介してレオに接触を図る気なのか……？

「父さんに頼んで俺も行く」

「うーん……デイビットさんが直々に持って来てくれたからなぁ……」

ジョシュアの時は正式な招待状を貰った訳では無いが、今回は僕が１人で呼ばれている。

レオは何度も誘われて何かと理由を付けて断っていたみたいだが、僕は王族からの誘いを断る勇気など持ち合わせていない。

「デイビットさんが会わせようとするなら、ローランド王子は無害だと思うんだよね」

「確か殿下方の魔法全般の家庭教師を父さんが務めていると話していたから、その心配は無い筈だが……」

別の意味で心配だ……とか何とかぶつぶつ呟《つぶや》くレオを横目にカードをもう1度眺める。

短い文章からは、ただ話し相手が欲しいんだという印象を受ける。

会って話してみない事にはローランドの思惑が分からない。

「レオ。1度ローランド王子に会いに行ってみるよ」

「メル」

レオの眉間の皺が深くなる。

レオの心配は分かるけど、ここは我慢して貰わないと。

「何かあっても、王宮だと直ぐにはメルを守れない……」

レオの言う通り王宮内は宮廷魔導士により結界が張られていてあらゆる魔法を撥《は》ね除《の》けるから、レオも転移で駆け付ける事は出来ないと聞く。

レオが本気を出せばその結界も破れるだろうけど、その代償は計り知れないだろう。

王族への反逆と捉《とら》えられかねない。

レオにそんな事をさせる訳にはいかない。

「レオ、大丈夫だよ。幾らなんでも話し相手に呼ばれて命の危険に晒《さら》されるとは思えないし」

いや、そうじゃなくて……とまた何事かぶつぶつレオが言っているのを眺めていると予鈴が鳴った。

「そう言えばこれ、いつなんだろ？」

レオが結界を解いて並んで教室まで歩きながらレオが眺めている招待状を見てふと気付いた。

この招待状、日付が書かれていない。

返事書く感じなのかな、これ……。

「そうそうメルくん、いつが平気？」

「ひぃっ！」

急に目の前にデイビットさんの顔が現れた。

ホラーかよ！　ビックリして思わずレオにしがみ付いちゃって、恥ずかしくて直ぐ離れようとしたのにレオに抱き寄せられて抜け出せない。

そしてデイビットさんの顔だけが今も空中に漂っている。何故顔だけなんだ。

まだ廊下に残ってた生徒はピタリと会話を止めてこちらを凝視している。あ、向こうに居る教師まで固まって立ち止まってる。

「慌ててたから聞き忘れちゃった。先方はメルくんの都合に合わせるって事なんだけど、どう？」

「先方……あ、はい、週末なら大丈夫です」

「父さん俺も――――」

「週末ね！　お昼前に迎えに行くから部屋で待っててね！」

レオの言葉を遮ってデイビットさんは音も無く一瞬の間に消えた。

「…………レオ？　ね、デイビットさんが居るみたいだしさ……ね？」

招待状がレオの手の中でぐしゃぐしゃに握《にぎ》り潰《つぶ》されて……あっ、燃え……ました。

「……メル」

「な、何……？」

頭上からいつもより2トーンは低い声がしてぎこちなく返事をする。何を言う気なんだ。

「ローランド王子の半径3ｍ以内に近寄らないで」

「は、はん……3ｍ……」

ただのお茶会だろうしそんなに近付く事など無いと……あ、挨拶《あいさつ》するか。……いや、3ｍ離れて挨拶とかおかしいだろ……。

「あー……善処するね」

「絶対に」

「……うん」

両肩に手を置かれて真顔で見つめられたら、頷くしか選択肢がないんじゃ？

そこまで警戒する必要性は……無いと思う。多分。

僕はぎこちなくゆっくりと頷いた。


「メル、このままデート行こうか」

「それはまた今度ね」

レオは鏡の前で身嗜《みだしな》みのチェックをする僕の邪魔をするかの様に抱き付いて、肩にぐりぐりとおでこを擦り付ける。

昨夜寝る前も今朝起きてからも、僕を行かせまいと駄々を捏《こ》ねるレオが何だか兄を取られる弟の様で可愛い。弟は兄の事をベッドから出すまいと誘惑なんてしないけれども。

うっかり反応する所だった。危ない危ない。

デイビットさんは昼前に来るって言ってたけどいつ来るんだろう。

「父さん来ないから良いよ」

「いやいやまだ早いからね？」

時計を見ると10時半だからまだ早い。

ジョシュアの時と比べて比較的落ち着いているけど、やはり少し緊張する。

ほんの少し会話した感じは良い人そうだったからなのかも知れない。

あの一瞬で判断するのは危険だけど、原作のローランドは特に性格に難がある様なキャラクターでは無かったし。

でもジョシュアの事もあるから原作のキャラを信用し過ぎない方が良いのかな……。

「メルく〜ん」

お昼ご飯を一緒に食べれないのでご機嫌取りの為にも、レオが作るよりも遥《はる》かに劣るけど、寮のミニキッチンでお昼ご飯を用意しているとドアのノック音と共にデイビットさんの声がした。

腰に巻き付くレオを引き摺《ず》りながらドアを開けると、デイビットさんが爽《さわ》やかな笑顔で立っていた。

「良い匂いがする」

鼻をすんすんさせながら部屋の中へ入ろうとするデイビットさんを僕の後ろに居るレオが手で制した。お昼ご飯はオムライスにしてみた。ケチャップでハートを描いたのはまだレオには内緒。

「ちょっとくらい良いじゃな～い」

「駄目」

「けち！」

相変わらずの侯爵家当主とその息子とは思えないやり取りだけど、久し振りに見る親子の光景に緊張していた気分が少し和らぐ。

「父さん、くれぐれもメルを危険な目に遭わせない様にして下さいよ」

「はいはい。じゃあメルくん借りていくよ～」

離れようとしないレオの手を引き剥《は》がして差し出されたデイビットさんの手に自分の手を乗せながらレオを振り返る。

「直ぐに帰るから」

「メル……これ着けて」

レオが僕のジャケットの襟に何かを取り付けた。

「ブローチ？」

黒い石が付いた月の形をしたブローチだった。

「絶対に外さないで」

「はい」

レオの目力が凄過《すご》ぎて即答しました。

これ、一体何なの？　怖過ぎて触れないんですけど。

「はいはい。もういいかな？　僕も早くアンナの顔見たいんだからね〜？」

「あ、すいません。行きましょう」

クックッと苦笑を溢《こぼ》すデイビットさんの手を握るとレオに手を振った。

レオの過保護っぷりは多分と言うか、確実にデイビットさんの遺伝だと思う。デイビットさんのアンナさん愛妻家振りはレオに引けを取らない。

レオはその遺伝子を物凄《ものすご》く濃く受け継いだんだと思う。程々で良かったのに。

デイビットさんが僕の手を握り返すと、一瞬で寮の部屋から外に出た。

王宮の庭園はカラフルな印象だったけど、ここは一面真っ白い花に囲まれていて柔らかな香りが漂っている。


「久し振りだね」


落ち着いた声がして、振り返るとあの日と同じ笑顔でローランドが立っていた。

目の前に居るこの人は本当にあのローランドなのだろうか。

「改めて挨拶するよ」

にこりと微笑んで凛《りん》と立つその姿は、正妃様に敬遠されて離宮に閉じ込められ孤独に生きる第二王子その人とは思えない。

「私はローランド・ユークレティス。一応この国の第二王子に当たるよ」

「メルクリス・エヴァンです。本日はお招き頂きありがとうございます」

噛《か》まない様にゆっくりと挨拶をすると、手を差し出された。

あ、握手？　王族と握手なんてしてもいいの？　いやでも向こうから差し出したんだから返さないと不敬？

焦って隣にいるデイビットさんを横目で見ると、にこにこと笑いながら頷《うなず》いた。

おずおずとローランドの手に自分の手を重ねると、思いの外力強く握り返された。痛いという事は無く、線が細い外見からは想像出来ない程生気に満ち溢《み あふ》れている様に見える。

原作のローランドは生まれた時から周囲には味方が居らず、離宮に籠《こも》りきりの自己否定ばかりなのだが、ヒロインに叱咤《しった》激励されて少しずつ明るさを取り戻していく。

ここでも原作とのローランドの違いに戸惑いながらも、エスコートされて白い薔薇《ばら》が咲き誇る庭園にセッティングされたテーブルに着く。

「ローランド王子。2時間くらいで良いかな？」

「ああ、頼むよ」

何の事だか分からないけれど、デイビットさんとローランドの会話を聞いていると、デイビットの視線が僕に向けられた。

「じゃあメルくん、また後で迎えに来るね」

「え」

デイビットさんはひらひら手を振るとふっと消えた。

「君と2人で話したかったから、デイビットには席を外して貰《もら》う手筈《てはず》だったんだ」

「そ、そうでしたか……」

そういう事は最初に言っておいてよデイビットさん！！！

脳内でデイビットさんへの文句を言いながらも心臓がまたバクバクして来た。

2人きりで……勘違いで無ければ2時間一緒？

嘘でしょ？　王子と僕で2時間もつ自信が無い。全く無い。

「お腹は空《す》いてる？」

ローランドはテーブルの横にあるワゴンから食器を取り出している。

てっきり従者か侍女でも居るのかと思ったら、ローランドが配膳《はいぜん》するの⁉

そう言えばローランドは正妃から冷遇されているんだったっけ……でも、まさか1人も世話をする人が居ないとか、ある？　王子だよ？

「わ、私がやりますっ」

「君はお客様なんだから、座っていて？」

「はぁ……」

慌てて立ち上がろうとしたらローランドに微笑まれて、僕は浮かした腰をそのまま椅子に戻した。

「今日は平民街で食べられる料理を用意してみたんだ」

「え」

ローランドが楽しそうにワゴンから取り出したのは湯気を立てているお好み焼きだった。

「お好み焼き!?」

「知っているのかな?」

思わず声を上げてしまって、慌てて手で口を塞《ふさ》ぐも時既に遅し。

「あっ……えっと、はい。レオ、ニードと……」

「既に先を越されていたか」

ふっと笑うローランドにしどろもどろでレオと平民街に行ったという流れに持ち込んだ。

王都に来て2ヶ月程度で、まだ平民街には1度しか行けていない。

その時は屋台の様な出店でたこ焼きと焼き鳥を15年振りに食べて涙が出そうだった。

領地でも日本食が食べられるが王都ほど種類は無く、貴族の生活ではもっと食べる機会が少ない。

なので、お好み焼きも今生で生まれて初めて食べる。

「ではこれはどうかな?」

ローランドが次にワゴンから取り出した皿に載っていたのは、

「カ、カレー!?」

ローランドは満面の笑みで皿を僕の前に置いた。

スパイスの香りが食欲をそそる。白と茶色のコントラスト!

カレーがあるなんて知らなかった!

領地で食べられるのはピラフやオムライス、炒飯《チャーハン》と米を使った料理ばかりの中で、カレーは無かったのだ。

領地では香辛料が流通していないのだ。流石王都だなぁ。

「お箸《はし》は使える？」

「え、あ、はい！」

「温かいうちにどうぞ」

お箸まであるのか！

日本食が食べれると言えど、使うのはナイフとフォークだったので違和感が拭《ぬぐ》えなかったんだよね。

「では、頂きます」

お好み焼きの皿の脇に添えられた小皿に入ったかつお節と青海苔《あおのり》を掛け、ローランドから渡されたお箸で一口サイズに切って食べる。

「っ……美味しい……」

「本当？」

ローランドも席に着いてお好み焼きを頬張っている。

ちゃんと出汁《だし》の味がするしキャベツはシャキシャキしていて、前世で食べたお好み焼きとなんら遜《そん》色《しょく》が無い。

「うん、我ながら良い出来だ」

流石王子の食べる物だ。涙が出そうな程美味しい。なんて思っていたら耳を疑う言葉が聞こえた。

「…………え、これ、ローランド王子が作ったんですか？」

「うん」

にこにこしながらカレーを頬張るローランド。

「ま、まさかこのカレーもですか？」

「そうだよ」

ローランドまさかの料理男子だった。

「昔は侍女やコックも居たんだけどね……」

にこにこしていたローランドが苦笑しながら口を開いた。

「僕は正妃様に疎まれていてね。この離宮の采配《さいはい》も昔は正妃様がしていたんだけど、食べられた物じゃなくてね」

話を聞くと、小さな頃から毒や媚薬《びやく》を盛られるのは日常茶飯事で身の危険を感じたローランドは、正妃の目を盗んで何とか陛下に取り合って貰い、離宮に居る正妃の息の掛かった人間を全て排除したらしい。

「陛下は僕に負い目を感じていらしてね……援助は受けて自分1人で何とか暮らしていけているんだ」

離宮内の使用人の追い出しは成功したものの、見張りまでは排除出来なかったが、その見張りの目を掻い潜《くぐ》って平民街へ行きここでいう平民食の日本食に出合ったらしい。

最初は日持ちしそうな料理を持ち帰って何日かに分けて食べていたが、出来立ての美味しさには敵《かな》わず自分で料理する事を思い立つ。

食材も平民街で調達して食堂で知り合った料理人にレシピを聞いて自分で料理をする様になった。

「そうだったんですね……」

食後のお茶を頂きながら感慨に耽《ふけ》る。

ローランドルートをプレイして無いので、次から次に新たになる事実に胸が痛む。

下級貴族の子爵家で贅沢三昧《ぜいたくざんまい》な生活では無くても、家族やレオに愛されて今まで僕は幸せに生きて来た。

王族に生まれながら、正妃から命を狙われ疎まれ続けるローランド。

この世界は物語では無くて現実だから、この後ローランドが幸せになれるかは僕の行動でも変わってくるのだろうか。

「ところで君はローランドルート攻略した？」

「いえ、僕はレオルートしかやってないんですよ」

「ふふっ、やっぱりか」

…………………あれ？？？

冷や汗が止まらないとはこういう状況を言うのかと思う。

「どうやってあの氷の貴公子を落としたの？」

スプーンを持つ手が止まったまま固まっている僕を、にこにこしながらローランドが質問攻めにしてくる。

「まさかレオニードに魅了みたいな術が掛かったりしてるの？　……いや、そんな訳無いか」

「カレーの辛さはどうかな？　自分でスパイスの配合をしたんだよね。今回は中々の力作なんだ」

「このスパイスは高価でね、流石に平民には出回って無いんだ」

「お好み焼きはこの世界には無いものなんだ。カレーもだけど久し振りに食べたかな？　僕はあまり食べた事が無かったから上手く再現出来てるか心配だったんだよね」

「レオニードルートしかプレイして無いって事は『君まも』のプレイ回数が少ないのかな？　姉妹に借りたか……それともレオニードガチ勢？」

だらだらと冷や汗を流し続けながらローランドの止まらぬ口元を眺めて固まる僕の思考回路は爆発しそうです。

え、え、え？？？　ローランドも転生者って事？

君まもって単語が聞こえた気がするからこれはもう確定なのか？

そう考えるとローランドの態度も納得がいく。

不遇の15年を生きているのに、目の前に居る第二王子は肌艶《つや》も良く健康そのものに見える。

そしてヒロインにしか見せない筈《はず》の笑顔を僕というモブに大盤振る舞いだ。

いやでもこの笑顔、本当に心からの笑顔？

何を企《たくら》んで居るんだ？　まさか王太子の座を狙ってる？

……これ、何て答えるのが正解？

「ヒロインが来たら君はどうするの？」

ローランドの言葉にスプーンが手から滑り落ちて音を立ててしまう。

「っ……申し訳ありません！」

「気にしないで。ごめんね？　騙《だま》し打ちみたいになっちゃったよね。これでも飲んで落ち着いて？」

きっと顔面蒼白《そうはく》になってる僕を気遣って、ローランドがワゴンから果実水をコップに注いで渡してくれたのを受け取ると、こくりと一口飲み込んだ。

林檎《りんご》の甘さが口の中に広がる。この甘さが好きでいつもはごくごくと飲み干すのに、今は喉《のど》が詰まってるのかと思うほど身体が果実水を拒絶している。

「……あの」

「うん？　何でも聞いて？」

震えそうなので両手で持ったコップをゆっくりとテーブルに置くと、恐る恐る視線を上げてローランドを見る。

恐ろしい程に笑顔だ。

イケメンが自分に微笑んでるとか、前世の僕なら心臓もたないと思う。

今は別の意味で心臓バックバクだよ。

「ロ、ローランド王子は……て、ん生者、なのですか？」

「うん。そうだよ」

あっさりと認めた！！

「あ、先に言っておくけど、僕は別に権力を手にしたいとかは一切無いからね？」

続いて発した言葉に僕が唖然《あぜん》とローランドを見つめると、困った様に微笑んだ。

「僕はね、兄上と対立する気は毛頭無いし、与えられる領地で大人しく領主を務めるつもりだよ」

少しだけ寂しそうに話す彼に掛ける言葉が思い浮かばず、パクパクと口を開けては閉じてを繰り返しているとローランドは柔らかく微笑んだ。

「前世の僕はね、生まれつき心臓に疾患があってずっと病院に入院していたんだ」

告げられたローランドの前世に僕は息を呑《の》んだ。

「僕の家はそれなりに裕福だったから待遇の良い入院生活だったんだけど、待望の跡継ぎが難病だと見向きもされなくてね。前世では15歳まで生き延びたんだけど両親と会った記憶が1度も無いんだ」

ローランドの話す前世に今度こそ言葉を失う。

そんなの、寂し過ぎる。

「僕が生まれて数ヶ月経たない内に母が妊娠してね」

「え」

「僕はお荷物になってしまったんだ」

「そんな……」

「それでも入院生活は何不自由無く過ごせたんだよ？　1度も外に出られなかったのに家庭教師を付けてくれたり、おもちゃなんかも沢山買い与えられて……その中に『君まも』があったんだ」

「そうだったんですか……」

「前世の入院生活が兎《と》に角暇《かく》でね。適当に選んで買ったんだけれど、プレイしたらハマってしまったんだ」

だから前世の記憶を思い出した時には震えが止まらなかったよ。

そう言って苦笑するローランドに僕はやっぱり掛ける言葉が見つからなくて、テーブルの下で拳《こぶし》を握り締めた。

「僕はね、ローランドに転生出来て良かったと思ってるんだ」

その穏やかな声に顔を上げると、ローランドは悲観している訳でも諦《あきら》めている訳でも無く、自然に微笑んでいた。

「前世の家は裕福で欲しい物は何でも手に入れられたけど、ずっと病院から出れないし友達も居なかったしで、本当に欲しい物は手に入らなかったから」

ローランドはふふ、と小さく溜息《ためいき》を吐く様に笑うと、食器を片付けてお茶を淹れて僕にサーブし自分の席へ戻った。

「今は健康だから行こうと思えば何処にだって行ける」

まぁ今は平民街くらいだけどね、とクッキーを摘《つま》んで美味しそうに頬張る姿は王子然としていなくて、何だか普通の同い年の少年に見えた。

相変わらずキラキラしてはいるけど。そこはほら、レオも似た様なものだからね。

「このまま正妃様の機嫌さえ損なわなければあと数年もすればここから出られるから、それまでの我慢だね」

「そうなんですね……」

ジョシュアが国王の座に就けばローランドは王籍から抜け公爵になるんだと言う。

けれど、国王はまだ40手前で引退するには早いからジョシュアが即位するのはまだ何年も掛かるのでは無いだろうか？

……まだまだ僕には知り得ない何かが沢山あるのかも知れない。

「うん。僕の話は今の所こんな感じかな」

「あ、はい……？」

ローランドは優雅な仕草でお茶を飲む。

一瞬前の気さくな美青年から美貌《びぼう》の王子様になる。

今の所、と言うのが何だか引っ掛かるが王子に突っ込みを入れる訳にも行かない。

妙な喉の渇きを覚えてローランドを真似《まね》てティーカップに口を付ける。

「……それで、君はどうやってレオニードを落としたの？」

「んぐっ」

お茶を吹き出すのを何とか耐えた僕、グッジョブ。

「おやおや、大丈夫？」

「……っ、ふぁい！」

慌ててナプキンを取ろうとしたが、それより先にローランドが僕の口元にナプキンをあてがった。

「ふみまへ……っ」

「……君は、なんて言うか……」

「ふぁい？」

ローランドにぐりぐりとナプキンを当てられるもんだから上手く喋《しゃべ》れなくて恥ずかしい。

「……うん。良いね」

「……え」

ナプキン越しにローランドの手が動くのが分かったけど、その手を払い除ける訳にもいかずなされるがまま固まっていると、頬へ伸びたローランドの指と僕の頬の間で急にバチッと火花が上がった。

「っ……！」

「えっ!? え、だ、大丈夫ですか!?」

顔を顰《しか》めて離した手を見るローランドに何が起こったのかも分からぬまま立ち上がっておろおろしながら問い掛けると、ローランドは僕の襟元に着けられたブローチを見ていた。

「あの……」

「それ、レオニードから？」

ローランドはすっと指先をブローチに触れる寸前で止めた。

「……はい」

マズイ。

もしや今の火花ってレオの魔法!?

ヤバイヤバイヤバイ、王子に攻撃しちゃったよ!!

不敬罪になる!? レオが作ったって言わなきゃ良かった!?

って言うか、王宮内は魔法使えないいんだっけ!? え? ならレオじゃない? あれ、でもデイビットさん転移出来た……。

「僕はね」

「……っ……はい」

だらだらと再び冷や汗を流しながら思考を遮断してローランドを見るが、何故か楽し気に微笑んでいる。

「生まれ変わって良かったなぁと思う所が1つあるんだ」

「はぁ……」

いきなりなんの話始めてんの?

相変わらず冷や汗が止まらないままローランドの話の続きを待つ。

「前世より遥《はる》かに見た目が良いのが1番気に入ってる所」

「…………へ?」

想像もしなかったローランドの言葉に、僕は思わず間抜けな返事をしてしまった。

「だって、君の事を口説けるかも知れないから」

表情と台詞の理解が追い付かない。

この日1番の笑顔で言ったのは、何だって?

僕を、何するって……？

「…………えっ⁉」

百面相をした後に飛び上がって後退《あとずさ》りした僕を見て、ローランドは今度こそ耐えられないと言う様にお腹を抱えて笑い出した。

いや、全くもって、笑い事じゃ無いんですけど⁉

口説く？

誰を？

君って……僕、だよね……？

何で？

目の前でひぃひぃと笑い続けるそのくしゃりと崩れた顔面さえ美しい笑みを惜しみ無く僕に向ける。

いや、何で？

僕とローランドが会ったのはこれで2度目と言っても、前回はものの数分の邂逅《かいこう》でほぼ初対面に近い。

前世日本人で『君まも』をプレイしていたという共通点は好感度が高くなるのは分かるけど、友達を飛び越えて……恋人？　え？　口説くってそういう意味だよね？　違う？　友達になるのに口説くっておかしいよね？　認識違い？　いやでも前世の記憶があるならそんな事無い……あ、友達居なかったって言ってたから友達と恋人の区別が付いてないのか？

「っ！」

カップの中の紅茶を眺めながらぐるぐると思考が纏《まと》まらず焦っていると、いつの間にかまたローランドが間近に迫っていた。

「迷惑かな？」

「いやっ、あの……光栄、です？」

そもそも、ローランドって同性愛者なの……？　バイという可能性も……。

いや、ほぼ初対面だ。好きになるとか無いか。

そもそもイケメンからそうそう何度も好かれる訳無いよね。危ない危ない、とんだ自惚《うぬぼ》れ勘違い野郎になる所だった。


「なら、僕と付き合ってくれる？」


自惚れ勘違い野郎じゃなかったみたいです。

「無理です。申し訳ありません！」

ガバっと勢い良くローランドに90度のお辞儀をする。前世でもこんな直角謝罪なんてした事は無い。

「即答なんだ……ふはっ」

ローランドはまた笑いが込み上げたみたいで、ぜぇぜぇと息を整えている。

何がそんなに面白いのか。謎過ぎる。

久し振りに前世日本人と話せてハイテンションになってるとか？

でも、どうやらローランドが怒っている気配は無さそうだ。

揶揄《からか》われただけなのか？

「ごめんなさい。僕には好きな人がいるんです」

そろそろと上半身を起こしそう告げると、息を整え終えたローランドはほんの少し眉尻《まゆじり》を下げて緩く微笑んだ。

「うん。知ってたんだけどね……存外に辛いものだね」

「っ……すいません……」

揶揄ってるのかと思わせておいてそうやって哀《かな》しそうにされると、僕は悪く無い筈《はず》なのに急に罪悪感に襲われる。

……いや、王族の願いを断るとか不敬罪じゃん！

でも！　僕にはレオが居るので！　レオ以外に恋人は要らないので!!

ローランドが転生者で良かった……のか？

「そんなにレオニードの事が好きなの？」

僕がまた百面相をしていたのか、ローランドは苦笑している。

「はい」

じわじわと後退しているのにゆっくりと近付いて来るローランドに引き気味だけど、これ以上不敬な態度を取る訳にはいかない……と、肩が何かに触れた。まるで壁があるかの様に動けない。

もしかしてこれは結界が張られているのだろうか。デイビットさんなのかな。

ってちょっと待って、ローランドが更にこっちに来るのは何故。

僕との距離はじりじりと縮まり、ローランドの両腕が伸びて結界の壁に手をついた。

「……あ、あの……」

「……そんなに怯《おび》えた顔をしないで？」

これって、所謂《いわゆる》壁ドンってやつ？

いや、結界ドン？

ってそうじゃ無い、壁ドンなんてレオにもされた事無いのに!!

何て見当違いな事を考えながらもローランドの顔はぐいぐい近付いて来て、あわや鼻先が触れ合いそうになった所で僕は不敬罪覚悟で首を思い切り横に捻《ひね》った。

「俺とメルは相思相愛なので貴方の入る隙は全くありません」

ぐらりと辺りの空間が揺らぎ、バリンと結界が崩壊する感覚を身体で感じると背後からぎゅっと、知り過ぎている温もりに包まれた。

このパターン、覚えがある。あり過ぎる。

「初めまして。レオニード・アトモス」

「こちらこそ初めまして。ローランド第二王子殿下」

レオは横に捻った僕の唇の端すれすれにキスを落とした。

ちゅっと音を立てて離れていく形の良い唇を呆然《ぼうぜん》と眺める。

さっきからキャパオーバーも良い所なんだけど、今、僕キスされた？

唇から若干外れてるけどそれでもいきなりレオが現れたと思ったら王子の前でキスとか、不敬罪怖過ぎて前を向けない。

「メルクリスは困ってるみたいだけど？」

「俺のメルは慎み深いから恥ずかしがってるだけです」

それなのに、僕を無視して話し始めちゃったんですけどこれどうするのが正解なんだ……っていうか、さらっと俺のメルとか言うから固まりつつもきゅんってしちゃったじゃん！

いやそれよりも、どうしてレオが此処《ここ》に？

やっぱりさっきの火花はレオがやった……んだよね？

「それなら君の様にメルクリスの意思を無視して触れる様な相手は合わないのかも知れないね」

「先程も申しましたが俺とメルは相思相愛なので問題有りません」

流れる様に会話が続くけど、内容は不穏だ。

レオも私から俺になっちゃってるし冷静に見えて冷静じゃない筈だし、まず此処にいる時点で冷静じゃ無いし……やっぱりここは僕がフォローしないといけないよね？

「そう思っているのは君だけなんじゃないの？」

「いいえ。メルは先程ローランド王子を避けたましたが私の事は避けませんでした。これが答えなのでは？」

「僕達は会うのが2回目だからね。時間を掛けて親しくなれば問題無いよ」

「そんな機会はあまり無いかと。俺とメルは生活の全てを一緒にしていますので」

「これから時間を重ねれば良いんだよ。ねぇ？　メル」

「ひぇっ」

何でいきなり呼び方変えたんだローランド！

思わず悲鳴を上げてしまったのを謝る前に、レオの胸に抱き込まれると同時に背後のテーブルからは皿が一斉に割れる音がした。

弁償代金幾らになるんだろうか……。

「……可哀想に、力で支配する関係は相思相愛とは言わないよ」

「俺が、いつ、力で支配したと？」

「っ……」

何だか雲行きがヤバイ方向に行ってない？

晴れてたのに一気に曇りになって今にも雨が降り出しそうだよ？

ていうか、さっき僕はローランドにレオが好きだって言ったよね!?

これ良い加減に止めないと不味い、最高に不味い。

「あの!!」

レオの胸板から顔だけ振り向き半ば叫ぶ様に会話に割って入ると声が裏返ってしまって恥ずかしい。

けど、恥ずかしがってる場合じゃないんだ！　頑張れメルクリス！

「先程言った通り、僕はレオが好きでして……その、お、お付き合い、も、しています。ですから、ローランド王子のお気持ちには応える事が出来ません」

つっかえながらも、何とか言い切った！

「メル……」

レオが僕の事をぎゅっと抱き締めてつむじに唇を寄せる。

嫌じゃ無い。寧ろ嬉《うれ》しいけど、今は止《や》めてくれぇえええと脳内でパニックに陥っているとローランドと目が合った。

ローランドは僕の目を見て、小さく笑っている。

「メル」

「はい……」

先程までのレオとの応酬が嘘の様に穏やかに僕を見ている。

「さっき話した通り僕はごく親しい友人が居ないんだ。君さえ良ければ友達になってくれないかな」

「友達……ですか」

「うん」

これは断り切れないお願いが来た。

ローランドはにっこりと綺麗《きれい》な笑顔で微笑んでいる。普通の御令嬢なら卒倒しそうな顔面美である。

王族の願いを断る事も出来ないけど、まぁ恋人になれって言われるよりはマシなのか……？

「私などで宜しければ……」

言った瞬間、レオの腕が強張《こわば》る。

その腕を軽く撫《な》でてレオをチラリと見ると、不機嫌そうに目を細めてローランドを見ているけど、僕と目が合うと少しだけ困った様に目尻《めじり》を下げた。

「ですが」

僕の発言に続きがあるとは思っていなかったであろうローランドはきょとんとした表情で僕を見る。

「レオも……レオニードとも、友達になりましょう？」

僕1人じゃ無くてレオも一緒なら不安になる事は無いよね。

ローランドには悪いけど、僕の優先順位1位は揺るぎなくレオだから。

そう思って提案したんだけど、レオは苦虫《にがむし》を噛《か》み潰《つぶ》した様な顔をしていた。

……あれ？

咄嗟《とっさ》にローランドの顔を見るもこちらはにこにこしているけど、目の奥は笑って無いやつだ。

……失敗した？

【ローランド】

物心ついた頃から僕の周りに家族の気配は無かった。

僕は生まれつき心臓に疾患を抱えていて出生直後からずっと病院での暮らしを余儀なくされていた。

母も産後数日間は同じ病院で入院をしていたそうだが、高齢出産での初産で生まれた跡継ぎとなる筈だった我が子の重篤な病状を悲観し、同じ病院に居たくないと私の顔も見ずに転院して行ったらしい。

出産に立ち会う事の無かった父は、報告を受けるだけで僕の顔を見に来る事も無かったそうだ。

その後も両親はおろか親戚《しんせき》も誰1人として僕の見舞いに来る事は無く、一般病棟の個室に移ってからは父が手配した世話係に身の回りの世話をして貰《もら》いながら過ごした。

病状の事もあるが世話人から病室から出る事を咎《とが》められ、窓の外で同じ院内に入院する子供達が散歩する様子を眺める事でしか同年代の子供の様子を知る機会に恵まれなかった。

小学校入学の頃になっても院内で入院している子供達と授業に参加する事は出来ず、父の手配した家庭教師に病室で勉強を習った。

小さな頃から何度か手術を受けていて、医者や看護師に泣かなくて偉いと褒められる事はあった。

特に悲しいとも痛いとも思わなかったから泣かなかっただけなので褒められても特段嬉しいとは思っていなかった。

でも勉強をして褒められる事は初めてで、自分で考えて導き出した答えが正解してそれを褒められると嬉しくて、寝る前まで色んな教科書や教材で問題を解いては教師に見せた。思い返せばあれがあの頃の生き甲斐《がい》だったと思う。

ある日教師にテレビで父のインタビューが放送されると聞かされた。

病室には1度も訪れた事の無い顔も知らない父親の仕事が何なのか、僕は知る由も無かった。

僕の病室にはテレビが無かったので、ネットに上がっているという父親のインタビュー動画を教師が持ち込んだパソコンで一緒に見た。

初めて見る父親の印象は自分の担当医よりも老けている。それだけだった。会社の事について話していて、まだ6歳の自分には難しい内容だったが、どうやら父の会社は日本で有数の企業だという事が分かった。父は他にも色々と手広くやっているらしいが、その頃はよく分からなかった。

それよりも、合間に映る家族の映像に僕は衝撃を受けた。

自宅のソファーで母親の膝《ひざ》の上に乗る僕よりも幼い男の子と母の腕に抱かれる幼児は僕の弟達だった。

初めて見る母は、普段接する女性の看護師が着ている看護服とは全く違う、煌《きら》びやかな服装をして微笑んでいる。優しそうだけど、どうして僕には会いに来てくれないのだろう。

そんな事を思っていたら画面の中の母は「男の子が2人も居るとこの歳《とし》だと応えますね」と苦笑し

ていた。

僕は息子の内に数えられていないのかな。もしかして教師はこの人達を誰かと間違えているんじゃないのかな？　そう思ったけど、呼ばれている名前は僕と同じ苗字《みようじ》だった。

その後父親のインタビューで長男に跡を継いで貰いたいかというインタビュアーの質問に「出来れば継いで貰いたい」と答えていた。

2人の子供の名前は出なかったが年齢は出ていた。僕よりも年下だ。直ぐ下の弟は僕の1歳下らしい。それなら僕が長男という事だ。

それなのに、次男である筈の弟がまるで長男であるかの様に「お父さんの会社継ぎたい！」と母に甘えはしゃぎながら答えていた。

僕は居ないものとして扱われていると初めて気付いた。

癇癪《かんしやく》を起こして泣き出す僕に驚く教師に、当たり散らして周りの物を投げ散らかすも、それだけで発作を起こして慌てて駆け付けた担当医に処置され、次に目覚めた時には、別の家庭教師があてがわれていた。

医者から報告があっただろうけど、両親が僕の病室を訪れる事は無かった。

僕を居ないものとしたいのだから当然だろうと納得した。否、納得する選択しか僕には無かった。

僕が高学年の歳になると未だ対面した事の無い父から世話人を通してパソコンとクレジットカードが与えられた。

自分で考えて使えとの事だったが、僕は与えられる情報の全てが新鮮で、1日中パソコンを触ってネットサーフィンに興じた。

そうして知ったゲームという物の存在。

初めはオンラインゲームから小さなゲーム機を買ってシューティングゲームを楽しんだ。

次第にテレビも買って大きな画面でプレイする事にハマり、消灯後にもこそこそとプレイして昼夜逆転して担当医からこっ酷《ぴど》く怒られた程だ。

そんな中で出会ったのが『君まも』だった。

初めは男性を対象としたギャルゲーを試してみたが、僕自身が女の子を振り向かせる事に魅力を感じずに1人だけ攻略して飽きてしまい、それ以降プレイする事は無かった。

次に女性を対象とした乙女ゲーというジャンルがある事も知り試しに買ってみた。プレイヤーであるヒロインが異世界に召喚されて聖女となりその世界を守るという世界観に大いにのめり込んで、そういうテイストの乙女ゲーを買い漁った内の1つが『君まも』だった。

ヒロインが不思議な力で世界を守って素敵な恋人と結ばれる。

自分では成し遂げられないであろう全てをヒロインに投影してプレイした。

僕は恋愛をした事が無かったし、同性愛者という訳でも無い様なのでイケメンの攻略対象者からどんなに愛を囁《ささや》かれてもときめきを覚える事は無かったけれど、僕がプレイするヒロインを幸せにしてくれる人達なので自《おの》ずと好感度は高い様に思えた。

僕もこんなに一生懸命なヒロインを支え、幸せにしてあげられる様な人間になりたい。

パジャマの下に無数にある手術跡を指でなぞりながら、けれどそれが不可能である事を僕は悟っていた。

前世の記憶を思い出したのは5歳の時、食事に毒を盛られて高熱にうかされていた時だった。

夢を見て居たのか前世の記憶が蘇《よみがえ》ったのか暫く判断がつかなかった。

僕は赤ん坊の頃から離宮に隔離される様にして育った。

母は身分の低い側室で、王妃様が中々妊娠しないので父である王様が学園時代懇意にしていた母を側室にと望んだ事は秘されていた。にもかかわらず王妃に漏れ、その怒りは凄《すさ》まじかったらしく、産後の母の身体が酷く衰弱したのは王妃が関わっている、なんて噂が出ている程だ。

王妃は母よりも先にジョシュアを産んでいるし、僕には後ろ盾がほぼ無い。

特段問題が無ければ間違い無くジョシュアが王太子になり、ゆくゆくは王の座に就く。

それなのに王妃は僕を蛇蝎《だかつ》のごとく嫌い、離宮に追いやり隙あらば僕を亡き者にしようとしていた。

そんな訳で赤ん坊の頃から毒を盛られるのは日常茶飯事で寝込む事が多かった。1年で半年ベッドから起き上がれれば良い方だった。

そのお陰と言うのもあれだが、現在の僕はあらゆる毒の耐性が付いた。多少の媚薬《びやく》も僕には効かないし、その他の物については鼻が利く様になった。

そんな僕も5歳の頃はまだ完全に耐性が付いておらず、高熱を出し生死の境を彷徨《さまよ》った時に見た夢。

自分がローランドである可能性は高いが、この世界が本当に『君まも』の世界なのか判断する為にこっそりと王宮に忍び込んでジョシュアを見に行った。

幼いジョシュアは1人で居た。

自分が転生したローランドは隠しキャラと言われる程のレア度の高いキャラクターで僕は何度もやり直していたので、ジョシュアはこの頃には既にレオニードと親しくなっている筈なのに何故1人なのだろうと不思議だった。

王妃の息の掛かった人間を離宮から追い出す為に何とかして王宮に忍び込んだ時に「将来は兄である王太子の力になりたいから僕にも教師を付けて欲しい」と嘆願すれば、僕に負い目があった王は直ぐにレオニードとの繋《つな》がりを持つ為に1番重要なレオニードの父であるデイビットを魔法の教師に据えてくれた。

そうしてデイビットからレオニードとメルクリスの蜜月《みつげつ》振りを知った。

最初は何の間違いかと耳を疑った。

メルクリスと言えばレオニードの幼馴染《おさななじみ》ながらもモブ扱いで、最後にはヒロインに襲い掛かったが為にレオニードに斬られて消えて行くキャラだ。

そのメルクリスとレオニードが、まるで恋人同士の様だとデイビットは言う。

デイビットが嘘を言っているとは思えない。その話が本当ならジョシュアの遊び相手になっていない事にも納得出来る。レオニードがメルクリスから離れたくなくて断ったという俄《にわ》かに信じ難い話に。

どうしてそうなった？

第一にそう考えた。

デイビットから伝え聞く話によると、レオニードの性格は原作と掛け離れている様子は無い。

だがしかしメルクリスが関わると人が変わるという新情報は僕を混乱させた。

もしかしてメルクリスは僕と同じく転生者で、自分が死ぬ運命を回避しようとレオニードと仲良くしているのかも知れないという仮説を立てた。

原作のメルクリスはレオニードに嫉妬《しっと》するあまり、幼馴染ではあるが行動を共にしては居なかった。

レオニードの方もジョシュアと行動して居たので、学園に入る頃にはほぼ他人の様な関係だった筈《はず》だ。

実際に2人を見るまで判断は出来ないが、僕が彼等《ら》の領地に行ってこの目で見る事は不可能に近い。

だから、時が来るまではぎりぎりで可能なお忍びでの市井への視察を定期的に続けた。

そこでこの世界には違和感のある前世の食事と思われる和食メニューに出合い料理をする様にもなった。

そうしてあの日、メルクリスに出会った。

この世界で初めて会ったメルクリスは見慣れた姿だった。でも、雰囲気が全く異なって居た。

僕もこの頃になると配下を多少王から賜っていて、王都に来てからのレオニードとメルクリスの様子を間者に報告されていて知ってはいたけれど、何故か強く惹《ひ》かれるものがメルクリスにはあった。

それは前世が僕と同じ日本人だから、というだけでは片付けられない言い表せない想い。

たとえレオニードの腕の中でしか愛らしく微笑んでくれなくても、また、彼に会いたいと思った。

＊

「レオ……ごめんなさい。もうあんな事言わないから」

「…………」

レオは小一時間程僕のお腹に顔を押し付けてぎゅうぎゅうと僕を抱き締めている。

身動きが取れないけど手は動かせるので、そっとレオの頭を撫《な》でてみる。

ぴくんと反応したけどまだ無言なのでそのまま撫で続ける。レオの髪の毛はさらさらで気持ち良いんだよね。

まぁ、あれは確かに僕が悪かったよなぁ。

僕のレオとも友達になろう発言にその場は静まり返ってしまい、内心焦っていた。

どうにかこの場を収めようとして口走ってしまったけれど、これは良くない解決方法だった。

「…………ローランド王子ごめんなさい。言葉を訂正させて下さい」

「「え？」」

目の奥が笑っていないローランドの目が瞬《まばた》きをして、耳元にレオの吐息が掛かる。

「レオとは……その、今後は知り合い……という感じで……お願い出来ればと……」

友達になってくれと言った舌の根も乾かぬうちにやっぱり友達にはならないとも言えず、どうしたものかと捻《ひね》り出した結果が『知り合い』ってどうなのよ。

こう、もっと何か無かったのか、僕よ。

でも、レオが嫌なら強要すべきじゃない。

第一に原作でニコイチ扱いだったジョシュアとも今生では疎遠というより敬遠している状態なんだから、ローランドと友達になれる訳が無いじゃないか。

仲良くしたいと思ってもいない相手と仲良くしろ、友達になれだなんて、しかもお互いに相手を良く思っていないのに尚更強要すべきじゃ無い。

僕は人間関係は好きな人とだけ付き合っていけば良いと思っているたちだから、今は貴族でそんな事言っている場合じゃ無い事は分かっているけど、それでもレオが嫌がる事は避けたい。

「ええと……それで、今後はその、レオも一緒であれば……」

レオも一緒なら会ってやんよ？　って何様発言だよ!!　と内心汗だくになりながらも振り絞って消え入りそうな声で発言した。

これぞ不敬というものではなかろうか。

だらだらと冷や汗を流す僕とは対照的に、僕のこめかみに唇を押し当てるレオ。

ちょっと！　今フォローになってないフォローしてる所だから!!

小さく肘《ひじ》でレオの脇腹を突いてみても、痛くも痒《かゆ》くもないのは分かっているし、何故か頬にまでキスし出したんですけど!?

ぷっ
明後日の方向を見ていた僕はハッとして前を向くと、ローランドが吹き出して居た。

この人よく笑うな……もしかして笑い上戸なのかな。

唖然《あぜん》とローランドを見ていると、笑いが収まったのか目尻《めじり》を拭《ぬぐ》いながら呼吸を整えている。

「分かったよ。今度からは正式に2人を誘うからまた遊びに来てくれるかな？」

「あ……は、はい！」

涙を拭いながらにこりと笑うその瞳《ひとみ》は今度は心から笑っている様に見えた。


そして2時間が経ったのか、僕を迎えに来たデイビットさんにレオは全てを押し付けて、挨拶《あいさつ》もそこそこに寮の部屋に転移をし、即ベッドに押し倒されて今に至る。

「……俺は、メルを困らせているか？」

「困ってないよ！」

「無理強いは……してないか？」

「してない！」

小一時間だんまりだったレオがぽつりと漏らした言葉に、驚いて声を荒らげてしまう。

どうしていきなりそんな……あ。

「さっきローランド王子に言われた事気にしてる？」

「…………」

焦っていたからよく覚えていないけれど、確かレオが強引に関係を迫っているんだとか疑っていた様な……あれはいきなり愛称で呼び出したローランドに対してで、レオに対してじゃ無いのに。

「レオ、ねぇ顔上げて？」

レオの頭をぽんぽんと優しく叩《たた》くと、レオがちらりと視線を上げて上目遣いで僕を窺《うかが》ってくる。

ぐぅっ……可愛過ぎる……普段とんでもないイケメンなのにたまに見せる超絶きゃわたんよ!!

どうしてこの世界にはカメラが無いんだ!!　スマホが無いんだ!!

「……メル？」

「はっ……」

ずりずりとレオが這《は》い上がって来て視線が合う。

レオの頬を両手で包んで見つめると、強張っていた頬の力が緩むのを感じた。

「あのね、僕は無理なんてしてないし、レオに強要されてもいないからね？」

「ほんと？」

「本当。レオは僕よりローランド王子の言う事を信じるの？」

「そんな訳ない！」

眉間《みけん》の皺《しわ》を人差し指でぐりぐりして、レオの首に腕を回す。

「僕が好きなのはレオだけだから」

「俺が愛してるのもメルだけだ」

さっきまで可愛かったのに、一気にイケメンモードに逆戻りで僕の心臓何個あっても足りないよ。

「レオ」

「メル……」

レオの首をぐっと引き寄せて瞼《まぶた》を閉じるとレオの唇が重なり、溶け合う様に互いの熱を貪《むさぼ》った。

*

あれから何事もなく僕とレオは平穏な学園生活を送っている。

遠目からメリーウェザーやディアナ達の視線を感じる時もあるが（僕を通り越してレオを見ている）気付かぬ振りをしている。

そしてジョシュアは相変わらず神出鬼没で、クラスにいる事は稀《まれ》だ。

それなのに試験の際にはふらりと現れて、誰よりも早く解いてまたふらりと居なくなる。

これで全問正解なのだから彼は一体何の為に学園に居るのだろうか。

原作でも試験は完璧《かんぺき》にこなしていたが、授業だって真面目に出ていた。

そりゃあ、小さな頃から家庭教師が付いているだろうから学力、能力的に授業を受ける必要は無いのだろうが、サボる事無く出席していた分ジョシュアには真面目なイメージが根強く染み付いている。

原作と違い過ぎてジョシュアは読めない事が多過ぎる。

もしかしてローランドや僕と同じ様にジョシュアも転生者だから原作に無い行動を取っていたりするのだろうか……？

ああ、あの時ローランドにジョシュアの事を聞いておけば良かったなぁ……。

あの日以来、ローランドは僕に接触してきていない。

ジョシュアみたいにローランドも学園に現れるんじゃ無いかとヒヤヒヤしながら数日過ごしたけれど、ただの思い過ごしだったみたいだ。

デイビットさんによると、あの後ローランドはレオに怒る様な事も無く、楽しかったと笑いながら話したそうだ。

相変わらず護衛の目を潜り抜けて平民街に繰り出しているらしい。

こう聞くと、何だか凄《すご》く自由な兄弟だな……。

王子達に軽く振り回されつつ、学園入学から3ヶ月が経とうとしている。

この世界の四季や学園行事はほぼ日本と一緒なので、もう直ぐ夏季休暇が始まる。日本では七月下旬辺りから夏休みに入っていた記憶があるけれど、こちらは中間試験がない。

学期末の試験が終わり次第休暇となり、試験結果に問題の無かった生徒はそれぞれ領地や王都の邸宅へ帰って行く。

僕とレオも試験を問題無くクリアしたので領地に帰る事になっている。

「……あれ？」

分かれ道に着くと馬車は僕達の領地とは別の方向へ進み出した。

「レオ、道こっちじゃ無いよね？　間違えてるのかな」

慌てて立ち上がって御者に伝えようとしたら、腕を引かれて僕のお尻《しり》はレオの膝《ひざ》の上に着地した。

「良いんだ」

「へ？　何処行くの？」

「2人きりになれる所」

「え？」

ってていうか耳元で喋《しゃべ》らないで！

熱い吐息に、低音ボイスを囁《ささや》く様に。

僕がレオの声に弱いと知っていて敢えてやっている。

くそぅ……いつも僕ばかり振り回されてる……。

昨夜も恒例となった就寝前いちゃいちゃでは最後までせずに眠りに就いた。

僕はもう良いと思うんだけど、レオがまだだって言うから悶々《もんもん》としたままレオに抱き締められて眠っている。

「2週間ずっと2人きりだから」

「……ぁ……え、ふ、2人きり？」

腰に回されたレオの手が僕の下腹へ滑り、撫でる。

「っ……」

「夏になったらって、約束しただろ？」

もしかして、例の避暑地に向かってる？

っていうかそんな約束したっけ!?　そういえばそんな話出た様な気がしないでもない……？

「楽しみにしてたのは俺だけ？」

「んっ……違っ……」

下腹部を撫でながら鼓膜に響くエロボイスやめてぇ！！　舐《な》め始めた！！　ほんと、立てなくなるから！！　御者のおじさんと合わせる顔が無くなるから！！！

「俺は、ずっと待ってた」

「レオ……っ」

もしかして、この時の為にお預けされて来たの……？

「ずっと待ってた」

熱に浮かされる様に呟《つぶや》きながら僕のお腹を撫で回すレオに、僕の鼓動は否が応でも上がって行く。つ、遂に……レオとあんな事やこんな事しちゃうの!?

途端にカチカチに固まった僕の首筋をレオの舌が這い回り、ビクリと跳ねる僕の身体をレオは放さないとばかりにガッチリ抱きすくめる。

「メル」

「レ……んぅ……」

レオの舌が顎《あご》まで這って、唇の端に辿《たど》り着くと自然と僕の唇は薄く開く。

僕の口内を存分に味わうと、レオは満足そうに頬にキスをして頬を擦り寄せてくる。

かく言う僕はレオのキスに息切れ、ぼんやり状態なんだけど、今「死ぬ程我慢してた」って聞こえました。

死ぬ程、我慢していた、だと……？

未だに僕の下腹を撫《な》でるレオに今更ながら僕はどうなってしまうのだろうと一抹の不安を感じながらも、レオの膝上《ひざうえ》で快適な馬車旅を終えようとしていた。


「うわー……懐かしい……」

目の前にある数年振りに見た洋館は、記憶の中よりもこぢんまりとしていた。

「休憩してからこの辺りを散歩しようか」

「うん」

森の中は王都よりもぐんと気温が低く涼しいので昼間に散歩しても気持ち良さそうだ。

「では私共はこれで失礼致します」

「ああ、ありがとう」

森の中に突如として現れた屋敷に辿り着き荷物を馬車から降ろすと、御者は直ぐに引き返して行ってしまった。

「もしかして……誰も居ないの？」

「2人きりって言っただろ？」

屋敷から管理人が出て来る気配が無いので、まさかと思って恐る恐る尋ねたら、レオに当たり前だと言わんばかりの顔で返された。

「管理の人は……？」

「俺達が滞在中は帰って貰《もら》ってる」

「そ、そうなんだ……」

子供の頃は何でも出来るレオが居ると言っても、子供を2人きりにして何かあっては大変だと管理人夫婦には屋敷の中に待機して貰っていた。

まぁ最初と帰る時の挨拶以外では姿を見せなかったのでほぼレオと僕の2人きり状態だったけど、子供心（精神年齢は大人だけど）に大人が居る安心感があった。

今は別の意味での安心感を得る為に彼等には居て欲しかった。

主に自分自身の身の安全の為に……。

「……俺と2人きりは嫌？」

「いやっ、そういう訳じゃ無いんだけど……」

レオにエスコートされながら屋敷の中へ入る。

「じゃあどういう訳？」

「その……えっと……」

腰をがっしりと抱かれているので逃げられない。

いや、逃げる気は無いんだけど、レオの目がなんて言うか……エロいと言えば良いのか、獲物を狙う猛獣の目と言えば良いのか……。

「俺はいつだってメルと2人きりで居たい」

「っ……ぁ……う、うん……」

悲鳴を上げそうになった。

甘い。甘過ぎる。

なんて言うか、レオは付き合いだしてから以前の3割増しで甘くなった。

付き合い始めたんだから普通の現象なんだろうけれど、いくらレオの美貌《びぼう》や僕への甘やかしに慣れてるとはいえ、欲を孕《はら》んだ甘やかしには慣れていないんです。これからも慣れるとは思えない。

色気ダダ漏れの猛獣なのに僕には激甘とかどうすれば良いのか分からない……素直に甘えれば良いのかも知れないけど、それをしたら何だかもうレオのストッパーを戻せる気がしない……。

そのストッパーが、今日から外されるのかと思うと……何だか背筋がそわそわとしてしまう。

「メルは俺と2人きりになりたく無い？」

「そんな事ないよ！」

レオにがっちりホールドされている為、小さく首を振るとレオは空いた手で持っていた荷物を降ろし僕を正面から抱き締めた。

「メル、好きだ」

「レオ、僕も大好きだよ」

僕を抱き締めて切なげに呟くレオが、何だか子供の様で僕よりも大きなレオを抱き締め返す。

「レオ、お茶にしようよ」

「……ああ、そうだな」

レオの頭をさらりと撫でるとレオの手を取り、記憶を頼りにキッチンへと向かう。

2週間分の食材は既に用意されていて、難なくお茶の用意が出来た。

「本当に懐かしい……」

「あの頃は2人で台に乗って料理したな」

ここは家族用の別荘として使われていて客をもてなす為の屋敷ではないので、キッチンはそれ程広くはない。

子供の頃は僕達はまだ背が低くて、レオと2人並んで台になる物を探しそれに乗って料理をした。

僕は現世ではほぼ料理をした事が無かったし、前世でもほぼ和食だったのでレオのお手伝い程度にしか参加していなかったけど、楽しかった記憶が蘇《よみがえ》る。

「楽しかったよね」

「ああ……今回もそうしよう」

「うん、そうだね」

レオの暴走が怖い反面、邪魔が入る事なく2人きりで過ごせる事は素直に嬉《うれ》しい。

あの頃より数段慣れた手付きでお茶を淹れるレオに僕は笑顔で頷《うなず》いた。

お茶を飲んで休憩後、レオと森を散策する事になり森の奥にある湖まで来た。

ひんやりと肌寒い森の中。

レオと手を繋《つな》ぎながら歩けば温かく、ゆったりと湖の周りを懐かしみながら2人で歩く。

子供の頃もこうして湖の周りや森の中を歩いた筈《はず》なのに、あの頃とは変わった僕とレオの関係性に感慨深いものが込み上げる。

あの頃の僕はこうしてレオと両想いになって、また2人きりで此処《ここ》を訪れる事になるとは妄想でもしていなかったなぁ。

それが、まさかこんなに溺愛《できあい》される事になるとは……いや、物心ついた頃から溺愛されている自覚はあったけれど、友人としての執着の様なものを拗《こじ》らせた程度にしか考えていなかったんだよなぁ……。

原作と同じ様で異なる現世に、最近ではもしやここはパラレルワールドとかなのでは？　そんな可能性もあるのか？　なんて事を思ったりもする。

「あ、これ！　昔レオが作ったのだよね？」

「ああ。まだ残ってるとは思わなかったな」

湖畔を歩いていると、木の幹に立て掛けられたボートがあった。

「だよね！　オールまで残ってるよ！」

当時、レオが魔法であっという間に作り上げたボートで湖の上でのんびり過ごした思い出が蘇る。

「乗ろうか」

「え、腐ったりしてない？」

なにせ6年前の物だ。湖から出しておいたとはいえ、ずっと放置してあったから今の僕達が乗っても大丈夫なのか不安になる。

「大丈夫だ」

レオが立て掛けてあったボートを地面に降ろすと手を翳《かざ》した。

するとボートが淡い光に包まれ、一瞬の内に光が収まった。

「おお、綺麗《きれい》だ」

「洗浄と強化魔法を掛けたから安全だよ」

レオはひょい、と軽そうにボートを持ち上げると湖の上に静かに降ろした。

「お手をどうぞ」

「女の子じゃ無いんだけど……」

レオは音も立てずにボートに乗り込むと僕に手を差し出した。

その扱いが女の子にするそれで、こそばゆくなる。周りに人は居ないから気にしなくてもいいのに、つい気にしてしまう。

「女の子じゃ無くてもメルは宝物だから」

「たっ……や……それは、恥ずかしい……」

なんなんだその歯の浮く様な台詞は！

でも嘘っぽく無い！　レオの目がマジだ！

そしてそんな恥ずかしい台詞が超絶に似合ってしまうレオ！！！

クックツと笑うレオの差し出した手に引かれてボートに乗り込んだ。

レオが魔法でも使っているのか、揺れずに安定しているボートにエスコートされて座ると、レオも座りオールを漕《こ》ぎ出した。

「相変わらず空気が気持ち良いね」

「そうだな……此処は気候が安定しているからいつ来ても過ごし易いな」

レオは湖の真ん中まで漕ぐと手を止めた。

「ちょっと寒いけどね、まぁ森だからしょうがな……っ!?」

半袖《はんそで》だけの薄着で出て来てしまったのでひんやりと涼しく、僕が肩を摩《さす》りながら喋《しゃべ》っていると、急に手を引かれふわりと身体が浮いて心臓が飛び跳ねた。

「……っくりしたぁ！」

「これで暖かいだろ？」

浮かんだ僕の身体はあっという間にレオの足の間に到着して、レオに抱き締められていた。

「悪い」

「もー！　落ちるかと思ったじゃん！」

暴れると揺れてしまうのでレオの太腿《ふともも》をバシバシと叩《たた》くけど、レオは声を出さずに笑いながら僕のこめかみに口を寄せる。

「俺がメルを落とす訳ないだろ？」

「っ…………うぅ……」

そのまま耳元で囁《ささや》かれるともう為《な》す術《すべ》ない。八つ当たりの様にレオの胸にドンと寄りかかるも動じる気配は無く、頬にかぷりと齧《かじ》り付いてきて僕はまたレオの腕の中で飛び跳ねたのだった。

＊

僕は今、かつてない程に緊張している。

前世でも、現世でもこんなに緊張した記憶は無い。

レオと付き合い始めてから割と心臓バクバクしっ放しな気がしないでもないけれど、今夜はもう、あれだ。破裂してしまうかも知れない。

遡《さかのぼ》る事15分前。

「メル」

「ん？」

散歩を終えてゆっくり館へ戻ると2人で晩御飯の準備をして食べ、食後のお茶を飲んで一休みしていたらカップを置いたレオが真っ直ぐに僕を見ていた。

「今夜、最後までしても良いか」

「ん？」

僕は一瞬、レオに何を言われたのか分からなかった。

最後？　する？　何を？

「メルを抱きたい」

「っ……！」

直接的な言葉で流石に理解して、僕は持っていたカップを取り落としそうになった。

「……大丈夫か？」

「あ、あああ、ありが……う、うん、大丈夫」

動揺し過ぎだろう、僕よ。

レオは僕が取り落としそうになったカップを音も立てずにキャッチするとソーサーに置いて小さく微笑んだ。

「すまない。俺は急ぎ過ぎだな」

「ううん！　大丈夫！　する！　最後までする!!」

待ってました！　と言わんばかりに身を乗り出して宣言する僕にレオは目を瞬かせ、そして嬉しそうに笑った。

そして、今から5分前。

「えっと……レオからお先にどうぞ」

「メルから……いや、湯冷めするな……直ぐに出るから待ってて」

無言で何度も首を縦に振る僕の頭をさらりと撫《な》でて、頬に触れるだけのキスをすると、レオは寝室に備え付けのバスルームへ向かった。

ザ————というシャワーの音を聞きながら、僕は寝室内を右往左往していた。

僕はどう待っているのが正解なんだ?

寮では何だか慣れてしまって普通に過ごしていたけど、今夜は違う。

最後まで、するんだ。

そう再認識した瞬間、僕の心臓がばっくんばっくんと煩《うるさ》くなる。

「メル」

「ぎゃ!」

肩に手を置かれ、僕は飛び上がった。

え、もうそんなに時間経ってたの!?

僕は慌てて時計を確認するも、レオがバスルームに入ってまだ10分と経っていなかった。

「レオ! 早いね!?」

「……魔法で洗浄して、シャワーをざっと浴びただけなんだ」

レオが少し恥ずかしそうにはにかみながらタオルで髪を拭《ふ》いている。

可愛い!! はにかみレオとか超貴重!!!

はにかみレオが可愛過ぎて思わずじっと眺めていたら、突然レオに抱き締められた。

腰にタオルが巻かれてあるけど、上半身裸のレオの温もりに直に包まれる。

「メルはシャワー浴びなくても良いのか？　俺は全然構わないが」

「浴びる！　浴びる！」

滅茶苦茶焦りながら、僕の衣服が用意されているらしいので下着を探そうと思ったが、クローゼットを開いた瞬間に固まった。

「メル？」

固まった僕にレオが不思議そうに僕の背後に近付くのが分かり、ハッとしてクローゼットを閉めた。

「どうした？」

「あ――……ええと、アンナさんの……かな？」

「母の？　おかしいな……母の物は片付けて新しく用意して貰《もら》った筈なんだが」

「そうなの？　でも女性物だらけだったよ？」

レオがクローゼットを開けると、レオも固まった。

「アンナさんのでしょ？」

固まったレオの横でクローゼットの中を見る。

さっきは一瞬で閉じてしまったが、やはり中にはカラフルなドレスが所狭しと並んでいた。

「いや……これは母の物では無い」

「え？　じゃあ誰の……」

ここはデイビットさん個人の所有するもので、夫婦の寝室と個室が2つあるのみなので親族に貸す様な事もしないそうだ。

「……メル専用だな」

「へ？」

レオに手を引かれてクローゼットの中に入る。

女性物ばかりのクローゼットに入る事に少なからず抵抗はあるが、戸惑いながらもクローゼットの奥へ進むと、レオはぐるりと中を見渡して手を伸ばした。

「なっ……ちょ、レオ、勝手に触っちゃ駄目だよ！」

「この中の服はメルの為に用意された物だから大丈夫だ」

「僕？　何で？」

え！　レオって僕に女装させたいの？

そっちの趣味があったのか……いや、どんなレオでも僕は受け入れますよ？　受け入れますけど、いきなりだとびっくりする訳で……。

「メル、俺の趣味では無いから」

「え？」

違うの!?　じゃあ何で女性物の服しかないんだ？

僕の思考はダダ漏れの様で、レオは苦笑しながら手に取った服を僕に当てて眺めている。

ちょっとそれ、ベビードールってやつじゃ？　妹の同人誌でこれでもかって程見たよ？

「多分、俺の所為ではあるが」

「どうなってんの!?」

スケスケのベビードールを身体にあてがわれてどうすれば良いの！

レオも吝《やぶさ》かでは無いみたいな表情で頷《うなず》いてるけど、着ないよ!?

「俺が管理人に大切な人と行くからクローゼットの中の準備もしておいて欲しいと頼んだんだ。どうやら女性が来ると勘違いしたらしいな」

「ええ……」

「ほら、ドレスも母の世代が着る様な物では無いだろう？」

そう言われてよくよく見れば、確かにアンナさんの様な夫人が着るにしては丈が短いし色も淡かったり、年若い女性が着る様な色味にリボンやフリルが多用されている物が多い様に感じる。

「……ああー、確かに……」

説明しながら、レオは次々とベビードールを手に取って僕にあてがう。

着ないよ？　着ないからね？

ジリジリとクローゼットから出ようとする僕にレオはうんと頷き1つのベビードールを手に取り、しごく真面目な顔でこう言った。

「これをメルに着て欲しい」

僕ですか？

無言で受け取りましたよ！！！

「……これは無いよなぁ……」

僕は先程から鏡の前で、脱いでは着て、脱いでは着てを繰り返している。

何をかって、レオに渡された例のあれです。

溜息《ためいき》を吐きながら鏡の中の自分を眺める。

シャワーを念入りに浴びながら、女性物の下着なんて入らないんじゃないか？　と思いきや、ゆったりとしたサイズ感で男の僕でも着れてしまった……。

パンツに至っては紐《ひも》パンなので調整が出来てしまう。なるべくゆとりを持って紐を結んでおいた。

しかしこの可愛らしい下着、果てしなく僕には似合っていない。

妹の同人誌で死ぬ程見たよ。ジョシュアが着てるのは。

ジョシュアは良いんだよ。ジョシュアは。

男とはいえ美形だし、ガタイは良いけど均整の取れた細マッチョで（薄い本でしか見た事無いけど）スタイル抜群だから似合うんだよ。実物は見た事無いけど。

僕と言えば不細工では無いと思ってるけど、所詮《しょせん》モブ。十人並なんだよ。

十人並の男がこんなひらひらふわふわすけすけを着ても可愛い訳が無い。

だがしかし、レオのご所望なのだ。

着ない訳にはいかない。

白を基調として胸元に小さくリボンや青い花の刺繍《ししゅう》がちりばめられている。

しかしレオもこういうの着せたがるとか、意外と普通の年頃の男の子なんだなぁ……。

先程あてがわれていた物の中では1番控え目なデザインを選んでいたけど、こういうひらひらすけすけはやっぱりレオも好きなのかな。

僕は前世も女性は恋愛対象じゃ無かったから、こういった物を恋人に着て欲しいとか妄想でもしなかった。

妹の同人誌ではよく見たけど、受け身には着せたいものなんだろうか。

「あ」

ひらひらとドレスが自分の顔の前を行ったり来たりしてたけど、ふと視界にあるまじき物が映った。

「これは萎《な》える……」

ひらひらふわふわの隣から腋毛《わきげ》がちらりと見えている。

色こそ前世の黒よりは目立たない小麦色だけど、それでも腋毛は腋毛。

可愛いベビードールから腋毛がはみ出ていたら興醒《きょうざ》めするんじゃないか……？

ど、どうしよう？

キョロキョロとバスルーム内を見回し、剃刀《かみそり》を見付けると、ベビードールを脱いでバスタブに戻りソープを付けて脇毛を剃《そ》る。

メルクリスは体毛が薄く、髭《ひげ》も生えないから、こうして処理する事は中々無いので、慎重に肌に刃を添えて動かす。

「ツルツルだ……」

自分的には違和感があり過ぎる格好だけど、１つは解消された。

「……こっちもやるべき？」

視線を下に向ける。

胸元から左右に開いたデザインのベビードールなのでパンツが丸見えなんですよ。恥ずか死ぬよこれ。

そんな丸見えパンツ。紐で調整出来るとは言え布面積が小さいから陰毛がはみ出ている。

「……ええい！　毛なんて直ぐに生えてくる！」

逡巡《しゅんじゅん》した後に、紐パンも剥《は》ぎ取り陰毛にもソープを泡立てて剃る。

ジョリジョリと初めての感触にぞわぞわしながらも剃り終えてシャワーで流すと、つるんとしている。

指でなぞるとやっぱりつるつる。

「……僕、何やってんだろ…………」

ふと、冷静になってしまった。

駄目だ駄目だ！　冷静になったら負けだ！

っていうか、うだうだしてレオ待たせ過ぎてないか？

僕はわたわたと身体を拭くと本日何度脱ぎ着したか分からないベビードールを纏《まと》って、勢い良くバスルームのドアを開けた。

「わっ！」

「……メル」

ドアの目の前にレオが立っていて、危うくレオにぶつかる所だった。

「ビックリしたぁー」

「わ、悪い……」

珍しくレオの歯切れが悪いし心なしか顔は赤い。マズイ、待たせ過ぎて風邪引いちゃった⁉

「レオ?」

「っ……メル、こっち」

下から覗《のぞ》き込んでレオと目が合うとレオは顔を手で覆い、数秒固まった後に僕の手を引きベッドまで連れて行った。

絶句する程だったのだろうか……。

マズイ。毛、剃っちゃったよ。ドン引きされる⁉

「良く見せて」

「え」

ふわりとレオに持ち上げられると、そっとベッドに降ろされ身体を横たえさせられる。

「レオ……?　これ……へ、変、かな……」

降ろされた時にベビードールがお腹から滑り落ちて下半身が丸見えになるのが恥ずかしくて、手で押さえようとしたらレオの手に阻まれてしまった。

「似合ってる。可愛い」

「かっ…………」

まだ少し頬の赤いレオの、想像以上の反応に戸惑っていると僕の手をレオが持ち上げた。

「ぁっ」

「ねぇ、何で剃ったの？」

そう言って、レオは僕の腋に舌を這《は》わせた。

「ひっ……！」

背筋がぞわっとして身悶《みもだ》えるも、レオは尚も僕のつるつるになった腋に舌を這わせて、ちゅっと吸い付いた。

「ね、何で？」

「やっ……だって……こんな、可愛いのに……毛が生えてたら……引くかなって……」

今度は耳元に息を吹き掛けられておへその辺りをくるくる指でなぞってくるもんだから、足をもじもじさせながら喘《あえ》ぐ様に答える。

「そんな事は無い」

「そ、そう？」

そっかぁ！　なーんだ良かったー！

と、思ったのも束の間、次の言葉で固まる事になる。

「次は俺にやらせて？」

耳元で囁《ささや》かれて、硬直する。

「こっちも……ね？　メル」

おへそをなぞっていた指が下に降りて、つるつるになった股間《こかん》を撫《な》でている。

「駄目？」

「っ……！」

その甘えた様なおねだりは反則でしょうよぉ！！！

「メル、お願い、剃らせて？」

「わ、分かったから!!」

根負けして答えると、レオはそれはもう壮絶にエロい顔で微笑んだ。

ちょっと……僕達、アブノーマルな方向へ向かってない……よね……？？

レオはベビードールから透けて見える胸元に舌を這わせると、ぐるりと乳首を舐《な》め回した。

唾液《だえき》がベビードールに吸収されてくっきりと立ち上がった乳首が張り付いている。

「あっ……！」

「ぷっくりして……可愛い」

レオは乳首を甘噛《あまが》みしながら、じゅっと音を立てて吸い付いてくる。

「もう固くなってる」

「いっ、言うなぁ……っ」

恥ずかしさにレオの頭を押し退けようとするが、舌先でころころと転がされ、もう一方は指の腹でくるくると撫で回され、手の力が抜けてレオの髪を掴《つか》んでしまう。

何これ、いつも以上に気持ち良い。布越しに触れられる快感たるや、侮れぬ。

「いつもより感じてる？」

「だっ……からぁ！」

乳首を吸いながら喋《しゃべ》るとかやめて欲しい。もう片方も器用に優しく摘んだり突いたり……ああ、下半身がうずうずする……。

「メル……こっちも触って欲しい？」

「っ……う、ん……」

足をモジモジとさせている事に気付いたレオがそっと下着越しに撫でる。

触れるか触れないかの力加減で触るから、ビクビクと熱を持ち始めた下半身に熱が集まるのが分かり、息が上がる。

「メル、足開いて？」

太腿《ふともも》を指先でなぞられて、ぴくんと足が震える。

いつもはそんな事言わないのになんで今日に限って!?

「ん……」

羞恥心《しゅうちしん》よりも勝る快楽に抗《あらが》えず、ゆるゆると太腿を開くと、レオは足の間に顔を埋めた。

「メル……可愛い、綺麗《きれい》だ」

「もっ……言わなっ……んんっ！」

また下着越しに根元から吸い付かれると腰がびくんと跳ねた。

じゅっじゅっと根元から先端に掛けて舐め上げられて、呼吸が速くなりはっはっ……と荒い息を吐き続ける。

「ふふ、はみ出てしまったな」

「んっ、ぁっ……レオ……」

小さい布の中で勃《た》ち上がった先端がはみ出ているのが見える。

その先端にレオが舌を這わせて舐め回すという卑猥《ひわい》な光景に、我慢の限界はあっという間に訪れる。

「レオっ、ダメっ、いっちゃ……！」

「ああ、ビクビクしてて可愛いよ」

吸いながら喋るなってぇ！！　あと、性器は可愛くありません！！！

「はぁっ……っ、はっ、ぁ……」

脳内で声にならない叫びを上げながらレオの口内に欲望を吐き出すと、レオは音を立ててそれを飲み込んでしまった。

「なっ……」

「甘いな」

甘い訳あるかぁ！！！

同人誌で何度も見たよその台詞！！！

絶対不味いでしょ!?!?

「メル……」

それなのに、妖艶《ようえん》に微笑んで唇を舐め回して溢《あふ》れる精液を舐め取るレオは壮絶にエロい。

「っ……レオぉ」

もう、身体が疼《うず》いて仕方が無い。

「メル……」

レオが小瓶を取り出して口で蓋《ふた》を開けると、傾けて手の平に中のローションを出す。何とレオのお手製だ。

未だ穿いたままの紐《ひも》パンはそのままにずらして、レオはローションを纏《まと》った指の腹でくにくにと撫でると、落ち着いて来た僕の呼吸はまた荒くなっていく。

「入れるよ?」

「うん」

指を入れられるのは初めてでは無く、寮で連日のイチャイチャに指の挿入も加わっていた。

既にレオの指を3本入れる事は出来るので、僕としてはもういつでも準備万端だと思っているんだけど、レオは「まだだめ」とゆっくり中を掻《か》き回《まわ》す。

そして4本目の指も入り、レオの丁寧な愛撫《あいぶ》に身体全身でレオを求め始める。

「レオぉ……」

切なくて、早く欲しくて、甘えた様な声が出てしまって恥ずかしいけど、太腿を持ち上げてレオに広げてみせる。

レオが息を呑《の》む様子を熱の籠《こも》った目で見つめる。

「レオが、欲しい」

「っ……」

レオの昂《たかぶ》りも既に腹に付きそうな程立ち上がっていて、それを、入れて欲しくて堪らない。

「メル……愛してる」

「レオ、僕も愛してる」

そっと抱き締められて、触れるだけのキスから口内を貪《むさぼ》る様なものに変わっていくと、お尻《しり》にじわじわと異物感が増していく。

やはり指とは比べ物にならないのか、圧迫感が尋常じゃない。

「んっ……んっ、ぁ……ぅ」

ぴちゃぴちゃとレオの舌先を吸いながら意識を圧迫感から逸らそうとするものの、中々上手くいかない。

レオは僕の反応を見ながらゆっくりと腰を進めてくれるけど、もう、痛くても良いからレオを全部受け止めたくてぷるぷると震える足を持ち上げてレオの腰に絡めた。

「！」

「んんんっ……！」

ぐっと足に力を入れるとレオの体重が掛かり、肉壁を一気に掻き分けてごちゅ、と奥まで叩《たた》き込《こ》まれた。

「くっ……メ、ル……っ」

切なげに、苦しそうに眉間《みけん》に皺《しわ》を寄せて耐えるレオに喉《のど》が震えて声が出ない僕は、もう全身震えながらレオに手を伸ばした。

「っ……レ……オ……」

「メル……」

やっと、やっと繋《つな》がれた。

それが嬉《うれ》しくて、頬を伝う涙を感じながら笑うとレオの瞳《ひとみ》も少し潤んでいて、繋いだ手を握り締めた。

「レオ……も、だいじょぶ」

「いや、まだ……」

さっきからこのやり取りの繰り返しである。

やっと全部収められたとはいえ、レオの凶器のようなそれが馴染《なじ》むまでは待つとレオが言って僕は待ったをかけた。

確かに慣らすのは大事だと思う。けど多分かれこれ30分は経ってると思うんだ。

「レオ……お願い、動いて？」

「っ……！」

生殺し状態なのはレオも一緒の筈《はず》である。

大丈夫、一緒に気持ち良くなろう？

そんな気持ちで腰を揺すってみた。

「メル……っ！」

「ひぁっ！」

抱き締められて、唇を貪られながら律動を始めたレオに思考が途切れる。

気持ち良過ぎる。

レオが動く度に僕の気持ち良い所を的確に突いて、舌を吸われ、レオの厚い胸板で擦れる乳首や割れた腹筋に擦り付けられていつの間にか吐精していたりと、頭が真っ白になりながらもレオに抱き付いてレオから与えられる快楽の海に身を委ねた。

「メル、愛してるよ」

僕が何度目か分からない言葉を聞きながらレオの腕の中で意識を手放したのは、陽《ひ》もすっかり昇り切った頃だった。

＊

温かくて安心する匂いに包まれている。

まだまだこの温もりの中で微睡んでいたいなぁと温もりに擦り寄ると優しく包まれ、触れられる。

ああ、離れたくなんて無いなぁ。

こんなに幸せなのに、僕はこの手を放したらどうなってしまうんだろう。

いつか、この手に拒まれたら僕はどうなってしまうんだろう。

思い出を胸に生きて行こうなんて思ってたけど、自信が揺らぐ。

「メル……？」

頭を撫《な》でていた手が頬を包む。

「………………レオ？」

「身体、痛むか？」

目をそっと開けるとレオが心配そうに僕を見つめて目尻《めじり》に触れている。

「ん……？　痛みは……無いかな」

「……そうか」

そういえば、不思議と身体は怠《だる》くも痛くも無い。

僕が寝ている間に清めてくれたのか、あんなにドロドロだった身体やシーツは綺麗になっている。

……あのドロドロぐちゃぐちゃになったベビードールはどうなったのだろうか。

洗濯すれば着れるだろうけど、見ると思い出してしまいそうで恥ずかしい。でも処分して欲しくも無い。

「今度は違うのを着てくれるか？」

悶々《もんもん》と考えていた事が顔に出ていたのか、耳元で囁《ささや》かれて昨夜見たベビードールのラインナップを思い出す。

昨夜着たのは1番シンプルで大人しめのデザインだった。

他は真っ赤とか真っ黒Tバックとかのセクシー系にピンクとブラックの小悪魔系とか最早隠す気ゼロなシースルーとかそれ、大事な部分に布ある？　みたいなのとか……。

身体の隅々まで見られてる上にあんな事やこんな事までしてしまったが、やっぱりまだまだハードルが高い。

「っ……お手柔らかに……？」

「此方《こちら》こそお手柔らかに願う」

「何で……？」

「ただでさえ可愛いメルが更に可愛くなったら理性を失《な》くすから」

「なっ……なに、言ってんの……」

レオの笑う気配に尻すぼみになり、レオの喉元《のどもと》に顔を埋める。

「メルの全てが可愛くてどうにかなりそうだ」

「……そんなの、僕はレオが格好良過ぎて心臓破裂しそうだよ」

変態気味になって来てるのが少し怖いけど、とは言えずレオの喉仏が動くのを眺める。

喉仏まで何かよく分かんないけど格好良いって何？　こう、首が綺麗だから、喉仏が映えてるのか？

じっと眺めていると喉仏が微《かす》かに震えた。

「そんなに眺められたら我慢出来なくなる」

「えっ」

散々、したよね？

いや、もう、半日くらいはしてたよね？

僕は半分くらい意識朦朧《もうろう》としてて記憶が曖昧《あいまい》なんだよ？

それで、まだ……ですと……？？？

レオの性欲底無しなの……？　そういえばレオが疲れてる所なんて見た事ないけど、もしかして、無尽蔵なの？

「そんなに怯《おび》えないで」

僕の顔が青褪《あおざ》めていたのか、レオが苦笑して僕の頭をそっと抱き抱える。

「あ、いや……流石に、毎日こうは身体が……」

もたないと言い掛けて、気付く。

「あれ？　そういえば身体なんともない……？」

今まではレオの精力に僕の体力がもたなくて、夜のイチャイチャタイムは僕に合わせてもらっていた。

それなのに、今朝はどこも怠く無いし何で痛みも無いんだ？　あれだけ出し入れされた部分には違和感さえ無く、あれだけ打ち付けられた腰にも痛みは無い。

「レオ、回復魔法でも使ってくれたの？」

「いや……洗浄しか使ってない」

「そうなの……？　何かやたら普通なんだけど……っていうか、もしかして僕１日中寝てた？」

確かに意識が飛んだ時にカーテンの向こうは眩《まぶ》しかった。

それなのに今、部屋の中はカーテンが閉められてはいるけど明るい。この明るさだとまだ昼過ぎといった頃だろうか。

「いや、メルが寝てたのは3時間程だ」

「えっ!? 3時間？ 嘘でしょ？ 凄《すご》い身体の調子良いよ？」

幾らなんでも3時間であのハードな営みの疲れが取れるとは思えない。というか本当にまるで何もしてないかの如く元気なんだけども？

あれ？ 昨夜は僕の夢だった？

頭の中が混乱している僕の頭を抱くレオの手がもぞもぞと動いて、僕のお腹に触れた。

「……多分、メルが俺の体液を摂取したからだと思う」

顔を上げると、頬を赤くしたレオが苦笑している。

「せ、摂取…………したね……」

それはもう、沢山、大量に。

「ああ……その中に俺の魔力も含まれていてメルの中に取り込まれているだろうから、それで疲れが溜《た》まらないんだと思う」

「すごっ」

まさかの答えに、僕はただただ驚く。

レオが洗浄魔法を掛けてくれるからこの世界には無い避妊具であるコンドームを使わずにする事も、

中に出される事もあまり躊躇《ためら》いなく受け入れていたけど、その恩恵？　があるとは思わなかった。

「メル、身体は何ともないんだな？」

「うん。驚く程に元気」

レオは未だ僕のお腹を撫でている。何か触り方が……そわそわするからレオの手を掴《つか》むと、握り返された。

「じゃあ、今晩も楽しみにしてる」

昼間にその壮絶にエロい扇情的な笑みは反則だよ。


レオの精液で体力増強という衝撃的な事実を知った後、僕のお腹が盛大に鳴った。

顔を上げて時計を見ると2時過ぎだった。

「前に食べてからもう20時間くらい経ってるのか……」

「軽食でも作ろうか」

名残惜しそうに触れるだけのキスをしてレオがベッドから起き上がり、続いて僕もベッドから降りる。

両足を床について立ち上がる。足腰が立たないという事も無く、普通に歩ける。

凄い。なんていうか、レオ凄い。

「そうだ。着替えが無いんだった」

領地に帰るものだと思っていたから、着替えを持っていなかった僕の為にレオが衣服を手配してくれていたけど、手違いがあり女性物の服しか用意されていなかった。

昨日の服はまだ洗濯していない。

レオに洗浄して貰《もら》えば直ぐに着られるだろうけど、これから2週間ずっと同じ服を着続けるのは僅《わず》かに抵抗感がある。

レオの服を着られれば良いんだけど、190超えのレオと僕とでは体格差があるので服のシェアは出来ないだろう。

なにせこの世界はTシャツやスウェットなんて便利な服は無いのだから。

「取り敢えずレオのシャツ借りても良い？」

レオの服でも何とか着れるかも知れない。

一縷《いちる》の望みを掛けて、レオにシャツを借りて袖《そで》を通してみた。

「あ、駄目だ」

駄目です。ダボダボです。膝丈《ひざたけ》ワンピースみたいになっちゃってる。

鏡の中の僕はぶかぶかのシャツだけを羽織って、まるで彼シャツみたいだとか思ったり。

「メル？」

隣で着替えていたレオが僕の声に反応して隣のクローゼットから顔を出した。

「あは、これやっぱりレオのは大き過ぎたよ」

ひらひらと裾《すそ》を振りながらレオに見せると、クローゼットから顔を出したレオは固まり、僕を凝視していた。

「レオ?」

じっと、瞬きもせずに僕を見ている。

あれ、もしかしてレオ、彼シャツ好き?

「……えーと、誰も居ないし、このままでも構わないかな?」

「……そうだな。誰も居ないから大丈夫」

好きなのか、好きなんだな。彼シャツ。

レオの意外な一面に僕は自然と頬が緩む。

僕の前では笑う事の多いレオだけど、いつもは冷静でクールだから年相応の幼さというものがレオには見られないので、こういった思春期の男の子な反応が可愛くて堪らない。

「じゃあ……降りるか」

「うん」

靴下を履いて靴を履く。

家の中でも靴だから何だか妙な感じだけど、仕方無い。

隣を歩くレオがちらちらと僕を見る。階段を降りる際には特に太腿《ふともも》の辺りを。

そんなに好きなのか。

ベビードールの直接的なエロスよりもこっちの方が好みなのかな。

目が合って笑うと、レオは何でか天を仰いでいる。

「メルが可愛過ぎる。天使か」

って聞こえたのは気の所為という事にしておこう。

思春期男子をあんまり刺激し過ぎるのも問題だしね、うん。

明日は着て来た服に洗浄魔法掛けて貰おう。


「これ、火に掛けて良いの？」

「ああ」

フレンチトーストを作る事になり、液に浸したパンをバターを溶かしたフライパンに並べる。

隣ではレオがスープに使う野菜をコックばりの手際の良さで切っている。

液が指に付いたから舐《な》め取っていたら、視線を感じて横を見るとレオが僕を凝視していた。

「……レオ？」

心なしかレオの目がギラついている気がする。

「んぅっ!?」

気付いたらレオに抱き締められて、唇を貪《むさぼ》られている。

ちょっと待って、お腹に当たってる！　硬いものが！

「……メル、どうして……」

「っ、にゃ……にぃ!?」

キスの合間に苦し気な、切な気な顔でレオが吐息を吐くもんだからなんだなんだ!?　と息も絶え絶えにレオを見る。

いやしかしぐりぐりと押し当てられてすっかり収まった筈《はず》の熱が、腹の奥から湧き上がる様な感覚にむずむずする。

「どうしてそんなに可愛いんだ」

そう見えるのはレオだけだよー！！！

と、言いたいけど、僕の言葉はレオの熱い口内に吸収されて行った。

「ちょ、ちょっ、レオ！　火っ、火が、危ないから！」

何とかレオの舌から逃れて喘《あえ》ぐ様に声を上げる。

ちょっと、太腿めっちゃ触るじゃん！　太腿好きなの!?

ジュージューと美味しそうな匂いを漂わせながらフレンチトーストが焼ける音が直ぐ横からしていて、あと数秒放置したら焦げてしまいそう。

「メル、余所見しないで」

「ええっ」

レオは僕の太腿を撫《な》でながら片手を空に翳《かざ》すと、何も無かった空間に裂け目が出来た。

久し振りに見た。レオの異空間収納だ。

レオはそれはもう器用にフライパンを異空間に放り込むと、火を消した。

ちょっと、確かに異空間収納に入れておけばそのままの状態で保存可能だけど……こんな事に異空間収納使う人初めて見たんですけど。

「こんな下着穿いて……煽《あお》ってる？」

「ちがっ……だって、これしか無いから！」

手違いで用意された服は基本ドレスなので着れないけど、パンツは何とか着れてしまうのでピンクの総レースのパンツを拝借した。

レオが興奮してるみたいなのでこれも合格らしい。

お尻撫《しりな》で回すのそろそろやめてほしい。

そして話を戻すと異空間収納は転移よりは難易度が低いけど、それでも高度魔法なので魔力量とセンスが必要らしい。

なにせ物体を留めて置ける程の魔力が必要なので、そう簡単には使えない。

なので、異空間収納を使え無い人はマジックバッグと呼ばれる物を使用する。

見た目は普通のバッグだけど、中は異空間に繋《つな》がっていて、規定量の物を収納出来る様になっている。収納量も色々とあって、見た目は同じサイズでも中身の容量は値段によって変わってくる。収納量が多ければ多いほど高くなるのは勿論《もちろん》だけど、1番小さくても余裕で平民の年収程はするから持っているのは一部の貴族か裕福な商人辺りになってくる。

商人の買い付けに重宝されるらしく、レオは学園入学前は度々依頼されてマジックバッグの作製もしていた。レオに聞いた事はないけど、そのマジックバッグの報酬は凄い額だとデイビットさんが言ってた。

そんな貴重な異空間収納に、作り掛けのフレンチトーストを放り込みましたよこの人。あ、パンツの中に手を突っ込んで来た！

因みに我が家にはレオが作ってくれたマジックバッグならぬマジックボックスが各部屋にある。大助かり。

「ひゃっ」

異空間収納に想いを馳《は》せていたら、その異空間収納からローションの小瓶を取り出したレオがポン、と蓋《ふた》を口で開けてって何かデジャブだな。まさかキッチンでするの？　彼シャツキッチンエッチなの!?

「メル……」

「ひんっ」

ひやりとした冷たい感触がお尻《しり》に塗り込まれていく。ちょっとビックリしてレオに抱き付いたらキスされながらお尻弄られてます。

一晩で僕の気持ち良い所を知り尽くしちゃってる感あるレオが怖い。

「んん……っ、ん……んぁっ」

「メル……可愛い」

熱に浮かされた様に僕を求めるレオに僕が抗える訳も無く、身体を持ち上げられて調理台の上に座らされるとちゅ、とキスをされる。

「メル、下着脱いで？」

「へぇっ？」

パンツをずらして弄られていたのでまだパンツは穿いたままだ。だけどローションでぐちょぐちょになってるから脱ぎたいと思ったけど、けど！

「脱がないと出来ないよ？」

昨夜は紐《ひも》パン穿いたままやりまくりましたよねぇ⁉　片方の紐解《と》いてたけどさぁ！

「くぅ……」

レオがシャツの上から乳首をこねくり回しながら僕がパンツを脱ぐ様子を眺めている。

もうどうしよう。レオが変態まっしぐらだ。

だけどそんなレオを好きな僕も変態まっしぐらなんだろうか。

調理台の上でもぞもぞとお尻を持ち上げながらパンツをずらして膝《ひざ》まで降ろした所で、レオに足首を持ち上げられた。

「うわっ」

後ろに倒れそうになる僕の頭をレオが支えて、ゆっくりとレオが腰を進める。

「あっ……」

「メル……っ」

真昼間のこんな場所なのに、気持ち良過ぎてレオにしがみ付こうにも、足に引っ掛かったままのパンツが邪魔でレオに抱き付けない。

「レオぉ……っ、抱っこ……」

手を伸ばすと、余裕の無さそうなレオがパンツを足から引き抜くと僕の腰を支えて抱えた。

「ひぁーっ！」

抱っこって言ったけど！　所謂《いわゆる》駅弁ってやつになってる！

「メル……っ、締め、過ぎ……」

「らって、ぅあっ、そこやっ、ぁあっ！」

レオは重みなんて感じてないのかと思う程軽々と僕を持ち上げ、揺さ振る。

「ひぁっ、ぁーっ！」

不安定な場所なのに、レオから与えられる快楽に嬌声《きょうせい》が止まらない。

「メル、メル……っ」

「レ……っ、うぁっ」

レオに抱き付きたいのに揺さ振られて力が入らない。

「メル」

不意にレオが僕をぎゅっと抱き締めてくれた。

「レオっ……」

「メル、俺だけのメル……」

ぎゅうぎゅう抱き合いながらも下から突き上げられて、レオの首筋にしがみ付きながらお腹の中に広がる温もりに幸せを感じた。

あれから、キッチンであんな体勢やそんな体勢や立ったり、爪先立ちになったり、浮き掛けたり浮かされたりと様々な体位で喘がされました。

どんどんノーマルからかけ離れてる気がするのは気の所為かな……。

僕がフレンチトーストにありつけたのは、2時間後でした。

もう晩御飯だね。

レオのお陰(?)で疲れにくくなったとはいえ立ちっ放しでの激しい運動(?)の後に快楽の余韻で気怠いもので、ソファーにぐったりと凭《もた》れながらもそもそとフレンチトーストを咀嚼《そしゃく》してミルクティーで流し込む。

最初、レオが手ずから僕に食べさせようとしたので丁重にお断りした。

可愛い女の子が彼氏にするなら分かるが、男同士であーんは流石に無いだろう。レオは良いけど、相手は僕だ。自分を卑下したい訳じゃ無いけど、良い加減にレオにはブレーキを掛けないと更なる要求をされそうで怖い。

僕がレオにあーんするのは吝《やぶさ》かではないけど。

……レオがあーんされるの、可愛いかも知れない。機会があればやらせて貰《もら》おう。

そんなレオはあーんを断られた事にショックを受けながらも、今は晩御飯の準備をしてくれている。

キッチンからは食欲をそそるチーズの良い香りがして来て、空腹感が増していく。

「メル、リゾットを作ってみたがまだ食べれそうか?」

レオがキッチンから顔を出した。

レオの顔を見ると先程までのあれやこれやを思い出してしまい、仄《ほの》かに頬が熱くなる。

「うん。良い匂いで更にお腹空《す》いてきたんだよね」

「そうか。じゃあ食べよう」

動揺を隠す様にいつも通りに振る舞うと、レオは微笑んで僕のもとに来て手を差し出した。

その手に手を重ねると、握られて立ち上がりテーブルにエスコートされた。

「明日は湖で釣りでもするか？」

「良いね！　釣りなんて久し振りだね」

チーズたっぷりのリゾットを頬張りながら、久し振りの釣りが楽しみで頬が緩む。

そんな僕をレオが微笑ましそうに眺めるもんだから、何だかこそばゆい気持ちになる。

僕の精神年齢30歳近いのに、15歳のレオに可愛いと思われてるよ……自惚《うぬぼ》れている訳ではないが、レオのあの顔はきっとそうだ。間違い無い。

「楽しみだな」

「うん」

まぁ、今は15歳だから良いか。

＊

釣り？　楽しかったよ。30分くらいは。

何故かレオの膝の上で釣りが始まって、レオがあっという間に20匹釣った辺りでレオの忍耐が限界を迎えたらしい。

3日目にして青姦も体験してしまった。

その後も、折角準備して貰ったドレスでダンスでもしないかとレオに唆され、何とか僕の身体で入るドレスを着てレオのリードでダンスをしていたらいつの間にかドレスの中を弄られてあれよあれよと喘がされていました。

またある日はお風呂《ふろ》に一緒に入りたいと強請《ねだ》られて一緒に入れば、雪崩《なだ》れ込む様に喘がされ、またある日は3時のお茶にケーキを食べていたら何でか生クリームプレイに雪崩れ込んでいたし、またある日は森を散歩していたら現れた兎《うさぎ》を愛でていると、兎に嫉妬《しっと》したレオが以下略……。

「何だか精神的に疲れてる……？」

「メル、疲れてるのか？　マッサージしようか」

それ、絶対マッサージからエッチに雪崩れ込むやつ！

「大丈夫。また今度頼むよ」

「そうか」

残念そうな顔をするレオに、多少の罪悪感を感じてしまうがここは心を鬼にしないと。

ノーマル、ノーマルを心掛けないと……。


「メル、手を」

「あ、うん」

最終日の夜、レオに誘われて湖にやって来た。

レオの手を握りボートに乗り込むとレオが漕《こ》ぎ出す。

「あ、ここ月が綺麗《きれい》に見えるんだね」

湖に映る月を仰ぎ見ると、雲の合間から月が見える。

レオはこの月を僕に見せてくれようとしたのかな。

「ああ、そうなんだ。月も良いがメルに見せたかったのは別の景色なんだ」

「別の景色？」

ボートが湖の中央に辿《たど》り着《つ》くとレオは漕ぐのを止める。

「何だかあっという間の2週間だったなぁ……」

ほぼ、レオに喘《あえ》がされていた記憶しか無いけど。とは思っても口には出さない。

「そうだな」

月明かりに照らされたレオは何だか儚《はかな》く見えて、少し不安になる。

「メル」

「な、何？」

落ち着いたレオの低音の声が僕を呼ぶと、それまで月明かりしかなかった湖が淡い光に包まれ出した。

「えっ、なになに？」

「メル、大丈夫」

レオが微笑みながら僕の手を握る。

レオが大丈夫と言うなら大丈夫なのだろう。

僕はきょろきょろと湖面を眺めていると、ある事に気付いた。

「あっ……蛍……？」

「正解」

レオを見ると、嬉《うれ》しそうに僕を見ている。

湖面には無数の蛍の光が広がっていて、幻想的な雰囲気に包まれている。

「子供の頃は起きれなくて連れて来れなかったけど、漸くメルにこの景色を見せられた」

「あー、この時間は寝てたね」

「ああ」

感嘆の声を上げて辺りを見渡す僕にふっとレオが笑う気配がして昔を思い出す。

精神年齢は高くても身体は子供なので夜になると眠くなるもので、この景色を見る事が出来なかった。

「綺麗だね」

「ああ」

ふと、レオの手が緩く外れ、湖面から顔を上げると視線がかち合う。

「レオ……？」

「メル」

レオは静かに微笑んでいる。

静かな湖の上でレオと2人蛍の光に包まれて、僅《わず》かに心拍数が上がる。

「来年もまた2人で来よう」

「っ……うん」

無駄にドキドキしてレオの言葉に勢い良く頷《うなず》くとレオは小さく笑い僕の手を取り、小指に何かを嵌《は》めた。

「これ……」

「約束。また此処《ここ》に2人で来るまで外さないでくれるか？」

手を翳《かざ》して小指に収まる華奢《きやしや》なリングを眺める。蔦《つた》が絡まる様なデザインで僕は一目で気に入った。

「綺麗な指輪……」

「気に入った？」

首を縦に振るのが精一杯な僕に、レオは同じデザインの指輪を渡した。

「俺にも着けて？」

「うん」

レオの右手を取り指輪を小指に嵌めると、レオは指輪を嵌めた僕の小指と自分の小指を絡ませた。

「来年も、その次も、ずっとこうして2人で過ごそう」

「……うん」

もう胸が一杯で、息が苦しい。

来年も、再来年も……その次も……レオと、こうして過ごしたい。

だけど、不安が襲う。この幸せは長くは続かないんじゃ無いかと。

あと2年も経てばヒロインがレオの前に現れてしまうんじゃ無いかと、心の奥でずっと不安だった。

「メル……メル」

「レオ……っ」

僕の声は震えて涙混じりになる。

レオとずっと一緒に居たい。

身を引くだなんて偉そうにも思っていたけど、こうしてレオと想い合う事が出来てしまえば、その決意は儚くも脆《もろ》い。

レオに拒絶されたら生きていける気がしない。

こんな弱い僕はレオの隣に居てもいいのかとずっと不安だった。

「レオ……レオ……っ、大好きだよ、レオ……」

「っ……俺もだ。メルだけ、メルが居れば何も要らない。愛してる」

ボートの上だけど勢い良くレオの胸に飛び込むと、しっかりと受け止めてくれる。

「メル、一生俺の側に居て」

僕の頬を伝う涙を拭《ぬぐ》い、おでこを寄せる。

子供の頃からずっと変わらないレオの温もり。

「レオも僕とずっと一緒に居て」

蛍が次々と飛び交い、レオの顔が照らされる。

レオの瞳《ひとみ》が少しだけ潤んでいて、レオも僕と同じ気持ちだったのかな。そんな風に思いながら重なったレオの唇は少し濡《ぬ》れていて、温かかった。


昨夜は湖から帰ると、縺《もつ》れる様にベッドに雪崩れ込んだ。

お互いに早く早くと服を脱がせ合い、何度も求め合った。

荒い息を吐きながらも離れたく無くて、レオにしがみ付くとレオは笑って抱き締めてくれて、安心する様に眠りに就いた。

「メル、おはよう」

窓から差し込む光の眩《まばゆ》さに自然と瞼《まぶた》が開くと、おでこに柔らかい感触がしてレオの唇だと気付くのに時間が掛かる。

「まだ眠い？」

「ん……ちょっと……」

眩《まぶ》しくてレオの胸元に顔を埋めると違和感に気付く。

レオの上に乗る様にして眠っている。

確か最後はレオの上に乗って絶頂を迎えた。

それで、その後はどうしたんだっけ？

離れたく無いと抱き付いて…………。

レオの、入ったまま？

「ぁ……ぇ……？」

「ん……メル、余り力を入れないでくれ」

急にそこに意識が集中して、きゅう、と締め付けてしまってレオの眉間《みけん》に僅かに皺《しわ》が寄る。

ガバっと起き上がると、体勢が変わって中のレオのモノが擦れる。

「んっ、ふ……」

「メル……そんな可愛い声出したら止まらなくなるだろ？」

「ごめっ……ん、ぁ……」

腰を持ち上げると、ずるりと抜け出るレオの性器は白濁に濡れていて思わず目を背けると、お尻《しり》から何かが漏れ出す感覚に背筋がぞわりとする。

「ぁっ……」

どろりと溢《あふ》れる感覚に慌てて力むけど、お尻を伝い太腿《ふともも》に流れていくレオの精液を止められず、レオにしがみ付いてしまった。

「メル……？」

「あっ、あの、あれ、も、漏れ……っ」

物凄《ものすご》く恥ずかしい！　恥ずかしくて中々言葉に出来ずに狼狽《うろた》えて力無くレオに抱き付いていると、僕の異常に気付いたのか上半身を起こしたレオの視線は僕の下半身に移って、ごくりと喉《のど》が鳴った。

体内に吸収し切れなかったのか、それともいつもはレオが綺麗にしてくれていたのかは分からないけど、お尻の力を抜くと漏れ出てしまうのが分かる。

「メル、溢れない様に蓋《ふた》をしようか」

「……え？」

レオが僕の太腿を掴《つか》んだと思ったら一瞬で僕を持ち上げて、抜いたばかりのレオのモノが僕の中に収まった。

「ひっ……！」

ちょっと待って、硬くなってるんですけど!?

「メル、俺に抱き付いて」

「うっあ、えっ、え」

寝起きで力が入らないから必死でレオの首にしがみ付くと、レオが一瞬息を詰めて、ゆっくりと身体を起こしてベッドから足を降ろし僕を抱き締めた。

「もう大丈夫」

ちゅ、と僕の肩口にレオが口付けると、僕はレオに身を任せる事にして歩き出したレオが動く度に中への振動も感じて、声を出さない様に耐える。

後から気付いたんだけど、直ぐそこのバスルームに行くのにわざわざこんな事する必要無かったよな……って。

バスルームに入ってからもどんどん硬度を増すレオのモノを治める為に、朝からバスルームエッチで盛り上がったのは言うまでも無い……。

＊

「行くか」

「うん」

お風呂《ふろ》でサッパリした後は朝食を食べて荷物を持って玄関へ降りると、レオと手を繋《つな》ぎ、振り返る。

「また来年だな」

「うん。また来年来よう」

レオと見つめ合い、笑い合う。

来年はもう少し爛《ただ》れた関係を正したいなぁと苦笑しながら、レオの転移魔法で懐かしい我が家に帰った。

「「お帰りなさい」」

「お帰りなさいませ、坊ちゃん。レオニード様」

父と母に家令のジャンが出迎えてくれる。

僕が2週間遅れての帰省になる事は事前にレオが連絡を済ませていたらしい。何も知らなかったのは僕だけだった。

因みに我が家には未婚女性の使用人は居ない。昔は居たらしいのだが、しょっちゅう、否、毎日我が家へ来るレオへ懸想する女性使用人が続出した結果、男性使用人率が上がった。これはレオの家でも同じらしい。レオの方は男性でも既婚者のみなんだとか……何があったのかは怖くて未だに聞けていない。

「ただいま。これお土産」

「お邪魔します」

ジャンにお土産を渡すと、レオも何かを渡していた。いつの間に用意してたんだ……しまった。僕は我が家の分しか買ってない……。

「大丈夫。父さんはいつも王都にいるからうちに土産は必要無いよ」

読心術でも出来るの？　レオ？

「はは、相変わらず仲良しだねぇ2人は」

「ふふ、そうね。着替えてらっしゃいな。お茶にしましょう？」

父と母は見慣れたもので、レオがいる事に何の疑問も持たずににこにこしている。

「うん」

「はい」

皆何の疑問も無くレオが僕の部屋へ一緒に向かうのを見送る。

「やっぱり何か買っておくべきだったなぁ……」

「気にしなくていいぞ？」

「うん……」

レオが出来る男過ぎて僕が無能になって行く……。

ほんの少ししょんぼりする僕の頭をさらりと撫《な》でると、レオは僕の部屋のマジックボックスから自分の服を取り出し、着ていた服を脱ぎ出した。

見るつもりは無かったけど、目の前で脱ぎ出したので視界に入ってしまい至る所に傷や痕《あと》が残っている事に気付いた。

うわ、あれ僕が付けたのか？

「メル？」

「へっ」

思わず凝視していたみたいで、レオに顔を覗《のぞ》き込まれた。

「どうした？」

「あ、いや、その傷……治さないの？」

レオの背中や腕に付いてる引《ひ》っ掻《か》き傷を指差すと、レオはああと頷いた。

「メルが付けた傷だから、このままにしておきたいんだ」

「っ……そ、そう……」

僕が顔を赤くしながら俯《うつむ》くとレオは僕に唇を寄せた。

最中は夢中で気付かないいんだけど、さっきも付けてしまったんだろうか……今度から爪を立てない様に気を付けないと……。

「メルが必死に俺に抱き付くと嬉《うれ》しいから良いんだよ」

「っ…………気を付けるね」

尻すぼみになりながら言うと、レオは小さく笑った。

って言うか、さっきまで、レオとしてたんだよな……家族の前で思い出さない様にしないとと思いながら僕はレオと部屋を後にした。


「メル」

「結局来るんだ」

分かってはいたけど、何だか可笑《おか》しくて吹き出すと、レオは僕の髪の毛に手を翳《かざ》して髪を乾かしてくれた。

我が家は基本的に自分の事は自分で、なので僕は身の回りの事は自分でする。

お風呂《ふろ》を済ませて部屋に戻ると同時に、自分の領地へ帰ったレオが部屋着で現れた。

学園に入る前は毎晩こうしてレオが来ていたので久し振りの光景になる。

そう言えば僕達は2週間毎晩致している訳で、今夜もするのだろうか？

「えっと……レオ……？」

「ん？」

レオは僕を抱っこして迷わずベッドの上に上がると座り、僕を足の上に乗せて寛《くつろ》ぎ出す。

風呂上がりで匂いが気になるのかうなじの辺りに鼻を寄せてすんすんしてる。

「えーっと……その……する？」

「……メルはしたくないの？」

その聞き方は狡《ずる》いと思います。

いや、したいよ？　体力的に問題無いし、凄《すご》く気持ち良いし。

でもねぇ、ここ、実家な訳で。

流石にレオの魔法で音とか遮断出来てもなんとなく後ろめたいものがある訳ですよ。

「したい……けどね？　なんか……直ぐ近くに皆が居ると思うと何だか……」

「そうか……」

僕の肩に顎《あご》を乗せてお腹をホールドしてるレオを仰ぎ見ると、なにやら思案顔をしている。

まさか、レオの家でなんて言い出さないよね？

それはなんて言うかもっと気まずい。気まずいなんてもんじゃ無いよ？　それならもう我慢して一緒に大人しく寝よう？

「……あ」

「なになに」

レオはにっと笑うと転移魔法を作動した。

なにその笑い方可愛いとか悶《もだ》える間もなく何処かに着いた。

「あ……ここって……！」

小さなログハウスの様な建物の中に転移して、内装の懐かしさに声を上げて辺りを見渡す。

レオの魔法で室内は清潔に保たれている。

2人で作ったテーブルにイス、レオの家で不要になったソファーも昔のまま残っている。

「懐かしいな」

「だねぇ！　最後に来たのっていつだったっけ……」

転移したのは小さい頃にレオの領地の森の中に作ったツリーハウスだった。

9割方レオが作ったそのツリーハウスはレオの魔法で感知されない様にしてあるので、2人の秘密基地だった。

昔は勉強の後にここでレオとまったり過ごしていたなぁ。

「ここなら良いか？」

「っ……うん」

窓から見える景色を眺めていたら、後ろからレオに抱き締められていつの間にか準備されたベッドの上に寝かされていました。


「んっ、レオ……んぁっ」

「メル……っ」

子供の頃にレオと遊んでいた空間でこんな事してるなんて、あの頃の自分は想像もしなかったなぁ……。

「メル、何考えてる？」

「ひゃっ、ぁっ、昔……ん、遊んでた所で、こんな事……っ、するなんて、考えて無かったよなぁ……って……」

ぐっとレオの上体が迫り、至近距離で見つめられながら何とか答える。

「……そうだな」

「あっ、そこっ、ぁあっ！」

ぐりぐりと抉《えぐ》る様に腰を押し付けられて、それからはもう喘《あえ》ぐばかりでした。

そんな感じで3日間はツリーハウスでいちゃいちゃしてたんだけど、レオの帰郷を聞き付けた商会のひとり娘にして僕の2番目の兄と結婚して義姉《あね》となったシエラが、連日レオを訪ねる様になった。

兄が入婿で義姉弟となった僕に、レオへの仕事の依頼を手を替え品を替えして来た、商魂逞《しょうこんたくま》しい義姉である。

レオのマジックバッグはこの商会で独占販売されている。

今回はレオに商会で販売している服のモデルをして欲しいとの事だった。これはずっと頼まれているが、レオが許可を出さないので実現しないまま今日まで来ている。

レオは今後もモデルをする気は無いらしい。レオがモデルをすれば売り切れ必至だろうけど、内心複雑だからレオが断る度に僕はホッとしていたりする。

「お願いです！　この通り！　皆レオニード様が居なくなって潤いが無くなってるんです!!　領民を救うと思って！！！」

土下座せんばかりに連日頼み込みに来るシエラにレオはうんざり顔を隠す事もしない。

もうかれこれ8日目だ。休暇中毎日来る気なのだろうか……。

「何度言われてもお断りします」

「そこを何とか！　メルくんもレオニード様の絵姿欲しいよね!?」

「えっ」

いきなり僕に飛び火して来た。

この世界、スマホもカメラも無いから絵姿はブロマイドの様に扱われている。

街ではレオの許可してない絵姿なんかも売られているらしいが、シエラは商会で公式独占販売したいらしい。どこまで稼ぐつもりなんだ。

「うーん……欲しいですけど、レオとはいつも一緒だし……」

減るもんでも無いし絵ぐらい……とは思うものの、やっぱり恋人の絵姿を他の誰かが持ってるのは嫌だなぁ、とは言えないので押し黙る。

「……そろそろ帰らないといけないんじゃ無いですか？」

「はっ、もうこんな時間⁉　ああん！　もう！　また来ますねー！」

バタバタと慌ただしく帰って行くシエラを四阿《あずまや》の中からレオと見送る。

義姉は僕達が付き合ってると知ったらどんな反応をするのだろうか。

好きな義姉で普段は仲良くしているけど、少し気分が沈む。

「メル」

「ん？」

クッキーを摘んで気持ちを切り換えようとしたら、それまで向かい合っていたレオが隣に座った。

「もう寮へ帰ろうか」

「……え」

一口齧《かじ》ったクッキーをレオが取ると自分の口に放り込んだ。

「メルと王都でデートがしたい」

「デート……」

レオは穏やかに微笑んでいる。

……どうしてこう、レオって僕の事を何でも分かってくれるんだろう。

「メル、愛してるよ」

「……反則だって……」

静かな午後、四阿の中で慈しむ様に唇を重ねられて、擽ったくて、レオの手を握った。

＊

「冷たくて美味しいね」

「夏限定なのが惜しいな」

「だね」

僕とレオは噴水広場のベンチに並んで座ってココナッツジュースを飲んでいた。

あれから直ぐに学園の寮に帰る事になり、レオと２人で慌ただしい帰郷となった。

父と母は難色を示すかなぁと思ったけど、意外にも二つ返事でＯＫが出たから即日レオと一緒に寮へ帰った。

シエラの事を話すと両親は苦笑混じりにレオに謝っていた。シエラへは何度も注意しているそうなのだが、あの通りの性格なので両親は半分諦《あきら》めてレオの両親には根回しをしている様だ。両親共親友で、友人の息子の嫁だからこそ許せているのだろう。

レオもうんざりしてはいるが、本気で嫌な時はきちんと言うので許容範囲なのだろう。シエラが毎回手土産に持って来るお菓子が美味しいので、僕は２人のやりとりを見ながら美味しいお菓子が食べられるから案外楽しかったりする。

まぁ連日は疲れてしまうものがあるのだろう。断るって中々しんどいもんね。

今回は帰る事でシエラに少し反省して貰《もら》う事にした。

そして王都に帰って来てからは、レオと課題をしたりツリーハウスに行ったり平民街でデートしたりと中々休暇を満喫していて、後3日で休暇が終わる。

そんな事をだらだらと考えながらココナッツジュースを飲んで居たら、レオが急に立ち上がって空を見上げた。

「レオ？　どうしたの？」

僕も立ち上がってレオの視線を追うけど、雲1つない晴れ渡った空が広がるばかり。

「……レオ？」

相変わらずレオは空を見上げているがその視線は次第に厳しくなっていき、不安に駆られてレオの腕を軽く引っ張ると、突然僕を庇《かば》う様に背へ匿《かくま》われた。

「メル、俺から離れないでくれ」

「レオ？　一体……」

何があったのかという僕の問いは、レオが睨《にら》み付ける快晴の空が妙な暗闇に覆われた事で途絶えた。

「あれは何だ？」

広場に居た人達もレオの様子に空を見上げ出し、空間の異変に気付き出した。

空の暗闇は次第にバリバリと雷の様な閃光《せんこう》を帯びながら、裂けている様に見えた。

その頃には広場に居た人達も騒ぎ始め、異変を察知した騎士団の騎士も何人か広場へ駆けて来た。

「あ！　何か……人か⁉」

広場中の人が空を見上げて空間の異変を不安気に眺める。

僕はここで漸く1つの事を思い出した。

この噴水広場は、原作のヒロインが日本から転移して最初に出現する場所だったという事を。

ゴトンとジュースの器を落とした僕にレオが振り返り、顔を覗《のぞ》き込まれる。

どうして僕はこんな大事な事を忘れていたんだろう。幸せボケもあるが、原作ではあと2年は猶予があると高を括っていた。

「メル、怖いか？　寮へ……」

僕が顔面蒼白《そうはく》だったのかレオが気遣わし気に僕の肩を抱いた瞬間、広場に悲鳴が起きた。

「女の子か⁉」

「落ちて来るぞ⁉」


嗚呼《ああ》、遂に来てしまった。


レオの肩越しに久し振りだけど見慣れた日本の制服を見た瞬間、息が苦しくなる。

黒髪に制服を着た少女が、裂けた空間から広場に向かってずるりと落ちて来た。

どうやら意識は無いみたいで、少女は身動き1つしない。

「メル！」

涙が一筋溢《あふ》れるのと、レオの腕に抱き締められたのはほぼ同時だった。

バシャ――――ンと水の跳ねる音がした。

広場は騒然としている。

僕はレオの腕の中に居るので何がどうなっているのか分からない。

音から判断するに、少女は噴水の中に落ちたらしい。

身動《みじろ》ぎしようにもレオの抱き締める力が強くて動けない。

……あれ？

僕は記憶を頼りに物語序盤を思い出す。

ヒロインの少女は放課後の帰り道で歩道橋から落ちそうになった子猫を助けようとして、橋から転落したら異世界に来てしまった。

その時、偶然広場に居たレオニードによって助けられた。

そうだよ。レオがヒロインを助けるんじゃん！

落ちて来たヒロインをお姫様抱っこして助けるんだよ！！！

え、どうしよう、どうしよう！

あんな空から落ちて、し、し、死ん……。


「はぁ――――!?!?」

僕がレオの腕の中でパニックを起こしていると、広場の騒ぎよりも遥《はる》かに大きい声が辺り一面に響き渡った。

いきなりの怒声に騒がしかった広場は水を打ったように静まり返った。

バシャバシャと水の中を歩く音がする。

「ぁ……生きてる……?」

僕は未だにレオに抱き締められているが、どうやら少女のものと思われる声に無事を確認してホッとする。

ヒロインが来なければ良いのにと思う事はあっても、死んで欲しいなんて思ってはいない。

「魔力は低いし武器も持っていないようだから、地面に落ちる寸前で一瞬あの女の動きを止めた」

「えっ、あ、そうなの?」

良かった。やり方はかなり違うけど、レオが助けてくれた! 女の子はびしょ濡《ぬ》れみたいだけど。

レオなら濡らさずに助けられたと思うんだけど……なにせ原作はお姫様抱っこだし……。

けれども、レオは僕を優先してくれた。

また泣きたくなる様な嬉《うれ》しい思い出が増えた。ヒロインには申し訳ないけど……。

しかし、ヒロインの登場ってこんな禍々《まがまが》しい感じだったの……?

ヒロイン視点からしか見た事無かったから分からなかったけど、怖過ぎるでしょうこれは。

一応この後、聖女と呼ばれる様になるのに、まるで魔王降臨するみたいだったよ……。

「冷たいしー！！！」

ヒロインらしき女の子が叫んでる。ヤバイ。どうしよう。原作と全然キャラが違う。これ来ちゃいけないキャラじゃ無い？

僕にはどうしようもないんだけど……それよりもレオが全く放してくれなくて周りが見えない。

「レオ、大丈夫だから」

レオの腕をタップすると、やっと腕の力が緩みレオの身体越しに覗き見ると、ゆらゆらとびしょ濡れの女性がふらふらしている。

ホラーだよね。

周りの人達はモーセの十戒の如く、さーっと引いて行ってるし。

「メル？」

「あの子……大丈夫なのかな……」

レオはさり気無く僕に防御魔法を掛け、僕の視線と同じ方を向く。

レオは無詠唱で魔法を使い、その魔法も高度なので魔法を使っていると気付きづらいから、魔法使います！　って雰囲気を出さないと気付けない。

あれ、しかもこれ防御二重になってる。いつの間に掛けてたんだ？　気が動転していたから気付かなかった。そう言えば今は魔法を掛けられた事に気付けた。前の僕だったら多分、気付かない筈《はず》だ。

……レオのあの御利益で体力だけでなく、僕の魔力も上がってるのかな。

「……魔力、低いの？」

「ああ。今のメル以下だな」

今の、って事はやっぱり僕の魔力上がってる？

それにしても僕より低いの？　ヒロインも原作と違うのか……。

ヒロインは魔力が高く、王宮で訓練して魔法が使える様になって学園に通う事が出来た筈だ。

このままだと学園にも通え無い可能性もあるの？

「レオ！　メルくん！」

「父さん」

「デイビットさん」

目の前に宮廷魔導士の着るローブを纏《まと》ったデイビットさんが転移で現れた。

後ろにはデイビットさんと同じローブを纏った人が5人程居る。

「魔導士団の方からも見えたよ。一体何があった？」

「はい。空間の歪《ゆが》みが発生して、裂けた空間からあれが落ちて来ました」

レオがデイビットさんに説明をしているんだけど、「あれ」って……一応、ヒロインなんだけど
……多分。

「……レオ？」

少女がデイビットさんのレオを呼ぶ声に反応し、濡れて張り付いた髪を掻《か》き分《わ》けて顔を上げた。

「レオ……？　……あっ！！！」

少女は、レオを指差して目を見開いている。

この反応は、彼女は原作を知っているのかも知れない。

緊張しながらレオを見ると、レオが射抜かんばかりの視線で少女を睨んでいた。

「……レ、レオ……」

何を言えば良いかも分からないけど、咄嗟《とっさ》に呼ぶとレオは振り返って、僕を抱き寄せた。

「メル、大丈夫だ。メルは俺が命を懸けても守る」

「っ……」

きゅんとしてる場合じゃないのに、胸が高鳴る！

守られるお姫様でもヒロインでも無くモブ男だけど、恋人から言われたら嬉しくて舞い上がってしまう訳で、

「おーおー、青春だねぇ」

「ア、アトモス様……今はそれどころでは……」

デイビットさんが横でにやにやしながら僕達を見ていて、更にその横では団員の方が焦った様子でこちらに近寄って来る少女とデイビットさんを交互に見ている。

「レオって……レオニード？」

やっぱり、知っていた。

「……尋ねる前に自分が名乗るのが礼儀だろう」

「はぁ？」

しかも、態度が悪過ぎるんじゃ無いか……？

さっきまでホラー状態だった少女は、顔に張り付いた髪を払えば美少女と呼んでも遜色《そんしょく》無い程に整った顔をしていた。

だが、その態度が全てを台無しにしていると言っても過言では無いと思う。

レオはその反応にまた眉間《みけん》の皺《しわ》を深くする。

第一印象、最悪過ぎやしないか？

僕にとっては生き残る道へ突き進む為に有利となるかも知れないけれど、本当にそれで良いのだろうか。

「って言うか……メルって、そっちはもしかしてメルクリス？　何でメルクリスなんかがレオと一緒に居る訳？」

少女はレオに抱き締められる僕をじろじろと不躾《ぶしつけ》に見てくる。

ゴミでも見る様な少女の視線に耐えられず、俯《うつむ》いてしまう。

その瞬間、ビキッと広場に異音が響いた。

「なんか……？　メルなんかと言ったか？」

「マズイ」

デイビットさん、正しい判断です。そして逃げ腰にならないで下さい。

一体、何の音かと辺りを見渡して直ぐにその正体に気付く。

「ひぇっ」

小さい声で悲鳴を上げると、レオは僕を更に抱き寄せてこめかみに唇を寄せた。

「メル、直ぐに済ませるから」

…………何を？　とは聞けやしない。

その間にもバキベキバキベキと堆《うずたか》く形成されていく、噴水の水で出来たであろう氷柱《つらら》は先端が尖《とが》っていて、それはもう殺傷能力がヤバそうです。

「ちょっと！　聞いてんの!?　なんでモブのメルクリスがレオに馴《な》れ馴れしくしてんのよ！」

バキバキバキバキ
聞いた事ない音がして、恐る恐る背後を見ると、巨大な氷柱が根本からぼっきりと折れてふよふよと浮かび上がったと思ったら、先端が少女の方を向いた。

「お前は何の権利があってメルを侮辱する」

「レオ！　貴方はその男に騙《だま》されてるのよ！　私が貴方の運命の相手よ！」

ドゴッ
また、聞いた事ない音がして音源を視線で辿《たど》ると大きな木が根本から抜けてこれまた空中浮遊している。

ヤバイ、これは完全にヤバイやつだ。

「レ、オ……レオ、大丈夫、大丈夫だから、ね？　落ち着こう？」

「大丈夫。俺はいつでも冷静だ」

冷静なら後ろの危ないの、降ろそう？

頬にレオの唇が触れると、また少女はぎゃあぎゃあと騒ぐが、僕の頬は熱い。

僕の耳元で囁《ささや》く様に伝えられた。

「俺の運命はメルだけだ」

これだけで残りの人生、生きていける気がする。

しかし少女の罵声《ばせい》は止まらず、ふわふわと浮かんでいた氷柱と木が勢い良く少女へと向かった。

万事休す。あれを、言うしか無いのか……？

意を決して、レオに抱き付くと息を大きく吸う。


「何でも言う事聞いてあげるから！！！」


その瞬間、ぴたりと氷柱と木が止まった。

デイビットさんがすかさずその2つを魔法で消した。

「メル……本当？」

先程までの般若《はんにゃ》の如き形相は鳴りを潜め、僕を見下ろして真剣な目で見つめられた。

「ぁ……で、でも、僕にも出来る事ってそんなに無いか──」

「大丈夫。メルにしか出来ない事だから」

「あ……うん」

レオの目が見た事無い程爛々《らんらん》としている。何？　一体何を考えてるの？

レオの後ろではデイビットさんが手で大きく丸を作っている。少女を騎士団と一緒に拘束したみたいだ。

だけど僕的には全然良くない。

寧ろ、絶体絶命の予感。

僕は無事に生き延びれるのでしょうか。色んな意味で。


「君は何処から来たの？」

「日本よ。東京」

デイビットさんはいつの間にか少女を拘束していて、尋問を始めた。

少女は先程までの興奮状態から、落ち着いてデイビットさんの質問に答えている。

レオにそっくりなイケメンデイビットさんに見つめられて機嫌を良くした様だ。僕が言うのもなんだけど……ちょろ過ぎやしないか？

噴水広場は人払いされて、デイビットさんによる巨大な防御魔法が掛けられている。

僕はそれをレオの腕の中で見ている。

一応関係者扱いされて僕も広場に残っている。

さっきからレオがそれはもうぎゅうぎゅうと抱き締めて放してくれないから諦《あきら》め、体勢を変えてバックハグにして貰《もら》った。

「ニホン？　トーキョー？　……誰か知ってる人居る？」

デイビットさんは辺りを見渡して騎士団や魔導士団の団員達に問い掛けるも、皆首を傾げるだけだった。

それはそうだ。

この世界、特にこの国では異世界人召喚は禁止されている。

遥《はる》か昔、この大陸の端にある小国で戦争に勝つ為に異世界人召喚が行われたそうだが、戦争が終われば帰れると騙《だま》されて人を何人も殺《あや》めたのに、いざ戦争が終わると元の世界に帰れない事が判明した上、無理矢理その国の皇女と婚姻させられそうになると、異世界人は気が触れてしまい魔力暴走を起こした。

その結果、国は跡形も無く消えて近隣諸国も莫大《ばくだい》な被害を受けたそうだ。

それ以降、大陸全土にて異世界人召喚はタブーとされている。

というのは古い言い伝えの様になっていて詳しい事はよく分からないし、異世界関連の研究も国で禁止されているから調べる気も無い。

王宮の図書館にでも行けば古い資料が残っているかも知れないが、生憎《あいにく》そのような機会は無い。

だけど、このストーリーではそんな異世界召喚では無く、謎の異世界転移だ。

あの少女が原作通り猫を助けようとしたか定かでは無いが、現にこの世界に現れた。

原作通りに魔王も出現するのだろうか。

「私は聖女になるのよ！」

考え事をしていたら拘束された少女が叫んだ。

「聖女ぉ？」

騎士団員が片眉《まゆ》を吊《つ》り上《あ》げて声を上げる。

この国に聖女は居ない。

近隣諸国とも長年友好的だし、優秀な騎士団、魔術団、魔法騎士団、宮廷魔導士団もあるし、何よりアトモス家が居る。

デイビットさんは武闘派では無いが、レオに次ぐ魔力量を有するので、いざと言う時はデイビットさんが前線に行くのだろう。

アトモス家がいれば我が国は安泰だとは、貴族達の決まり文句だそうな。

なので、聖女の存在意義はこの国にはほぼ無い。

「聖女なんて必要ねぇだろ」

「ああ、他所《よそ》の国ならまだしもなぁ」

「なっ……」

騎士の言葉に少女は目を見開く。

そんな事を言われるとは思って無かったのだろう。

「……君はどうして聖女になるの？」

「魔王を退治するからよ!!」

少女の言葉に、騒然としていた広場がしんと静まり返るが僕の肩はびくりと跳ねてしまう。

先程から耳鳴りが酷くて、こめかみを押さえる。

レオはそんな僕が怖がってると思ったのか、つむじにそっと唇を押し当ててから、僕の腰に巻き付けられているレオの腕を軽く掴《つか》むと、落ち着いていたぎゅうぎゅうが再開される。

「魔王？」

「そうよ！」

デイビットさんの声がワントーン落ちる。

いつもにこにこしているデイビットさんが真顔で尋ねる。

「もう直ぐこの世界は魔王が復活して私とレオとジョシュアで魔王討伐に行くのよ！」

少女がジョシュアの名前を出した瞬間、その場がまた騒然となる。

「殿下を呼び捨てにしたぞ」

「何でこの女、殿下の名前を知ってるんだ？」

「なんて不敬な……」

それぞれが口々に少女を怪しむ声を上げる。

デイビットさんは少女をじっと眺め、口を開いた。

「君は我が国の殿下をどうして知っているのかな」

「それは！」

彼女は原作の話をしてしまうのではないか……と冷や汗が流れる。

僕は1度も原作の話をこの世界でした事はない。

話したとしても信じて貰えるものでもないと思うし、下手したら捕らえられかねないと思ったからだ。

レオは信じてくれるという確信はあるけど、レオが僕を斬るという未来を話すのは気が引けた。

第一、原作と現実のレオが違い過ぎて真実味も無い。

「……あれ？」

少女が喉《のど》を押さえて口をパクパクとしている。

……もしかして、強制力とやらでそれ以上話せないのか？

「……僕はデイビット。君の名前を聞いても良いかい？」

デイビットさんは小さく息を吐くと、少女を諭す様に声を掛けた。

「ぁ……私……伊東綺羅《いとうきら》」

「イトウキラ？」

「あ、その、綺羅……」

少女は話せない事で急激な不安に襲われたのか、それまでの勢いが無くなり小さく震え出す。

それを見たデイビットさんは手を翳《かざ》して少女の濡《ぬ》れた身体を乾かした。

「キラさん。ここは公共の場だから移動しようか」

「え、あ、うん……」

デイビットさんの言葉に合わせて少女を拘束していた騎士が少女を立ち上がらせて、デイビットさんが指示を出すと、団員達が動き出して魔法を発動させ、少女を連れた騎士が転移魔法陣の中に入ると光に包まれて消えていった。

少女は、消える寸前にレオに不安気な視線を送っていた。

それはつい先程までの態度を見ていなければ、庇護《ひご》欲を駆られる表情だと思う。

だから、僕は息が苦しくなる。

「レオ」

「はい」

騎士団に説明を済ませたデイビットさんが僕達の方に来た。

騎士団はぞろぞろと広場から出て行き、入れ違いに魔導士団の団員が少女が出現した噴水付近に集まり何やら調査が始まっている様子だ。

「君達はあのキラって少女を知っていたのか?」

「いいえ。初めて会いましたし、ニホンにトーキョーという言葉も初めて聞きました」

「ぼ、僕もです」

若干心苦しくなるが、レオの言った通り彼女と会うのは初めてだし、日本も東京という単語も知ってはいても、この世界で暮らして今日初めて耳にしたのは本当だ。

っていうか、そろそろ放して、レオ? 幾らなんでも流石に恋人の父親の前でバックハグのままは気まずいんですが……。

「そうか……彼女はこれから魔導士団預かりで尋問を行う事になると思う」

「そうですか」

デイビットさんとレオは気にした様子も無く会話を続ける。

「数日後に君達にも話を聞くかも知れないから、その心積りをしていて欲しい」

「「はい」」

まぁ、そうなるよなぁと僕は返事をする。

「父さん」

「ん？」

不意にレオがデイビットさんに声を掛けた。

「今から3日間、俺とメルには連絡が取れないと思って下さい」

「3日？」

「はい。休暇が明けるまで」

僕とデイビットさんはレオの言葉に首を傾げる。

取り調べがあるかも知れないのに、3日も連絡が取れない状態になっても良いの……？　っていうか、僕もなの？

「……ぁあ、うん、分かった。君達は後に回すよ。緊急の時は応答してくれると助かるかなぁ」

「分かりました」

訳知り顔のデイビットさんはうんうんと頷《うなず》いて僕の顔を見ると、生温かい笑顔を浮かべてひらひらと手を振るとふっと消えた。魔導士団に帰ったのだろう。

噴水広場に残ったのはレオと僕に調査を続ける団員のみ。

え？　何？　何なの？　3日間、何があるの？

「レオ……？」

「メル」

レオが頭上から僕の顔を覗《のぞ》き込んで来た。

どの角度から見てもレオはカッコいいなぁ。

「俺の願いを叶《かな》えてくれるんだよね？」

「あ……う、うん……？」

曖昧《あいまい》な返事にレオはにっこりと微笑むと、ふっと景色が一転した。

「え、あ……寮か」

「メル、お腹空《す》いて無いか？」

何処へ来たのかと思いきや、見慣れた寮の部屋でほっと一息つく。

「へ？　え、ああ、まぁ、少し」

今は3時を少し過ぎた辺りで晩御飯には早いけど小腹は空いている。いつもならお茶を飲んでいる時間だ。

「じゃあ腹拵《はらごしら》えをしておこうか」

「腹拵え？　レオ？　3日って、何するの？」

エプロンを着けながらレオが振り返り僕の腰を抱く。

「3日間、ずっと俺とメル2人っきりで……」

「2人っきりで……?」

ごくりと唾《つば》を飲み込む。

まさか、だよね? そんなの、僕、死んじゃうよ?

「ずっと愛し合おう?」

「うん」

即答しますよ。こんな熱い瞳《ひとみ》で見つめられたら。そんなに求められたら断れる訳が無い。

ずっと恐れていたヒロインが現れたのに、レオへの愛が止まらない。

「メル、愛してる」

「僕も愛してるよ」

もう、こうなったらヒロインこと綺羅とは戦う覚悟が出来た。

身を引かない。

最後の最後まで、レオを愛し抜く。

「レオ、大好き」

キスの合間に喘《あえ》ぐ様に呟《つぶや》くと、レオの匂いに包まれながら愛する恋人を求めた。

ベッドに倒れ込んで喘ぐ様に大きく息を吐いては吸うを繰り返す。

「はぁっ、はぁっ、はっ、はぁ……っ」

「メル、水飲む？」

レオが僕の顔に掛かった髪を耳に掛けて額から流れる汗を拭《ぬぐ》ってくれるけど、僕は息をするだけでいっぱいいっぱいで声を発する事が出来ない。そんな僕の身体を起こして、レオはコップの水を口に含む。

「っ……んっ」

レオの口内から体温で温《ぬる》くなった水が流し込まれる。そのまま舌が絡まるが、直ぐに離れて行ってしまう。

「レオ……」

「もっと？」

「ん」

まだ整わない息で言葉少なに答えるとレオはまた水を含み、僕に口移しで飲ませてくれた。

ぼんやりとレオの腕の中から窓の外を見ると、既に真っ暗になっていた。

ええと、何でこうなったんだっけ？

ヒロインが遂に登場したけど、やっぱりというか何というかヒロインもおかしくて、それで暴走し掛けたレオの言う事を聞く事になって寮に帰って来て、それで……。

考えに浸る間もなくレオの唇が顔中に降り、僕の腕を取ったレオは腕にも吸い付いたり甘噛《あまが》みしたりしている。

そんなレオは息切れする気配が無い。

ぐきゅるるるる
不意に僕のお腹が盛大に鳴った。とてもデジャブ。

「腹拵えし損ねてたな」

「そ、だね」

けほっと小さく咳《せき》をすると、レオはまた水を口移しで飲ませてくれた。

喉がカラカラなんだよね。喘ぎまくった所為で。

レオは異空間から小さな箱を取り出すと蓋《ふた》を開けた。

「チョコ？」

「メルの好きなやつ」

レオはチョコを一粒手に取ると僕に少し見せて、口に頬張る。

「あ、角のお店の？」

「そう」

レオは口内で半分溶けたチョコを僕の唇に押し当てると、舌先で押し込んだ。

どろりと僕の口内で甘い甘いチョコレートが蕩《とろ》ける。

「……あま」

「まだあるよ」

レオが箱を僕に見せると、中にはツヤツヤと美味しそうに光るチョコレートの粒達。

「……もっと」

「もっと？」

レオが悪戯っ子の顔で僕を見る。

これはタダではくれないやつだ。

「もっと頂戴《ちょうだい》？」

「……お望みのまま」

そう言ってレオとチョコを分け合って舌を絡め合う。

甘くて、熱くて、甘くて、暑くて、このまま溶けてしまいそう。

「レオ……水、ちょ、だい？」

「っ……おねだり上手なのも考えものだな」

ベッドサイドに置かれたルームランプの灯《あか》りだけど、レオが少し狼狽《うろた》えて頬を染めるのが分かると僕は得意気に笑う。

「駄目？」

「……駄目じゃない」

レオが水を僕の口に流し込みながら膝《ひざ》の上に僕を乗せる。

「んっ、ふっ……ん」

口から溢《あふ》れ出て首筋を伝って胸元に垂れた水をレオが舌で舐《な》め取る。

「んぁっ」

「そろそろ良い？」

僕の萎《な》えてる性器にレオの萎え知らずな性器を擦り付けられて、後ろが疼《うず》く。

キラはもう聞き取りが終わったのだろうか。

原作では王宮預かりになったけど、どうなるのだろう。

出来ればレオに近付いて欲しくは無いなぁ……。

「メル、俺の事だけ考えて」

「……考えてるよ？」

「本当？」

「誰もレオに近付いて欲しく無いなぁって」

ちょっと束縛的な発言だったかな……。

気まずくなって下を向こうとしたら、レオに抱き締められた。

「んぅ!?」

不意打ちの激しいキスに頭が追い付かない。

静かな部屋にぴちゃぴちゃと水音とベッドの軋《きし》む音が響く。レオが動く度に下半身が擦れて堪らない。

「ぷぁっ」

レオの舌が離れていくと、物足りなさに腰が揺れる。

「メル……良い？」

「ん、良いよ」

レオに抱き付いたまま答えるが動く気配は無い。

「レオ？」

「もうおねだりしないの？」

レオの顔を見れば、意地悪な事を言う。

早く、早くレオが欲しい。

「っ……レオ、いっぱいちょうだい？」

言うが早いか、僕の身体は持ち上げられ一気に降ろされるとレオを全て飲み込んだ。

「ひ――っ！！！」

あまりの衝撃に背が仰け反る。

「ぁっ、まっ、まっ……ぁああっ！」

「っ……メル、メル……っ」

力の入らない指で制止しようとしてもレオの動きは止まらず、何度目か分からない絶頂を迎えても尚、腹の中のレオに悲鳴に近い声を上げてまた絶頂に達した。

＊

ゆらゆらと温かく気持ち良くて、このままずっとこうしていたいなぁ。

ちゃぷ、ちゃぷ、と揺られながら触れる手の優しさに擦り寄ると、くすくすと笑う気配がする。

「ん……」

何かが触れる感触が擽ったくて、いやいやすると更に身体を這《は》う感触に違和感が増す。

「やっ……ぁ……………ぁえ……？」

重い瞼《まぶた》から薄ら見えたのは泡だった。

「おはよう。メル」

ちゅ、と頬に唇の感触がして辺りを見渡すと、僕はレオの上に乗せられてバスタブの中に居た。

「おは……よう？」

窓を見ると外は暗いから今が何時なのか分からないが、取り敢えず返事をすると、レオはちゅ、ちゅ、と音を立てながら僕の顔中にキスをする。

僕の身体は泡だらけで、湯船もあわあわで身体が見えない。

「泡風呂《ぶろ》だ」

「子供の時にやったな」

「懐かしいなぁ」

この世界の入浴事情、上級貴族は大抵魔力のある使用人を雇って洗浄魔法で済ませる。

下級貴族でも余裕があれば魔力のある使用人を雇うか自分に魔力があれば自ら洗浄魔法を使うし、

そうでなければシャワーで済ませる。

平民はほぼシャワーのみで済ませるそうだ。

我が家は僕と同等で微量の魔力しか無い使用人が多かったのと、自分の事は自分でするという我が家の方針と、湯船に浸かってゆっくりしたいという僕の思いから、人一倍長い入浴タイムを設けていた。それでも前世の女性よりは短い方だとは思う。

子供の頃、入浴が盛んな国の土産で石鹸《せっけん》を沢山貰《もら》った時に、レオと泡風呂で遊んだのだった。

因みに寮には浴槽が無いけれど、レオがパパッと檜《ひのき》に似た木で浴槽を作ってくれました。

「って……ちょっ……んぁっ」

レオの指が僕の胸元で遊んで、ぷくりと膨れ上がった乳首をくりくりと摘んだり弾《はじ》いたりする。

泡でぬるぬるしていていつもの感触と違ってぞわぞわとする。

「レオ……っ、やぁっ」

「メルの身体綺麗《きれい》にしてるんだよ?」

レオは僕の足を持ち上げて、泡を含ませたスポンジをするすると撫《な》でる様に太腿《ふともも》に滑らせる。

「ひぅっ……！　じ、自分で出来るってば！」

「俺がしたいんだ。……駄目か?」

片方の手で乳首を捏《こ》ねくり回しながら耳元で囁《ささや》いて、もう片方では足の付け根からするするとスポンジを滑らせて睾丸《こうがん》に優しく撫で付ける。

レオのお願いと声に弱いと知っててぇ……!!　あとそこは弱いからぁ！！！

「……駄目じゃ無い」

「ありがとう。メル」

ぐぬぬと唸《うな》っているとレオの笑う気配がして、逆の足を持ち上げられるとスポンジがあてがわれ、膝から足の付け根に掛けてすーっと優しく擦られる。

性的な触れ方ではないのに、レオが触るから僕は過敏に反応してしまう。

「メル……大分伸びて来たな」

「へ……？」

いつの間にかスポンジからレオの指に撫でられていたのは陰毛だった。

「あ……そうだね、もう……二月くらい経つのか……」

湯船の中は泡で見えないけど、腋は湯船から出ているので横目で見ると、剃《そ》る前の半分ほど生え揃《そろ》ってきている。

「なぁ、メル」

湯船の中で僕の陰毛を撫でているレオに嫌な予感をバシバシと感じる。

「……何？」

レオの手を払おうとするけど、指を絡められてあっさり抵抗終了してしまう。

「剃らせてくれるって、約束したよね？」

陰毛を撫でながら剃らせろって言われて断れない僕は、もうレオにメロメロだから致し方無いんです。

レオに腰を掴《つか》まれてザバッと湯船から持ち上げられると、浴槽の角に座らされる。

レオの眼前に股間《こかん》が晒《さら》されて、思わず手で押さえる。

数え切れない程見られたといっても恥ずかしいものは恥ずかしい訳で……。

「メル、剃らせて？」

僕の手をそっと退けて下から上目遣い。

それはもう凄《すご》い上目遣い。

「…………うん」

僕がレオに陥落するのはいつだって早い。

「ああ……ちょっと勃っちゃってるな」

「レオが触るから……！」

自分が散々弄って僕の事を昂《たかぶ》らせたのに、レオはくすくすと嬉《うれ》しそうにツンツンと指先でぴくぴくと震える鈴口にタッチしたり撫でたりするもんだから、余計に反り上がる性器にレオは満足気に微笑むと、その薄く形の整った口から舌を出した。

「わっ！　ちょっ……くぅ……っ」

レオの頭を押し退けようとしたら全身に泡が付いていて、滑りそうになる身体を慌ててバスタブに手をついて支える。

「ふふ、良い子。ちゃんと支えてて？」

「くっ……はっ……ぁあっ」

レオは亀頭にちろちろと舌先を埋め陰茎を絶妙な強弱を付けて上下に擦りつつ、睾丸もふにふにと優しく揉《も》みしだく。

そんな事されたらもつ筈《はず》ないじゃん……！

「ぁあああ！　駄目ぇっ、レオ……っ、あうっ……あっ……！」

僕は身体が滑り落ち無い様に浴槽にしがみ付いているので口を押さえる事が出来ず、浴室の中にはレオが僕の性器を舐める音と僕の喘《あえ》ぎ声が反響して、それが僕の身体にも反響している様な感覚に下半身が熱くなり、足がブルブルと震え出す。

「ん……メル……かわぃ……」

「しゃべ……っ、ひっ……」

僕の限界が近いのを察してか、レオはぱくりと僕の陰茎を飲み込んだ。

「ひっ！……ぅあ、まっ、ぁ、あああ――……っ！」

いきなりの事に頭が追いつかないし、レオの口内のあまりの気持ち良さに思わずレオの頭を鷲掴《わしづか》みにしてしまう。

これまでレオに何度もフェラをされてきたけど、いつも横になってしていたし、気まずさに顔を逸らし気味だったけど、レオが僕のモノを咥《くわ》える光景が直ぐ目の前で広がっていて、いつもより敏感に反応してしまう。

だけどレオはそんな事気にもせず、じゅぽじゅぽと音を立てて吸い上げ、根本は手で擦り上げられるもんだからもう限界寸前……。

「っ……！　だめ、れお、らめ、はな……しっ」

気を遣える状態じゃなくてレオの髪を引っ張ってしまってるけど、力が入らなくて滑ってしまう。

すると、急にレオの手が足の裏に差し込まれ、そのまま壁に手をついた。レオが僕のモノから口を離す事無く、僕は大きく足を開く形になる。

「ひぃぁあ……っ！　……っ、ぁ、あ、あ……っ！」

恥ずかし過ぎる格好だけど、もう恥ずかしがるのも忘れて善がる。

「ん……」

僕が肩で大きく呼吸を繰り返していると、レオが下から僕を覗《のぞ》き見《み》ながら、ごくりと飲み下していた。

「なっ……ぁ……もぉっ……」

「メル、可愛かった」

力の入らない手で足を抱えている腕をぺちんと叩《たた》くと、レオは笑いながら腕を降ろし、僕の髪を梳《す》きながら頭を撫でると、僕の息が整うのを肩を撫でながら待ってくれた。

そして、いつの間にかレオは剃刀《かみそり》を手に持っていた。

「じゃあ、剃るよ」

にっこりと良い笑顔で言うのが陰毛剃るよってどうなの？

「……ゆ、ゆっくりね？」

「大丈夫。レオには擦り傷だって付けないから安心して？」

そりゃあレオが失敗する事なんてある訳が無いけど、人にそんな所剃られるなんて初めてだし、この世界の剃刀は前世より原始的で、簡単にスパっと切れてしまうから無意識に身体が力んでしまう。

「メル、そのままね？」

レオは泡を陰毛に載せると、剃刀を僕の皮膚に押し当てた。

「っ……」

怖いから見たく無いのに怖いから見ておきたい……矛盾する思考の中、顔は背けながらも薄目を開けて見ると、レオは嬉々《きき》として僕の陰毛を剃っていた。

しょりしょりと音が聞こえる中、レオが器用に手首のスナップを利かせながら剃る。何でこんなとこまで器用なんだ……。

しょりしょりしょりしょり

危な気無く処理し終えると、レオはお湯を掬《すく》ってそっと流した。

すると、初めて最後までした日の様な、つるんとした股間がお目見えして、レオはちゅっとそこにキスをした。

「出来たよ、メル。ふふ、可愛い」

「何処に可愛い要素が……？」

やっと終わった、と僕はよろよろと立ち上がって浴槽から出ようとしたら、レオにまた座らされた。

「ん？　何？」

「こっちがまだだよ、メル」

こっちと指差された場所を見る。

「えっこっちも!?」

「勿論《もちろん》」

もう僕の精神的HPは0ですよ……？

「駄目か……？」

「ぐぅ……っ」

僕、レオにちょろいと思われてません？？？

精神的にぐったりしたまま腋の毛も両方処理されました。つるつる。自分で適当に剃った時よりもつるつる。剃り残し無し。

レオなら一瞬で身体を乾かせる筈なのに、僕の身体をタオルで丁寧に拭《ふ》いてました。それは丁寧に。

精神的HP0な僕はバスローブを着させられると、レオに恭しく抱き抱えられて戻り、そっとベッドに降ろされた。

「メル、少しの間これを着けて貰えないか？」

「……アイマスク？」

目隠しプレイ来ました。

「直ぐに済むから、怖くも痛くもしない」

「直ぐ？」

直ぐに済むなら目隠しプレイじゃ無い？

じゃあ一体何なんだろうと思っても、これ教えてくれないんだろうな。

「ああ、5分もあれば」

「5分もあれば」

5分で何をする気だ。

「怖くないなら……まぁいいか」

「ああ。メルが嫌がる事はしないから」

レオの差し出すやたらお洒落《しゃれ》なピンクのサテン地のアイマスクを見た瞬間に気付くべきだったんだけど、この時の僕はそんな事に頭が回る余裕は無かったんです。

「…………ひゃっ」

首元に触れる指先が擽ったくて身を捩《よじ》ると、レオの忍び笑いする気配がする。

カチャカチャと何かが揺れたり触れたりしてる。

あ、首に何か嵌《は》められた。

ネックレ……はっ！　も、もしや首輪……!?

そっち!?　そっち系!?

え、SMは……あ、いやでも痛くないとか言ってた様な……。

何かお腹に色々載ってるぅうう擽ったいぃいいい。

見えないから敏感になってより上半身の謎の物体の存在をありありと感じるが何なのか分からない。

何かちょっと動くとジャラジャラ言ってるんだけど、やっぱり鎖……なのか……？

……うん、着けるだけなら構わない。

レオが好きなら、痛くなければ問題無い。鎖ごとレオを愛するよ……。

って今度は足に何か着けてる！

擽ったくて堪らない！

足の付け根とか滅多に触らない部分を人に触られるとこう、ぞわぞわするんだね。初めて知った。

レオは楽しそうで何よりだけど、僕は怖い。

……あ、何か……結んでる……？　結ぶって、何？

…………縄なのか？　縄、なのか？

いやでも縄的な感触じゃ無いし、全然縛り上げてるとかじゃ無い。そっと巻き付けられてる。

何を巻き付けてるんです……？

あ、巻き付け終了した？　巻き付けられてるのはどうやら太腿《ふともも》だけの様だ。

……何だ？　足首に何か……まさか、足枷《あしかせ》……じゃあ無いよね……？

まさかね……？　僕、逃げないよ……？　あ、両脚……？

あ……レオが離れた……？

でも足は動かせるし鎖を引き摺《ず》る様な感覚も無い。良かった、足枷じゃ無いみたいだ。

いやまだ安心するのは早いぞ僕よ。

何か知らないけど、全身に何かを着けられてるじゃ無いか。

一瞬、先々月の様なベビードールとかネグリジェとかエッチな下着なんかを着せられるのかなぁと思ったけど、何だかそうではないみたいだ。

……え、レオ、何処行っちゃったの？

無音なんだけど……？　そこに居る？

「レオ……？」

「ああ、ごめんメル」

ああ、居た。まさかの放置プレイじゃなくて良かった。

ぎし、とベッドのスプリングが軋《きし》みレオが足元に乗り上げたのを感じる。

「メル、アイマスク外すよ」

「うん……」

このまま眠ってしまいたかったけど、どうやらそうは問屋が卸さない様だ。ですよね。

こっ、と無意識に発していた。言葉が出ない。何と言えば良いのかも分からない。

「…………こっ……」

「メル。凄く綺麗《きれい》だ」

綺麗……うん、綺麗だね。この僕の身体中に乗ってるパール？　みたいなのは。

上半身を少し起こして、自分の身体をまじまじと眺める。

首元にはパールのチョーカーみたいな物が着けられていて、そのチョーカーには中心から外側に掛けて一回りずつ長くなっていくパールのネックレスみたいなものが付いている。1番外側の長い部分で臍《へそ》の辺りまである豪華なネックレスはパール基調なんだけど、所々に色んなカラーの石が付いていて、ルームランプに反射してキラキラと光っている。

……本物じゃ無いよね？

そして、真ん中辺りのパールから足の中心に掛けてパールが縦に延びていて、ああ、あれだ。ガーターベルトみたいになってるんだ。それでそのガーターベルトみたいなパールが太腿にまで繋《つな》がっていて、太腿の部分はレースのリボンで編み上げる様に巻き付けられてちゃんとリボン結びにしてある。

そのリボンの下は足のサイドからパールが足首まで垂れ下がり、足首には色取り取りの石が付いたアンクレットの様な物が取り付けられていた。

「嗚呼《ああ》……メル、綺麗だ……可愛い……美しいな」

「…………凄《すご》いね、これ……どうしたの……？」

どう突っ込めば良いのか、突っ込んで良いものなのか答えが分からなくて、取り敢えずいつの間にこんな物を用意したのか尋ねてみた。

「これを買った店の店主に作って貰《もら》ったんだ」

あの店主、人の良さそうな顔してこんな……こんなセクシージュエリーまで扱うとは……！

レオはあの時買ったネックレスを撫《な》でながら、うっとりと僕を見ている。

うっとりする程美しいのは、何も身に着けて無くたって美しいレオだよ……！！！

「そっかぁ……」

「ああ……人生で1番良い買い物をした」

……勘違いじゃ無いかな。

そして、一体幾らしたの、これ。

レオの目がうっとりしたものから、欲を孕《はら》んだ熱の籠《こも》ったものになり、僕の全身を見つめる。

せめてもの救いは、性器に変な物を着けられなかった事かな……と思いながら、僕に覆い被《かぶ》さるレオの熱い視線に身体が熱くなって来ている僕は、レオに手を伸ばすのだった。

レオの膝《ひざ》の上に乗せられ、足を広げられる。

「ほら、綺麗だろ？　メル」

「きれ……じゃなっ……！　んぁっ！」

レオが下から突き上げる度にジャラジャラとパールが揺れて乳首に、性器に擦れてもどかしい。

「ふふ、ここ……ここも、ぷっくり膨れて可愛いな」

「レっ……レオぉ！」

指の腹で、触れるか触れないかの絶妙なタッチで触れて来て、甘い快感に身を捩る。

「ここも……大きな口開けて飲み込んで……可愛いな？　レオ」

「ひぃっ、やっ、やぁあ！」

レオの指が結合部分を撫でて僕に見せ付ける様に腰で抉《えぐ》ってくる。

あの後、レオが綺麗だ可愛いと散々言うのに対して「綺麗なんかじゃ無い」と恥ずかし紛れに対抗していたら「メルがどれだけ綺麗で可愛いくてエロいのかたっぷり分からせてあげないと」って言い出して、部屋の隅に立て掛けてあった姿見がふよふよと浮いてベッドまで来たと思ったら、レオのお膝に乗せられ、あれよあれよと……ですよ。

「……かった、分かった、からぁ！」

「本当？」

こくこくと必死に頷《うなず》くとレオは満足そうに微笑んでごろりとベッドに寝転んだ。

僕はレオの上に乗っかり、所謂《いわゆる》騎乗位というやつになる。

「へっ？」

「メルの好きに動いて良いよ」

そう来たかぁああ！！！

「くっ……」

「メール、気持ち良くなりたく無いの？」

気持ち良くなりたいに決まってんじゃ無いですかぁああ！！！

騎乗位は何度かやったけど、こんな物着けて無いし、レオも意地悪モード入って無かったから良かったけど……こんなエロ装備で腰を振れと!?

「ぅう……」

「メルの此処《ここ》、きゅんきゅんしてるよ？」

「ひぃっ」

レオがそろりと尾骶骨《びていこつ》辺りを撫でるから反射的に腰が持ち上がり、擦れた部分から快楽が起こり、重力のまま落ちると更に快感が増す。

「あっ……はひっ……ぁあああっ！」

「嗚呼……綺麗だよ、メル」

もうレオの言葉にも反応出来ない程に善がり、必死に腰を動かすと、レオはうっとりと下から僕を眺めるが、レオの方ももどかしいのか、段々と僕の動きに合わせて腰を突き上げたりぐりぐり抉ったりするので、僕は上下左右に動きまくって盛大にレオの腹へ吐精し撒《ま》き散《ち》らしてしまった。

……だというのに、レオは悦に入った笑顔で僕の放ったモノを掬《すく》い上《あ》げると、赤い舌の上に押し当て、ダメ押しに僕の腰を持ち上げ、落とした。

あの笑顔は、一瞬だけ魔王かと思ったよね。

……魔王と言えば……そう言えばキラが魔王出現発言したんだっけ。

以前魔王が出現したのって何年前だったかな……数百年前の出来事なので、語り継がれる話も曖昧だ。

原作ではどうだったかな……。

何だか最近原作と現実がごっちゃになって、どっちが原作でどっちが現実か曖昧《あいまい》になって来た。現実を生きているのだからしょうがない現象なのだろうけれど、ヒロインまであの様子だと僕の知る未来は来ないのかも知れない。

「……レ、オ……」

「メル？」

掠《かす》れる喉《のど》を震わせてレオを呼ぶ。

このままだと、次が始まってしまいそうだから……。

レオに水を飲ませられて喉を潤すと2人並んでベッドに横になる。

「どうした？　身体が痛むか？」

「ううん、体調は大丈夫」

自然とレオの腕枕が馴染《なじ》んできてしまっている事に僅《わず》かに恥ずかしくなって俯《うつむ》くと、レオは僕の髪を梳《す》いて、頬に唇を落とした。

「……レオは魔王って蘇《よみがえ》ると思う？」

「……現在、魔族の魔力を感知したとしても低ランクばかりだ。今この世界で俺より魔力が高い者は居ない筈《はず》だ」

マジですか。そんな事まで分かるのか！

「そうなんだ……！」

「魔力感知阻害等をしていない限り……となるが」

ぱぁあああ！　と聞こえそうな程の尊敬の眼差しを向ける僕に、苦笑しながらレオが付け足す。

「そっかぁ……」

「大丈夫だ。メルは俺が必ず守る」

「っ……」

いきなり真面目な顔で見つめられて、心拍数が急上昇する。

「……メル、言わなければならない事がある」

「え……」

真面目な表情のまま、レオが言葉を選ぶ様に視線を彷徨《さまよ》わせる。

え、何？　何かあったっけ……？

原作の情報を脳内で漁っても出て来ない。何か秘密めいた事、レオにあったっけ？

「……メルに黙っていた事がある」

「……何を？」

レオの真剣な表情に、僕はごくりと唾《つば》を飲み込んだ。

「……メルには話していなかったんだが……」

珍しくレオの歯切れが悪い。

こんな事、初めてなんじゃないだろうか。ぎゅ、と手を握り締めてレオの言葉を待つ。

何だろう……婚約者が出来たとか……？　レオ程の逸材を国が手放す事はしないだろうから、陛下が婚約を取り決める可能性もある。もしかして、キラの方で何かあったのだろうか？

僕が脳内で妄想を繰り広げていると、レオが僕の身体を起こしベッドに並んで座る。

ふと身体に纏《まと》っていたジュエリーが消えて身体も綺麗になっている事に気付いたけど、今はそれよりもレオの言葉が気になる。

「メルには……偽っていたんだ」

「偽る……？　何を？」

レオは徐《おもむろ》に僕の前に移動して膝立ちになった。

全裸だからその……見えてしまうので、視線を下げない様にレオの顔をじっと見る。

「……俺の、身体の事なんだが」

「身体？　……体調悪いの？　熱？　え、病気なの⁉」

レオが体調を崩した所なんて見た事が無い。

風邪だって引いた事は無いらしいし、先程まで散々激しく動いてたから気付かなかったけど、何処か悪いのだろうか？

慌ててレオのおでこに手を当てるも特に熱いという事は無いし、もしかして難病なの？　レオが……死んじゃうの……？

「メル、ごめん。大丈夫、俺の身体は健康体だから心配しないでくれ」

「そうなの……？」

そっと僕の手をおでこから外して握ると、レオは意を決した様に反対の手を自らの下半身に伸ばした。

「今まで、メルには俺の性器はこの大きさだと思わせていたんだが、本当は違う」

「……大きさ？　……え、あ、え……？」

まさかの話の展開に僕はぽかんとして、レオの萎《な》えていても圧倒的存在感を放つそれを眺めてしまう。

「……メルがもう少しこの大きさに慣れてからと思っていたんだが……」

「えっ、え⁉　こ、これ……え？　レオのおちんちん偽物なの⁉」

思わず口走ってしまった言葉に、レオのレオがぴくんと反応するのを見てしまった。

この……立派な物が偽物なのかぁ……いやまぁ立派過ぎるもんなぁ……。

本当はどのくらいのサイズなんだろう。どんな大きさだってレオの事嫌いになる訳ないのに。

大きく見せたいなんて、レオも思春期の男の子なんだなぁ……でも大きさに慣れるってどういう事なんだろう？

なんて微笑ましく思った僕の笑顔は、レオの次の言葉で固まった。

「っ……偽物……と言うか……小さく、していたんだ……」

「…………小さく⁉」

目を見開いてレオを見ると、レオは恥ずかしそうに口元を覆っている。

いやいやいやいやこれが小さいですと？？？

「……最初に見せると……怖がるんじゃ無いかと……だから二回り程魔法で小さくしてある」

「ふ　た　ま　わ　り」

二回り⁉　これの⁉　こんな大きいのに更に二回りもデカイと言うの⁉

「……見るか？」

無言でまじまじと凝視している僕の視線に、レオの小さくしているらしいそれがぴくりと反応をする。

「……み、見たい……です」

「そうか……」

お互い正座になってベッドの上で向かい合う。

怖いもの見たさというやつである。

それもあるけど、レオの全部をきちんと知って愛したい。今までレオは僕に気を遣って小さくしていたと言うのなら、もう遠慮なんてして欲しくない。

レオの全てを受け入れたい。

お互い無言で見つめ合い、レオが頷くと僕達の視線は自ずと下を向く。

レオが右手を翳《かざ》した。

すると、レオの大きな手では隠し切れていなかったモノがむくむくと膨らんでいく様子に、僕は目が離せない。

勃起《ぼっき》している訳じゃなくて、本当に大きくなっていく。…………これ、二回り？　本当に二回り？？？　それ以上じゃ？？？？

「……これが本来の……サイズなんだ」

「…………」

僕が目を見開いて凝視しているのに耐えられなくなったのか、レオが気まずそうに言った。

凄《すご》い……初めて見た時の衝撃も凄《すさ》まじかったけど、それをも上回る衝撃だった。

「…………入るかな……」

やっと出た僕の言葉はそれだった。

ぴくん、とレオのレオが動く。そうだ、勃起してない状態でこれだと、大きくなったら更に大きくなる訳で……ごくりと喉が鳴る。

「メル……魔族や魔獣は魔力が分かるのは知っているか？」

「え、あ、うん？」

急に話題を変えたレオに視線をやっとそこから外した。

「自分よりも多い魔力を持つ者へは近付かないし、ましてや攻撃する事も滅多に無い」

「うん」

授業でも習うし、子供の頃からそれとなく聞いて知っている。

「今、メルの中には俺の魔力も微量ながら含まれている」

「微量なんだ……」

「ああ」

あれだけ出されていて微量なの……？　本気を出したらどうなるの……？　とは怖くて自ら聞けない。

「……実は、以前のサイズでも1番奥までは挿入していなかったんだ」

「そうなの!?」

もうこの数分で何回驚いてるのかと思うくらいにビックリだよ。

「ああ……もう少し慣れてからと思ったんだが、今回の事があって……その」

「ええと……本当のサイズ……？　で、僕にレオの魔力を……えー……ちゃんと、その、注ぎたい……と？」

レオが言いにくそうにしているので推理して言うと、レオが頷《うなず》いた。

「奥の奥まで注ぎ込めば、メルの全身に俺の魔力が行き渡る。魔王の気配はまだしないが、うちの領地に出現する魔獣が以前より強くなって来ているのは報告されている」

「そうだったんだ……」

うちの領地は小さくて森も無いので魔獣はほぼ出ないけれど、レオのアトモス領の森には魔素溜《だ》まりや瘴気《しょうき》も発生して魔獣が現れるのは日常茶飯事という具合で、アトモス領独自の騎士団も作られていて領地全体でも武闘派が多い。

「だから、あの異世界人の言う事が出鱈目《でたらめ》であったとしても、メルに俺の魔力を受け取って貰《もら》いたいと思った」

「成る程……」

レオが手を伸ばして僕のお腹に振れ、撫《な》でる。

「この奥の奥で、メルに俺を受け入れて貰いたい」

「っ……」

ぶわわわっと顔が熱くなる。

直接的な言葉に、言葉が詰まる。

「無理強いはしたくない。メルが無理と思うなら前の……」

「無理じゃ無いよ」

レオの言葉に被せる様に言うと、レオは目を見開いた。

「僕は、レオの全部を受け入れたいしレオの全部を愛したいよ」

「っ……メル」

次の瞬間にはレオに抱き締められていた。

お腹に、以前よりも大きい物が当たる。これ、臍《へそ》の上まで無い……？　自分で言ったのは良いけど、本当に入るのかな……。

色んな不安が頭の中を巡る中、背中に腕を回せば安堵《あんど》した様子のレオに不意打ちでキスをした。

為せば成るだ、やってみなければ分からない。やってやろうじゃないか！

そう思いながら、お腹に当たるそれが硬度を増して行く程に冷や汗が流れた。

「最初から大きいのと、中で大きくするのと、どっちが良い？」

ベッドで準備万端になって恋人にこんな質問されるの、多分この世界で僕だけなんじゃ無いかと思う。多分だけど。

「えっと……じゃあ……中で……かな？」

「ああ、分かった」

レオは真剣な顔で頷いて手を翳すと、初めましてしたばかりのレオのレオが、するするとサイズダウンしてお馴染《なじ》みのレオのレオになる。何言ってるのか自分でもよく分からなくなるけど、現実みたいです。

「メル、良い？」

「うん」

緊張してるのか自ずと上ずった声が出てしまい、恥ずかしくてレオから視線を外すと、目尻《めじり》に柔らかい感触がして太腿《ふともも》が持ち上げられた。

「んっ……」

さっきまで散々致していたので、難無くレオを受け入れられた。難無くと言っても今のサイズでもかなりの大きさなので最近やっと何十分も解さなくとも入る様になった。

少し前まで毎晩の様にしていたとはいえ、体感で1時間は前戯に費やしていたと思う。……ただ単にレオが愛撫《あいぶ》好きなのかも知れないけど。最中もずっと僕の身体中に触るし。

「メル……半分入れた」

「半分……？」

確かに、いつもはもっと奥まで来る様な気がしないでも……いつも必死なのと気持ち良過ぎるので記憶が飛びがちなんだよな……。

「大きくしたら奥まで行くだろうから……」

「あっ……あ、そ、だね」

要するに噂にしか聞いた事のない、結腸攻めと言うやつですね。妹の同人誌で以下略……。

確かに同人誌でレオのレオが巨根で絶倫という設定はよく見たし、僕の妄想の中のレオも大体がそうでしたね。

「メル、大きくしても大丈夫か？」

「うん、良いよ」

「少しずつ大きくするから、無理そうだったら言うんだぞ？」

「うん、ありがと」

レオは目を細めて僕の顔にキスを降らせると、目を閉じて集中してる様だ。

「っ…………ぁ」

中のモノが質量を増して僕を圧迫する。本当にこれで少しだけなの？

「……メル、大丈夫か？」

「はっ……ん、まっ……」

少しの増量で額に汗が滲《にじ》む。受け入れる決意はしたものの、これは想像以上に大事になりそう。

「メル、元に戻そう」

「っ、駄目！　このまま、待って」

僕の表情にレオは躊躇《ためら》い、僕を気遣おうとする。それじゃあ駄目なんだよ。レオを全て受け入れると決めたんだ。

僕はレオにぎゅうっとしがみ付いた。

「ほんとに、駄目だったら……ちゃんと、言うから……ね？」

「……本当に無理だけはしないでくれ」

「ん」

耳元でレオの心配で堪らないという声を聞くと、それだけで何だか頑張れそうな気がして来る。

「……レオ、良いよ」

「分かった」

僕の合図にレオは僕の頭を撫でながら、中の質量を増やして行く。

「ぅっ……く、……はっ」

「っ……メル」

あまりの圧迫感に、言葉が出なくなる。奥の奥までみっちりと隙間無く膨らむレオに、僕の呼吸はどんどん荒くなる。

「…………メル、メル……」

耳元でずっとレオが僕の名を呼んでいる。切な気で、レオも苦しいんだとやっと気付く。

それもそうだ、僕が思い切り力んでいたら痛いに決まってる。

「っ、ぁっ……く……っ」

ふーっふーっと肩で息をしながら何とか力を抜こうと自分のお尻《しり》の筋肉に叱咤《しった》つつ、ゆっくりレオを締め付ける力を弱める。

「っ……メル、無理は……」

「ってない……して、ない、から……ぜんぶ、ちょ、だい、レオっ」

ぜぇはぁと喘《あえ》ぐ様にレオを求めると、レオは僕の萎《な》えてしまっている性器をゆるゆると扱《しご》き出した。

「んぁあああっ!?」

いきなりの快感に頭が付いて行けない。

不意打ちの快楽に力が抜けたのか、その瞬間にまたレオが僕の中でぐっと大きく、長く、その存在を主張せんばかりにドクドクと波打っている。

「ぐっ…………メ、ル……」

「レ、オ……レ……っ」

上手く呼吸が出来なくて、下半身がどうなっているのか分からない。僕のお腹突き破るんじゃ無いかと思う程に奥の奥まで圧迫されて、痺《しび》れているのか、麻痺《まひ》しているのか、もう、訳が分からなくて恐怖に襲われる。

「レオ……！　レオぉ……っ！」

「メル、メル、大丈夫、ここに居る」

レオを痛いくらいに抱き締めているのに、レオを呼んで叫ぶ僕をそっと抱き締め返してくれて、レオの心音が僕と同じ様にドクドクと響き合う。

部屋の中はレオが温度を調節していて涼しいのに僕もレオも汗だくで、レオの顎《あご》を伝う汗がレオのネックレスから僕のネックレスの上に垂れ、僕の汗と混ざり合って重なり合い、息を大きく吸い込む。

「レオと僕……ほんとに、１つになれた？」

「メル……ありがとう……」

「僕も、ありがと」

先程からずっと汗で滑ってしまって、レオの背中に爪を立ててしまっている。

申し訳ないと思うのに、レオが幸せそうに微笑むからまたしがみ付く手に力を込める。

「メル、愛してる」

「レオ……っ」

さぁ、やっと1つになれた。

でも肝心な事を忘れてはならない。

本番はここからだという事を。

お互いに汗みずくになりながら熱い吐息を互いの耳元で吐き合う。

爪を立ててもレオの背中から指が滑り落ちて行き、自ずとシーツをぎゅっと握り締めていたら不意に汗が引いて握り締めていた手を絡められた。

魔法を使ったのかレオの手も汗ばんでいたのが乾いていて、握り締め合っても解けそうにならずにレオの手を握る力が強くなる。するとレオが指先で僕の手の甲をあやす様にとんとんとするので、ゆっくりと息を吐きながらほんの少しだけ力を抜くと、今度はレオが力強く握り締める。

「ふっ……」

レオが散々解してくれたので痛みは無いけれど、ぎゅっと自然と目を瞑《つぶ》ってじんじんする押し広げられるそこに意識を集中しているのに、くつくつと笑ってしまう。それが中のレオにも響く様で、小さく呻《うめ》き声がした。ごめんね、レオ。

「っ……メル……？」

「……ごめ……っ、なんか、分かん、ないけど……」

息を吐きながら肩を震わせる僕に困惑するレオが可愛くて耳にキスをしようとしたら、勢い余ってレオの耳を舐《な》めてしまった。いや、全然舐めて良いんだけど……何を言ってるんだ僕は？　何てぼんやり考えていたらいきなりの衝撃が襲う。

「ひぁ――――っ！」

「くっ……………すま、ない……」

耳を舐めてしまった瞬間、レオの手を握る力が強くなったと思ったらごり、と奥を抉《えぐ》られた。

「っ……ぁっ……ひっ……………！」

せっかく力を抜いていたのに、力の限りと言わんばかりにそこを締めて中のレオのモノも締め上げてしまい、レオがまた小さく呻く。

申し訳ないとは思うんだけど、もう気を遣える余裕が無い。

初めての奥までの衝撃に、僕ははっはっと犬の様に息を吐いて必死に衝撃をやり過ごそうとするけど、僅《わず》かに動くだけで擦れてしまい、みっちりと埋まっているレオのモノが容赦無く僕の良い所や前立腺《りっせん》を余す所なく抉って、頭がおかしくなりそう。

「あふ、……っ、ぁ……っ」

「メル……っ」

レオが僕の先端を手の平で包み、尿道を爪先でぐりぐりされたらもう意識なんて保ってられない程の快楽に襲われた。

「ひぎぃっ……！　……！　レ、……っ」

声にならない声でレオに静止を求めるも、レオは僕を抱き締めながら腰を揺さ振り始める。

「メル……っ、メル……！」

煽《あお》るつもりは微塵《みじん》もなかったのに、どうやら僕はレオを焚き付《たつ》けてしまったらしい。後悔先に立たず。

「ぁあああ……あっ、あっ、あああ！」

レオは浅く出し入れしているのに、奥の奥までぐいぐいと進入しようとするレオの亀頭がぐりぐりと抉る様に擦ってきて、気持ち良過ぎて堪らない。

良い所というよりはもう全部を擦り抉られ、もうイキっ放し状態になっている。絶頂を迎えても尚も止まらぬレオの突き上げに、僕は悲鳴の様な喘ぎ声を上げ続ける他無い。

すると僕の締め付けが段々と緩くなって来たのか、レオの腰のピストンが徐々に激しくなって来る。

「ひっ……！　ぁあああ————!!」

「メ……ル……っ……ああ……メル……っ」

浅く出入りしていたのが、ずるりと勢い良く引き抜かれて、一気に押し込まれ、僕の背は意思とは関係無しに仰け反る。

レオは僕の腰を持ち上げると足を肩に掛けさせて腰をグラインドさせる。

「んんあああっ！　あっ、あっ、ああああ……っ」

角度が変わって、僕は新たな快楽の波に飲まれる。

「メル、メル……」

腰を打ち付けながらレオは乳首も弄り出すし、いつの間にか射精して萎えていた僕の陰茎をまた擦り出して、苦しい程に仰け反る。

「ぁああああっ!!」

激しい快楽に涙が止まらない。

必死にレオに手を伸ばすと、ぐぐっとレオの身体が倒れ込み抱き締められてレオの背中に腕を回してしがみ付く。

「んっ、んん、んっ、ふぁ……！」

レオの熱い吐息を浴びながら舌を絡められ、吸われ、身体中の敏感な部分を責め立てられてもう震えてレオにしがみ付く事しか出来ない。

イキ過ぎて受け入れてるそこがとても熱くて溶けるんじゃ無いかと本気で思う。

「メル、メル……っ」

「レオぉ、レオ……っ、ああああああ────っ！」

「くっ……」

お腹の中でレオのモノがドクドクと波打ち、奥まで押し込まれて勢い良く注ぎ込まれると、今まで感じた事の無い衝撃が身体を駆け巡る。

目の前がチカチカと暗転して頭がぐらんぐらんと揺れて酩酊《めいてい》状態の様になる。

今までとは違う、奥の奥まで、喉元《のどもと》から出て来るんじゃ無いかと思う程に長く、勢いある射精に僕の身体から力が抜けて、だらりと手と足がベッドに投げ出されるが、レオは僕を抱き締めて長い射精に震える様に僕の首元に吸い付いた。

「っ……メル……」

「っ……ふ……ぁ……」

どれくらい経ったのかも分からない程抱き締められ続けていた身体からずるりとレオが抜け出たけれど、そこの感覚がまるでない。

打ち上げられた魚の様に、身体がびくんびくんと勝手に跳ねる。指先は細かく震えていて、力の入らない身体では止めようと思っても止められない。

「……メル」

「リエ、オ……」

もうちゃんと名を呼べない程の疲労困憊《こんぱい》で、気怠く視線をレオに向けると、レオは泣きそうな、それでいて恥ずかしそうな嬉《うれ》しそうな、そんな感情を詰め込んだ様な表情をしながら僕の身体をそっと、そっと腕の中に包み込む。

「メル……ありがとう。愛してる」

未だにびくびくと震える身体のお陰でレオを抱き締め返せないけど、レオの耳元に唇を寄せた。

「……レオ……愛してるよ」

＊

良い香りがする。

何だか嗅《か》いだ事のある匂いけど、何処でだったっけ……？

お茶だよな……？　何だかお腹空《す》いたなぁ……そう言えば何日食べて無いんだっけ……？

あの日から寝るかヤルかしかしてない……。

あれ……？　夏季休暇……まだ終わって無いっけ？　……うーん……考えれば考える程お腹が……。

「メル……お腹空いたの？」

「うん」

「寝ながら答えてるね」

「食い意地張ってるのか？」

……誰か居る……？

そう言えばずっと裸で過ごしていたけど、レオの体温が直接感じられないな……。

「メル……ふふ、擽ったい……」

「んー……」

「犬みたいで可愛いね」

「犬は飼い主の服剥《む》かないだろ」

……………何か、聞き慣れた声と、聞きたく無い声が聞こえる様な……。

「メルの好きなケーキがあるよ」

「クッキーもあるよ？」

「おい、叩《たた》き起《お》こせよ」

あれ？　夢じゃ無い……？

目を開けたく無いけど、早く開けなければもっと状況が悪くなるだろう気がぷんぷんする……。

「……ええ……？」

そろそろと瞼《まぶた》を持ち上げると、一面に広がるのはレオの喉仏《のどぼとけ》。

何かバシバシと視線を感じるんだけど、振り向けないし首を1ミリも傾けたく無いと本能で感じる。

「メル、おはよう」

リップ音を立ててレオが僕のつむじに唇を押し付けた。

「……おは、よ……」

首を動かしたく無いので思い切り上目でレオを見ると、レオの頬がほんのり桃色に染まる。いや、煽ってないよ？　断じて、わざとでは無い。

「えっと……此処《ここ》……」

僕はいつの間に服を着せられいつの間に連れて来られたのか、レオの膝《ひざ》の上で抱っこされている。

レオ越しに見える室内には見覚えが無いけど聞こえて来た声から推理するに、此処は……。

「父さんの職場、魔導士団の本部に居る」

「ひっ……」

魔導士団て、たとえ貴族であっても家族であったとしても簡単には入れて貰《もら》えないって聞いたよ？

そんな所で、僕はなんて格好してんの!?

ぎぎぎ……と音がしそうな程ゆっくりと振り返ると、四角いテーブルの向かい側にデイビットさんとジョシュアが居た。

「こ……こん、にちは……」

「こんに……あ、今は今晩はかな？」

「…………」

夜……いつのだろう。

ジョシュアは優雅に紅茶を飲んでいる。

嗚呼《ああ》、その香りだったのね。王子が飲む紅茶だもんね、良い香りの筈《はず》だよ。呼び出された時にも飲んでたな確か。

「メルくんお腹空いてない？　食べたい物頼んで良いよ」

「……い、いえ……大丈夫です」

引き攣り笑いをしながらも、ぐいぐいとレオの胸板を両手で力の限り押しているのにびくともしない。勘弁して下さい。

デイビットさんの前で、こんな恥ずかしい姿見られるとかとんだ羞恥《しゅうち》プレイだよ……!!

「レオ……っ！　降ろして……っ」

囁《ささや》き声が悲鳴に変わりそうな程必死にレオの膝から降りようともがくが、更に抱き締められて今度こそ小さく上げてしまった僕の悲鳴は、レオの胸板に吸収された。何て便利な胸板なんだ。

「レオ、メルくんが可哀想だよ……」

「レオニード、良い加減にしろ。時間の無駄だ」

ひいっ、ほら、2人共呆《あき》れてるじゃん！

「レオ、降ろして」

「…………」

声のトーンを少し落とすと、レオは観念したのか僕の腰を掴《つか》み、ひょい、と直ぐ隣にある椅子に僕を降ろした。

もう何処を見れば良いのか分からず、テーブルの上のケーキスタンドを凝視する。

美味しそう……と思ったらレオが素早くお皿に僕好みのケーキやクッキーを載せて湯気の立ってるお茶を僕にサーブした。

「あ、ありがとう」

「どう致しまして」

レオは柔らかく笑うと、視線をデイビットさんに向けた。

「……じゃあ、始めようか」

何を、とは言わなくてもキラの事なのだろう。

この場にキラが居ないのが気になるけど、取り敢えずデイビットさんの話を聞く事になった。


これは一応事情聴取みたいなものの筈、だと思う。

「なんだかねぇ……あのキラって子の話が要領を得ないんだよねぇ……困っちゃうよもう」

サクッとクッキーを咀嚼《そしゃく》しながら、デイビットさんがあんまり困ってなさそうな顔で言う。

「おい、その女は俺の事を知ってる上に馴《な》れ馴れしく呼んだんだろう？　徹底的に調べろ」

一口サイズに切られたサンドイッチをわんこそばの如く一口ずつ食べていくジョシュアは、それなのに物音1つ立てずに飲み込んだ。

「そうなんだけどねぇ……そこを聞こうとすると大人しくなっちゃうんだよね」

デイビットさんは、はぁ――と大きな溜息《ためいき》を吐きながらティーカップを呷《あお》る。

「何らかの術が掛かっているのか？」

サンドイッチを食べ終えて、今度はマカロンをひょいひょいと口の中に入れて行くジョシュアは、やはり咀嚼音を立てずに話す。

「何度も調べたけど、彼女自身に魔法や呪いの類が掛けられている様子は無いんだ」

デイビットさんはお茶のお代わりを自分で入れ、シュガーポットから角砂糖を入れる。

1個、2個、3……4……5個も入れたよ！　デイビットさん、実は甘党だったのか？

って何でこんな女子会……いや、男子しか居ないから男子会？　いや、今はそんな事考えてる場合じゃないけど何でこんな呑気《のんき》な雰囲気なの……。

「近隣諸国の反応はどうだ」

マカロンを食べ尽くしたジョシュアも自らお茶のお代わりを注いでいる。

あ、ジョシュアはストレート派なんだ。

「通信でそれとなく匂わせながら聞いてみたけど、どの国も白だったよ。彼女が現れた場所でも召喚術の類が作動した形跡も見当たらなかった」

「……確かにあいつは空間から現れたんだな？」

「ああ。あの日メルと広場に居たら妙な魔力を感じた。魔力と呼ぶのかも定かでは無いが……そして奇妙な次元の狭間らしき所からあの女が落ちて来た」

それまで僕がちびちびとケーキを食べる様子を眺めていたレオが会話に参加した。

良かった。ちゃんと話聞いてたんだね、レオ。

「あの女が自ら異世界からこちらに来たのでは無いか？」

「いや……彼女の魔力値は極めて低いから生活魔法を使う事すら出来ないよ」

「本当か？」

「それは間違い無いね。うちの優秀な団員全員が判定してるから。レオもね。……でも何故か彼女自身は自分の魔力は高いと思っている様でねぇ……何でかと尋ねても答えないし、正直お手上げ状態だよ」

デイビットさんはオーバーアクションで降参を示す。

「拷問に掛ければ良いだろう」

突然のジョシュアの過激発言に目を見開く。

そりゃあ他国からの密偵等であれば一大事だが、攻撃性0の女性を拷問に掛けるなんて……。

「その甘さが国民を危険に晒《さら》す」

僕の考えを見透かしたのか、ジョシュアの視線が突き刺さる。王太子の睨《にら》み……恐ろしいです。

「……はい」

僕はキラが日本から来たヒロイン（？）だと分かっているから割と呑気に構えてしまっていたが、僕以外のこの世界の人からしたら彼女の存在は油断ならぬ人物なのだ。

「メルは学生だ。心配したって責められる謂《いわ》れは無い」

「レオ……」

レオが僕の肩を抱き寄せると、ジョシュアは舌打ちをして椅子の背もたれに寄り掛かる。

「……陛下はこの件を俺とデイビットに一任なさった」

「やっぱりそう来たか」

ジョシュアは天を仰ぎ、デイビットさんは眉間《みけん》の皺《しわ》を指で揉《も》み解《ほぐ》している。

「……陛下は最近後宮に入り浸りだそうだ」

「！　……そう、なんだ」

レオがそっと耳打ちしてくれた原作では知り得なかった情報に息を呑《の》む。

うちの陛下、もしやジョシュア達に丸投げしてるのか……？　ジョシュアが神出鬼没なのって、それと関係あるのかな……。

「あの女は何処に移送するつもりだ？」

「移送……？」

王宮から出すの……？　原作では王宮預かりになった筈だけど……。

「あんな得体の知れない術を使う可能性のある人間を、陛下の居る王宮内に置くのは危険だからな」

「あ……」

ふん、とジョシュアは忌々《いまいま》しそうに呟《つぶや》く。

何だかここまで来るとキラが可哀想になって来る。

一応、ライバルになる筈だから同情心を見せちゃいけないんだけど、あまりにも扱いが……。

僕が彼女の安全性を話せれば良いんだけど、そうなると自ずとこちらも全てを話さなければならなくなるし、それ以前に彼女が話せないなら僕も説明出来ないだろう。

「……うちの敷地内に非常用の館でも出して過ごして貰おうかなぁと思ってるんだよね」

勿論《もちろん》魔導士団員も配備するし騎士団からも数人借りるつもり、と付け足すデイビットさんの言葉にレオが眉間に皺を寄せた。

「母さんはどうするんですか」

「ああ、うん。こっちの屋敷に呼ぶつもり」

「……そうですか」

「……レオ?」

思案顔のレオは何でも無いと僕の手を握った。

…………何の遠慮もしてないんだけど、これ、デイビットさんの目の前でやってるんですよね。

一応、まだ交際宣言的なものはしていない。

デイビットさんからしたら僕は自分の息子を誑《たら》し込んだ相手になるんだけど……。

「うん、だからメルくん」

「ひゃい！」

恥ずかしい……焦り過ぎて噛《か》んだ……。

レオ……1人だけ微笑ましいと言わんばかりの視線を送らないで……。

「ふふ……アンナが来たら話し相手になってやってくれないかな？　アンナ、メルくんと話したいみたいだから」

「は……はい」

何をですか？　アンナさん、何を話したいんですかね？

冷や汗だらだら流しながらも僕は何とか頷《うなず》いた。

「魔力と言えばメルくん」

「はい？」

デイビットさんはこれから領地に帰ってアンナさん達を王都の屋敷に移送したり、敷地内に結界を張ってキラが滞在する屋敷の準備をしたりするんだとか。

レオの家の敷地は広大で、我が家の5倍はあるのでは無いかと思われる。アトモス領は魔獣が出る事もあり領地全体で対策がなされていて、その最たるものであるレオの家は、屋敷と言うより要塞《ようさい》みたいだなぁと見る度に思う。

他の領地では中々見られないらしいが、民家にも頑丈な塀があるのは、アトモス領では当たり前の光景だ。

領地全体に結界を張ってあるそうだけど、森に近い魔獣出没頻度の高い地域では一軒一軒個別にデイビットさんとレオが防御魔法を掛けているそうで、アトモス家の屋敷は強固な防御魔法が何重にも掛けられていて、領地を守るアトモス領独自の騎士団のレベルも異常に高い。

アトモス家の防御壁内には契約者のみしか入れないという、正に要塞の様相を呈している。

そんな要塞都市の様なアトモス領は、ある意味では王宮より安心してキラを保護出来るのかも知れない。

それでも念には念を入れ、キラには感知阻害の魔法を始めとするあらゆる阻害魔法を掛けて、アンナさん達領主館内の人員は王都の屋敷に一時滞在する。

アンナさん溺愛《できあい》のデイビットさんがアンナさんと離れ離れになってしまうのは不憫《ふびん》に思いながらも、キラがレオから離れてくれる事に少し安心してしまう自分もいる。

「……うん、中々……まぁ、うん、うん」

デイビットさんが立ち上がりながら僕を見て頷いている。

「デイビットさん……?」

僕は変な格好でもしているのだろうかと思って改めて服装を確認するが、以前レオに用意して貰《もら》った服を着ているから問題は無い筈だ。

「メルくんは魔力が上がったみたいだね」

「っ！　……あっ、そ、そう、ですか？」

心当たりがあり過ぎて心臓がバックンバックンと煩い。

これ……バレてる……？

デイビットさん、にっこにこで僕を見てうんうんと頷くばかりなんですけども……。

「どういう事だ？」

「そのままですよ。メルくんの魔力が増幅しているんです」

片眉《まゆ》を釣り上げてデイビットさんに尋ねたジョシュアは、そのままの顔で僕をじっと見た。

「……そう言われれば以前会った時よりも高いな」

顎《あご》に手を当てて薄目で僕の事を見ている。

うう……品定めされている様で恐ろしい。

魔力が高いと人の魔力を感知出来るらしく、レオやデイビットさんには劣るがジョシュアも高い魔力を保有しているので、僕の魔力値が上がった事が分かるらしい。

「……その目障りな印が原因か」

「え」

ジョシュアが眉間に皺を寄せながら睨む様に僕を見ている。

め、目障り!?　印……？

僕は何を言われたのか分からなくて、オロオロと服を再確認する。え？　この服は駄目なの？　魔力とどう関係あるの？

「メル」

「レオ……」

そっと隣の席に座っていたレオに抱き寄せられる。

レオを見ると、冷めた様な目線でジョシュアを見ている。

「メルを変な目で見ないで下さい」

「俺のどこが変な目だ」

「メルが怯《おび》えているのが証《あかし》です」

「レオっ！」

ぽんぽんとジョシュアに不敬な事を言うレオに僕は青くなりながら、必死にレオの腕を引っ張る。

「はは。メルくん、大丈夫だよ」

「デイビットさん……」

僕を抱き締めて言い合うレオとジョシュアをハラハラしながら見ていると、デイビットさんが書類を整理しながら笑う。

「メルくんは今、幸せ？」

「へっ？」

デイビットさんの突然の質問に僕は素《す》っ頓狂《とんきょう》な声を上げてしまった。

それでもデイビットさんはにこにこ笑って、ジョシュアは横目でそんなデイビットさんを見て、小さく溜息を吐《つ》くとスタスタと部屋から出て行ってしまった。

「あっ……」

「お疲れ様です」

ジョシュアはデイビットさんの声に手を上げるだけで、振り返りもせず行ってしまった。

きちんと挨拶《あいさつ》もしてないのに大丈夫なんだろうかと思いながらも、質問に答える為にデイビットさんと向き合う。レオの腕の中で。

「ええと……僕は幸せですよ」

「そっか」

デイビットさんはうんうんと頷きながら、外に控えていたらしいジョシュアと入れ違いに入って来た団員に書類を渡して一言二言告げると、団員は一礼して部屋を出て行く。

「じゃあそろそろ行くね」

「あ、はい」

「父さんもお気をつけて」

レオの言葉にうんと頷くとデイビットさんもドアへ向かった。

「ああ、でもそれはちょっとやり過ぎかもねぇ」

「へ……？」

デイビットさんが自分の首元を指差してからひらひらと手を振って出て行った。

残されたのはレオと僕だけになる。

首に何かあるのだろうか。

触れてみると、ネックレスのチェーンの感触があるだけだった。

「……メル」

「あ、ありが……」

レオが鏡を取り出して掲げてくれたので、首元を確認した瞬間、僕は固まった。

僕の首元には、隠す意思が見られない程の数のキスマークが付いていた。

ボタンを閉じても隠し切れないその鬱血跡《うっけつあと》を呆然《ぼうぜん》と眺めていると段々と冷静になって来て、またもや冷や汗が背筋を流れる。

「レッ、レッ……こっ、これ……！」

「ああ、そう言えば消し忘れていたな」

忘れる⁉　消せるの⁉　いや、レオならキスマークを消すなんて朝飯前だろうけど‼　それにしてもこんな目立つのに何で消し忘れる訳⁉

「…………わざと？」

じっと目を見て聞くと、レオの瞳《ひとみ》は僕をじっと見返した後、そっと逸らされくるりと一周してまた僕を映す。

「…………うん」

……うんとか可愛いが過ぎるんじゃ無い⁉

クール系イケメンの極たまに見せるきゅん‼

わざと⁉　これも計算の内なの⁉

レオのあまりの可愛さにうっと口元を手で押さえるとレオは焦った様に僕の顔を覗《のぞ》き込んだ。

…………ちょっと待って、キスマークをずっと晒《さら》していて、魔力が上がった僕。

「……バ、バレバレ、なの……？」

僕を覗き込むレオに震え声で尋ねると、少し気まずそうに頷かれて崩れ落ちそうになった僕をレオはしっかりと抱き留めた。

*

「良かった……消えてる」

鏡の中の自分の首元を色んな角度から眺め、ほっと一息つく。

昨夜の魔導士団本部での集まりは夏季休暇最終日だったらしく、寮に帰ってから即行でレオにキスマークを消させた。

心を鬼にして、消さないと怒るよと脅した。

人類最強レベルの男になんとも最弱レベルの脅しだけど、効いてしまうのがレオなんです。

そして即消してくれたので、ちゃんと制服が着れる。

「メル……」

レオが昨夜から僕に怒られてしょげている。

190超えのレオが片手で捻《ひね》り潰《つぶ》せるであろう僕の機嫌を窺《うかが》う様子は何とも珍しく、可哀想に思いつつも、そんなレオが可愛くてこれからはレオが暴走気味の時はこの手を使おうと決意した。

「……付けるのは良いけど、外出る時はちゃんと消してよ？」

「ああ。2度としない……だから」

昨夜はデイビットさんと、まさかのジョシュアにバレてしまったショックもあり、帰寮してから寝るまでレオへお触り禁止令を出している。

レオを諦《あきら》めないと決めてからいつかはレオとの事を報告しなければならないとは思っていたけど、親元を離れて直ぐにこんな爛《ただ》れた関係になったなんて、アンナさんやデイビットさんに次会う時にどんな顔をすれば良いのか……。

「……アンナさんに会うまではエッチ禁止」

「っ…………そうか……」

レオが分かりやすくしょげてる。可哀想だけど、心を鬼に、心を鬼に……。

「父と母に報告したら……良いか？」

レオはそっと僕の手を取り、指を自分の口元に寄せる。

「……ちゃんと、2人に認めて貰えたらね？」

付き合い始めたばかりでいきなり破局フラグが立ってしまったけど、ここは絶対避けて通れない道だからきちんとしたいし、レオの両親には認めて貰いたいし、レオの将来の事もある。

「ああ、きちんと認めて貰おう」

ちゅと指先にキスを送られて、僕は頷いた。

アンナさんとは週末に会う約束をしている。デイビットさんも来れれば来ると言っていたから、キラの方で問題無ければ来れるんだろう。


「メル、俺がついているから加減しようとせず魔力を放出して良いから」

「うん……こう……？　いや、こうか……？」

夏季休暇も終わり、登校初日は授業が無いのでレオとツリーハウスのある森に来ていた。

僕の魔力がどう変化しているか実際に確認する為だ。

「そう、メルは上手いな」

「いや……ほぼレオが調整してるよね……？」

なにせちょっとの生活魔法が使える程度だった僕なので、いきなり増えた魔力をきちんと制御出来る自信も無く、レオにサポートして貰って漸く形になった気がする。

今はレオに背後から僕の身体を支えて貰いながら土魔法を使って木の生長を促す事に成功した。

元々の適性魔法が土魔法だったのでそこからやってみる事になった。

適性と言ってもこの世界ではやはり魔力がモノを言うので、適性でなくても魔力が高ければあらゆる属性の魔法を使いこなせる。

逆に、魔力が低くてもセンスがあればあらゆる属性の低難度魔法を使う事も出来たりする。

魔力をきちんと操る事がキモとなる。

僕は今までの魔力が低過ぎてその辺りの感覚があまり無いので、レオが見てくれるのは非常に有難い。

「よし、ここまで再生出来ればあとは自力で育つだろう」

「ふぁー……成功って事で良いのかな」

レオが一緒に木に翳《かざ》していた手を降ろして僕の腰を抱いたから、ぽすんと寄り掛かる。

前に来た時より枯木が増えていたのが気になり、土魔法を使ってみたいと僕が提案したのだ。

「ああ、メルはセンスが良いな」

「8割……9割はレオのサポートのお陰だからね？　ちゃんと1人で出来る様にならないと」

カサカサに枯れ果てて葉も抜け落ちていた木が青々と元気に実まで付けているのを見ていると、領で何か役に立てるんじゃ無いかとレオが言った。

「えっ、あ、畑とか果樹園もあるし何かあった時にサポート出来るね！　そうか、そういう使い方もあるのか……」

「災害があった時なんかも役立ちそうだな」

三男として領地の役に立てる事はあまり無いと思っていたけど、僕でも役に立てるかも知れないと思うと嬉《うれ》しくなってレオに抱き付くと、レオは目尻《めじり》を下げて僕を抱き留めた。

「しかし……聞いていた以上に酷いな」

「数週間でこれだもんね……」

レオの領地に現れる魔獣が強くなっているとは聞いていたけど、森の方にも影響が出ているようだ。

枯木も増えたし、瘴気も濃くなっているらしい。

レオと夏季休暇中に来た時はそれ程でも無かったのに、ここ数日で様変わりしてしまったそうだ。

「ここは俺が結界を張ってあるがあまり遠くには行かないでくれ」

「うん」

遠くを見渡すと昼間なのに森は濃い霧に包まれている。いつもはこうはならない。

ここ数日、という所が僕は気になった。

もしかしてキラが現れた事と何か関係があるのだろうか。

「メル！」

結界の向こうを見ていた僕は急にレオに抱き留められた。

「っ……！　レオ？」

「……急に、現れた……」

驚いてレオの腕の中から後ろを振り向くと、虎の様な大きな魔獣が声も無くプスプスと焦げた様に黒炭になっていた。

一瞬でこの大きな魔獣を黒焦げにするなんて、レオはやっぱり凄《すご》いな……。

「何が起こったの？」

「俺にも分からない……俺から離れないでくれ」

レオも何が起こっているのか把握出来ていない様で、僕を抱く腕に力が入る。

魔獣の背後を良く見ると、結界内に魔素溜《だ》まりの様な物が出来ていた。

未だ焦げた臭いが充満する魔獣の奥を凝視する。

やはり魔素溜まりだ。

レオも気付いてる様子で僕を抱き締めながら僕に結界を張った。

「メル、暫く上に居てくれないか」

直ぐ側にツリーハウスがあり、その中はレオの結界が強固にされてあるから安全な筈《はず》だ。

でも、どうにも引っ掛かると言うか、何だか無性に身体の奥から何かが湧き起こる様な感覚にレオの手を握り返す。

「レオ、邪魔しないからちょっとだけ僕にも見せて欲しいんだけど……」

「メル……？」

僕の様子がいつもと違うからか、レオが魔素溜まりを警戒しながら僕を見つめる。

「いつ魔獣が出るかも分からないから危険だ」

「それは十分承知してるんだけど、何か……上手く言えないんだけど……レオお願い、無茶はしないから」

ぎゅっとレオの手を握って上目遣いをする。

キモ！　自分キモ！　と思いながら。

「っ……だ……ぅ……絶対に俺から離れないでくれ」

「うん！」

……本当に、何で効くんだろう。

真面目な話、1度レオの頭の中を覗いてみたい。

レオは僕を片手で抱っこすると黒炭状態の魔獣を剣で薙《な》ぎ払《はら》う。抱っこされてるのはちょっと今はスルーしますね。

魔獣が消えて無くなると魔素溜まりが良く見えた。

地面には1m四方で異次元空間の様な禍々しい色の空間が出現している。

「結界の中に魔素溜まりって出来るものなの？」

「いや、聞いた事は無いな……父さんに報告して調査を行うべきだな」

「そうだね……ぁっ！」

2m程離れた場所から様子を見ていたら、ゆらりと魔素溜まりが揺れて中からワニの様な顔面がにゅっと飛び出して来た。

その瞬間レオが僕を抱えたまま飛び、バッサリと真っ二つにした。それはもうバッサリと。

「わぁ……」

何だかデジャブだな……うん。今はその事は忘れよう。

「メル、大丈夫か？」

「うん」

「ここは危険だ。メルは……」

「待って！」

レオが今度こそ僕を転移させようとしているのを感じて、レオの腕から勢い良く飛び降りた。

「メル！」

背後からレオの焦る声が聞こえるのに、不思議なんだけれど僕は焦燥感に駆られる様に魔素溜まりに走り寄り、手を翳した。

「ぁ……」

身体の奥から熱い何かが込み上げる。

すると、翳した手の平が淡く光り出した。

「メ……ル？」

レオは直ぐに追い付いた様だけど、僕の手から溢《あふ》れ出す光に戸惑いながらそっと僕を背後から包み込む。

魔素溜まりは淡い光に包まれて少しずつその範囲が小さくなって行くが、その度にゴリゴリと僕の魔力が消費される様で息が苦しくなる。

「レオ……力、貸して、欲しい……」

「メル、大丈夫か？」

僕の魔力の上からレオの魔力が流れ込み、淡い輝きだった光が辺り一帯を包み込む光になり、僕は眩《まぶ》しさの余り目を閉じた。

「……メル、もう目を開けて大丈夫だ」

「う……目がチカチカする……」

そろそろと瞼《まぶた》を開くとよろけそうになるが、レオがしっかりと抱き留めてくれているので事なきを得た。

「メル、見て」

「え？　……あっ消えてる！」

先程まで目の前にあった魔素溜まりが跡形も無く消えていた。

それればかりか、瘴気は晴れて一面に増えていた枯木が元の青々とした木に戻っている。

「……あ、え……？」

「メル」

レオが目の前に広がる光景を呆然《ぼうぜん》と眺めている僕を正面から抱き締め、持ち上げると笑いながらくるりと回る。

「凄い。メルは凄いな」

「す、凄いのは多分レオの魔力のお陰……なんじゃ？」

「いや、俺にこんな能力は無い。メルの力だ」

いや、確実にレオの魔力のお陰だよ……。

だけどレオは、メルは凄い。流石メルだ、とか何とか言いながら僕をクルクル回して抱き締めた。

何かよく分からないけどレオのテンションだだ上がりみたいで良かった……？

「……でも、もう、へとへと……」

「すまないメル……はしゃぎ過ぎた」

多分今の僕は魔力0に近いと思う。

レオに身を任せて凭《もた》れ掛かると、不意に顎《あご》を取られた。

「んっ……」

ぴちゃぴちゃと森の中にレオと僕の濃厚な口付けの音が響く。

レオの舌が絡む度にレオの魔力が流れ込み、身体の芯《しん》から温かくなる。

「ふぁ……っ」

「メル、まだする？」

舌先同士がゆっくりと離れて行き、レオに抱き締められながら耳元で囁《ささや》かれる。

幾ら誰も居ない森の中といえど、外でこれ以上は……いや、以前最後までしちゃってるけどあそこは誰も来ないって分かってるからであって！

「えと、も、大丈夫……」

「続きは帰ってからな？」

う……と言葉に詰まりながらも頷《うなず》くと、レオに抱き締められた。

「無我夢中だったから意識してなかったんだけど、今のって土魔法の応用か何かだったのかな……？」

「……確信は出来ていないから父さんに見て貰《もら》おう」

本当に無我夢中で、属性とか考える余裕も無かった。

「レオとの思い出の場所がこれ以上壊されたく無いと思ったらなんだか、こんな事になってたんだよね」

「メル……」

「あちゃー、しまった」

レオの顔が近寄って唇が触れ合いそうになる瞬間、真横から間延びした声が聞こえた。

どすん、と僕は目の前の胸板に頭突きするとそのまま抱き締められる。

当たり前と言うのか、レオは僕の突然の頭突きにも微動だにしなかった。

「父さん」

「あはは、ごめんごめん。急に森が光って浄化されたから何かと思って」

浄化？　土魔法じゃ無いの？　土魔法って浄化なんて出来たっけ？

と疑問に思うも、息子さんとのキス寸前シーン見られて恥ずか死ぬ寸前の僕は、レオの胸板から顔を出せないでいる。

「やはり聖魔法でしょうか」

「うん、だと思うよ」

「聖魔法？」

有り得ない言葉に思わず声が出た。

聖魔法って、それ、ヒロイン、聖女が使う魔法じゃん！

「メルくんが使ったのは間違い無く聖魔法だよ」

そろりとレオの胸元から顔を上げると、デイビットさんは森を見渡していた。

「ここ数日の瘴気が嘘みたいに空気が美味しいよね」

「はい。魔獣の気配も一気に減りましたし」

「そうなの？」

デイビットさんは木に触れたり森の様子を観察している。

レオは僕を抱き締めたまま、顔をじっと見て眩しそうに目を細めた。

「ああ。メル、やっぱりメルは凄いな」

「いやいや、大半はレオの魔力あってこそだって！」

おでこ同士が触れてレオは僕の頬をそっと手で包み込む。

僕が聖魔法なんてものが使えたとしたならそれは本当にレオのお陰なのに。

そもそも僕は少し前まで生活魔法しか使えなかった訳で……レオのあれがあれして僕の体内で魔力が蓄積されて魔力が前より使える様になったのであって……。

「ふむ……メルくんの言う事は一理あるかもね」

「え」

いつまでもレオに引っ付いてるのは気まずいので、魔法の話題でレオと僕のキスの事はスルーして貰おう。

近々デイビットさんにもレオとの事を報告するつもりだけど、だからと言っていちゃいちゃを見られて平気な程鋼の精神は持ってないから……。

「レオとメルくんの愛の結晶が聖魔法に進化したのかも知れないね」

デイビットさんとんでも無い事言ってくれたなぁ!!

あははとか笑ってないで!

え？　冗談なの？　本気なの？

「俺とメルの愛の結晶……」

ちょっ……レオが真に受けてるじゃん!

何かちょっと恍惚《こうこつ》とした表情で感激してるし!

「え、ええと……どういう事なんでしょうか……」

この親子をどうすれば良いのかと戸惑いながらデイビットさんに説明を乞《こ》う。

「メルくんの中のレオの魔力が非常に上手く循環してメルくんの魔力とレオの魔力が非常に上手く混ざり合ったんだね」

デイビットさん、非常に、の所、強調しましたね。

「こんなケース聞いた事も無いんだよ？」

「そうなんですか？」

デイビットさんは腕を組んでうむうむと頷いている。

「うん。魔力を与えられるのなんて余程互いの相性が良くなければ体内に浸透しないし、まず……」

ちらりとデイビットさんはレオを見て、僕を見た。

「？」

僕はレオとデイビットさんを交互に見ると、レオはデイビットさんを見てこくりと1度大きく頷いた。

え、何？　何なの……？

デイビットさんはこほんと咳払《せきばら》いをして話を続けた。

「体内に循環する程の魔力を与える……しかも相手の魔力が増幅するなんて、よっぽどの絶倫じゃなきゃ無理だと思うよ？」

大量の魔力注ぎ込まなきゃ駄目だしねぇ。

デイビットさんのぽつりと漏らしたダメ押しの一言に僕は膝《ひざ》から崩れ落ちそうになったけど、レオがしっかりと僕を抱き留めてくれました。

「ね？　レオとメルくんにしか出来ない愛の結晶の聖魔法でしょ？」

レオに抱き締められ気が遠くなりそうになりながらも、僕は引き攣り笑いでにこにこと笑うデイビットさんの笑顔に応えた。

そんな聖魔法、聞いた事ありません！

＊

あれからどうやって寮へ帰ったのか覚えていません。

って言えたらどんなに良かったか。

動揺しまくりの僕を抱えたレオと、屋敷に団員とキラを置いて来たデイビットさんは、アイコンタクトを交わし、詳しい事はまた後日……となった、らしい。

あの森も調査が済み次第、レオと僕の聖魔法についても調査するんだとか。

あの後、寮に帰ったらレオが大層真面目な顔で僕をベッドに誘導した。

レオ曰《いわ》く「今のメルは魔力がほぼ以前と同じになっている」らしく「さっきの聖魔法に勘付いた者がメルに近付くかも知れない」ので「可及的速やかに俺の魔力をメルに受け取って欲しい」と真面目な顔で遠回しにエッチさせてくれと言われました。

アンナさんに会うまではエッチ禁止令を出していたんだけど、致し方無し。

悲愴《ひそう》感を醸し出してエッチを乞うレオとか貴重過ぎてまじまじと見つめてたら、焦ってしどろもどろになるレオも可愛くて、僕から押し倒してしまった。直ぐに形勢逆転しましたけどね。

しっかし、何で僕が（正確には僕とレオ？）聖魔法を使える様になったんだろう。

原作では魔法の訓練に励むヒロインのもとに魔素溜《だ》まりが発現し魔獣が出現して、それをレオが倒すんだけど、ヒロインがその魔素溜まりを消した事で聖魔法の使い手だと認められる事になる。

その場所とは僕達が居た場所とは少し異なるけど、レオの領地なのは変わっていない。

この時はレオに好意は持ちつつもまだ正式に恋愛対象にはなって無いけど、世話になっているレオの領地を守りたいというヒロインの想いが聖魔法を発動させた……という流れだった。

正直、あのキラが聖魔法を使える気がし無い。

だからと言って、何で僕なんだ？

共通点と言えば守りたい、そう願った事だろうか。

あ、あとレオの側に居たって事くらいしか思い付か無い。

レオが聖魔法の発動に関係あるのかな……？

そう言えばヒロインは魔素溜まりを消す程度だったけど僕は結構な広範囲を浄化したらしい。

この差は……やっぱりレオと致しているからなのだろうか。


「メルせんせー？」

「あ、ごめんね？　出来た？　どれどれ……」

いけないいけない、今は子供達の勉強を見ているんだった。

「レオ先生此処《ここ》は？」

「次は私がレオ先生に聞く番なんだから！」

「俺も待ってたんだからな！」

子供達がレオを取り合って言い合いになるのは毎度の光景である。

「順番を守れないなら見てやらないぞ」

レオの一言に子供達は慌てて一列に整列して順番待ちをする。

「メル先生、これで合ってる？」

「合ってるよ。メアリーは覚えが早いね」

「えへへ」

メアリーの頭をぽんぽん撫《な》でると、6歳のメアリーは満面の笑みになる。うん、可愛い。

ここはうちの領地にある学習塾の様な場所。

この世界、まだまだ平民の識字率は低い。

学園の様な学ぶ機関が王都以外にほぼ無いので平民の職は限られてくる。

文字の読み書きや計算の仕方を教える場があれば将来子供達も色んな職に就く可能性が広がるし、読書の楽しみも知って貰いたいので今後は図書館も作って行きたい。

僕とレオは時間を見つけては子供達の勉強を見ている。

今は個人学習塾的な枠を越えていないけど、将来的にはここも学園までとはいかなくても、領地の子供が全員通える様な学校になれば良いなぁと思っている。

どうしてこんな事をしているのかと言うと、将来無事に生き残れた時の身の振り方を考えて辿《たど》り着《つ》いた7歳当時の僕の決断だった。

あまり子供が考え付かない様な事や大事業となると父の許可が下りない事を考えて、領民の子供達の将来を考えて！　とまずは学習塾方式を提案したら家族は賛同してくれた。

因みにレオはいたく感動してくれてアトモス領でも同じ様な施設を作った。向こうの方が財政に余裕があり概ね好評との事で、既に3つ施設が増えている。

僕が生き残ったら雇って貰えないかな、という打算的な考えから作った罪悪感は薄れつつある。

「メル」

「ん？」

メアリーの勉強を見ているとレオに声を掛けられた。

僕はレオ程の人気は無く、大人しい子達の面倒を見る事が多い。レオは子供にも大人気。

手招きされてレオのもとへ行くと、レオの隣の席に座らされた。

「メルは此処にいて」

「……」

そうなんです。

レオは子供に対しても敵対心を燃やします。

幾らなんでも子供にそこまで……とは思う。

寧ろ僕の方がレオを取られやしないかと焦る側なんだろうけど、そこはまぁ、レオがこうなので……。

午前中は子供達の面倒を見て、午後はいよいよアンナさんとのお茶会だ。

正直、かなり不安だ。

デイビットさんは概ね察していると思う。

だけどアンナさんがどう思うか。

跡取りの1人息子が男に恋して世継ぎを望めないと知ったら、絶望してしまうだろうか。

「メル」

「レオ……」

不意にレオに肩を抱かれた。

何も言わなくても、レオが僕の不安を取り除いてくれる。

「「メルせんせーだけずるい!!」」

子供達がわぁわぁと喚《わめ》く。

そうでした、子供達の前でした。

「メルは俺の特別だから」

さらりと僕の頬に唇を寄せたレオに子供達の悲鳴が響く中、レオはいつもの笑顔で僕を見ていた。

うん、勇気を貰《もら》った。

僕は少し腰を浮かすとレオの頬に唇を寄せた。


僕とレオは子供達の勉強を見終わった後、王都にあるアトモス家の屋敷に転移した。

レオの部屋の中、僕達はベッドの上に乗っていた。

「あれ？　ベッドだ。珍しいね」

「俺の下心の所為かも知れないな」

いつもは部屋の真ん中辺りに転移するのに今日はベッドの上なんだなぁ、と何気なく口にしたら、僕の隣に居たレオが耳元でそっと囁《ささや》いた。

「っ……あ、後でね」

「ああ」

動揺を隠そうとして失敗した僕の頬に唇を寄せると、レオはベッドから降りて僕に手を差し出した。

後でといっても、この後の展開でどうなってしまうのかもまだ分からない。

原作と展開が色々違う上に僕とレオが付き合うという現実は未知数なので、もう原作の内容を無闇《むやみ》矢鱈《やたら》に信用すべきでは無いし、未来は自分で切り開かないといけない。

「メル、俺も居るから大丈夫だ」

「うん。頼りにしてる」

レオの手を掴《つか》むと握り返される手の力強さに自然と頬が緩んだ。

「メルくん！　いらっしゃい」

「アンナさん」

レオの部屋から庭に出ると四阿《あずまや》の中には既にアンナさんが居て、僕に気付いたアンナさんは手を振り笑顔で出迎えてくれる。

小さく手を振り返しアンナさんのもとに歩き出そうとした僕の手にレオの指が絡まり、あっという間に恋人繋《つな》ぎになる。

「っ……レ、レオっ」

ビックリして振り払おうとしちゃったけど、がっつり絡まった指は軽く振り払った程度ではびくともせず、焦ってレオを仰ぎ見てもレオは微笑みを浮かべ、あろう事かその絡まり合った手を口元に持ち上げてちゅ、とキスをした。

「っ!?」

アンナさんががっつりこっちを見てるのに！

「レオ……っ」

僕はもうパニック寸前で泣きそうになる。アンナさんの方を怖くて見れない。

半泣きでレオを睨《にら》むも、目尻《めじり》を下げて笑ってるからもう本気で泣きそうです。

「レオー、メルくん連れて来てー」

「はい」

「うぇ!?」

いやいやと手をぶんぶん振り解こうとする僕に構わずアンナさんが四阿からレオに呼び掛けると、レオは呑気《のんき》に応えて僕をひょいっと抱っこしてすたすたとアンナさんのもとへ向かう。

僕はもう抵抗する気力も無くなりレオに運ばれてアンナさんのもとへ辿り着いてしまった。

「うふふ。メルくんこっち向いて？」

いつも通りの楽しそうなアンナさんの声に、僕は無言でレオの肩をバシバシと叩《たた》いて降ろして貰うと、勢い良く振り返った。

「アンナさんこんにちは！」

もうここは勢いで行くしか無い。

そう思って元気良く挨拶《あいさつ》した。小さな子供か！　と内心で己に突っ込みを入れるけど、これ以外にどうすれば良いのか分からない！　下手に尻込《しりご》みしたら切り出せないだろう。

ここは！　勢いで!!

「こんにちは。さぁ座って？」

アンナさんは笑顔で応えてくれる。隣からも凄《すご》い視線を感じるけど今はスルーするね。

「はい」

アンナさんとは生まれた時からの仲なので、多少の気安い態度も許されている。

四阿の中でアンナさんと向かい合ってレオと並んで座る。

アンナさんは原作、取り分けゲーム化した際には結構重要な役割を担っている。

レオに一目惚《ひとめぼ》れしたヒロインは、だがしかし氷の貴公子と呼ばれるレオの態度に戸惑い、王宮で接するジョシュアの柔和な態度に安心するも、婚約者がいると知りその距離感にも戸惑う。

そうして2人との関係に悩むヒロインは、デイビットさんを通じてアンナさんと知り合い、良き相談相手となる。

作中では2人でよくお茶会を開いていたし、ゲームではお茶会の際に出て来るミニゲームをクリア出来ればレオとの仲が進展する特別アイテムが獲得出来る。

そしてアンナさんの魔力は大体平均並だそうで、デイビットさんとの魔力差は僕達並にある。

この世界の妊娠には魔力も関係していて、魔力が同等でないと妊娠は難しいとされている。産まれた子供の魔力量は遺伝では無いけれど、妊娠に魔力が関係ある謎は未だに解明されていない。

なので貴族間の婚姻は魔力の釣り合いも重要視される。

けれどデイビットさんとアンナさんはそんな魔力差を撥ね除けての恋愛結婚だったそうだ。

デイビットさんとアンナさんは中々子供を授かれず、周りの口さがない連中に色々言われ大変な思いをしても愛を育み、やっと産まれたのがレオだ。

そんな苦労の末に産まれた大事な跡取りのレオの相手が僕とあれば、ショックを受けてしまうだろう事は想像に容易《たやす》い。言葉を選んで……と昨夜は悩んだけど、結局何も思い浮かばなかった。

「相変わらずレオはしつこいでしょう？　メルくんに迷惑掛けていないかしら？」

「いいえ！　そんな事は……」

手をバタバタと動かして否定する。相変わらず2人はにこにこしている。ちょっと、レオも何でそっち側なの？

「この子は本当に学園に入るのを楽しみにしてたものねぇ」

「そうなんですか？」

侍女が紅茶を淹れてくれてティータイムが始まる。

「今までだって一日中メルくんと一緒に居たのに、これからは24時間離れないですむって真面目な顔で言ってたものねぇ」

アンナさんの言葉に僕は紅茶を吹き出しそうになった。すかさずレオが横からハンカチで僕の口元を押さえる。

「っ……」

「メル、大丈夫？」

無言でこくこくと頷《うなず》く僕に、水の入ったグラスを差し出してレオは背を撫でる。

「母さん」

「はい」

僕の息が整った事を確認したレオは、僕の肩を抱いてアンナさんと向き合う。

「僕達付き合い始めました」

「でしょうねぇ」

「っ⁉」

ちょっと世間話を挟んで場を温めてからじゃ無いの⁉　いきなり⁉　しかもアンナさん普通⁉　当たり前みたいな感じ⁉

「メルくん」

「ひゃい！」

変な声出ちゃって恥ずかしいし、この場に居る全員に小さい子を見守る様な視線で見られている。

うう……何で……こうなった……こんな予定じゃなかったのに……。

「レオが迷惑掛けると思うけど、これからも仲良くしてやってね」

「っ……はい」

迷惑を掛けているのはこっちなんだけど、アンナさんが僕達を見て嬉《うれ》しそうに微笑んでくれるから、返事が涙声になってしまった。

レオが僕の肩を抱く手で頭を撫でるもんだから余計に声が詰まる。

良かった……拒絶されなくて本当に良かった。

「まぁ、レオとメルくんなら大丈夫でしょ」

「そうよね」

「はい。メルは俺が必ず幸せにします」

「っ!?」

いきなり増えたデイビットさんを物ともせずに会話を続けるアトモス親子に涙が引っ込んだ。

っていうか今の何？　まるでプロポーズ??

アンナさんはまぁまぁと微笑んでケーキを頬張り、いきなり現れたデイビットさんはそんなアンナさんを微笑ましそうに眺め、レオは目をぱちくりさせてる僕を慈愛の眼差しで見ている。

…………何か分からないけど、無事に終えたみたいです。

良かったぁー！！！

「明日はメルの家だな」

「あっ……」

忘れてた…………。

「あら、ユリアの所行くの？　私も行こうかしら」

「ああ、良いねぇ。僕も行けそうだから行こうかな」

「ではその様に先触れを出しておきます」

「…………」

もう、何とかなるさ!!　多分。

＊

「……あ、れ……？」

朝の陽射しに自然と瞼《まぶた》を開くと、見慣れた自分の部屋だった。

「おはよう」

髪の毛を撫《な》でられていた様で、直ぐ隣に横たわるレオは僕のおでこに唇を寄せた。

「おはよ、何で僕の部屋なの？」

「メルが眠ってから転移した。今日はメルの家に訪問だから、メルは此処《ここ》で俺を出迎えて」

レオはそう言うと今度は僕の頬に唇を落とす。

「レオを出迎えるの？」

「そう」

一緒に行けばいいんじゃ無いの？　と思ったけど、レオが嬉しそうにしているからまぁ良いかと頷いた。

「そこにメルの着替えがあるから今日はそれを着て？」

「着替え？」

レオの指差す方を見ると、僕の机の上にはラッピングされた箱が置いてあった。

「楽しみにしてる」

「え、あ、うん？」

ゆっくりとレオが僕の上に覆い被さると、触れるだけのキスを繰り返し微笑み、「また後で」と残して転移した。

「……いつもの服じゃ駄目なの？」

自然と指がレオの触れていた唇に伸び、昨夜とは異なる触れ合いに数時間前の情交が呼び起こされ頬に赤みが差す。

昨日デイビットさんとアンナさんとのお茶会が終わると直ぐに寮に転移で戻り、お約束となっていたレオのお願いを叶《かな》えた。

レオのレオのサイズ問題。当面の間は慣れるまで一回り大きいサイズで様子を見る、という事で落ち着いてなんて言うか、貪《むさぼ》り尽くされた感がある。

記憶が確かなら、夕方前から始めて今目が覚めたんだけど記憶が飛んでるな……何時間してたんだろう……。

ふと隣から薄らとレオの残り香がして、僕はよろよろとベッドから這《は》い出た。

このままレオの香りのするベッドに居たら身体が熱くなりそうだから。

「っていうか、全裸なのね」

下着を穿かせて貰《もら》っていなかった様で、全裸で部屋の中に立つ。

レオが置いたのかベッド下にスリッパがあり、全裸にスリッパという何だか間抜けな格好で下着を着ようと思ってクローゼットを開けて思考が止まった。

何故かクローゼットの中身が空になっている。

「……え？」

どうしてだろう。ついこの間の夏季休暇で戻った時にはちゃんと服があった。

お下がりで誰かにあげたとか……？　いや、それにしても下着や靴下までもが1枚も無いのはおかしい。

「……あっ」

僕はハッとして、机の上に置かれたラッピングを外して箱を開ける。

「…………レオ、むっつりなの……？」

箱の1番上には黒い総レースのパンツ。

摘んで開いて見ると青いリボンが真ん中にちょこんと縫い付けられている。

これを穿くしか無い僕は、仕方無しに総レースのパンツを身に着けた。

「うわぁ……」

鏡に映る自分の姿に自分で引く。

パンツにじゃ無い。いや、パンツもあるけど、首元以外に点々と付けられている跡、跡、跡。

目立つ所に付けるなとは言ったけど、これは酷い。

胸元や二の腕お腹周りに太腿《ふともも》も多いし脹脛《ふくらはぎ》にまである。

そんな身体に黒レースのパンツ。もう恥ずかしいしか無い。

居た堪れなくなって早く服を着てしまおうと箱の中のシャツに手を伸ばすと、その質感に驚く。

「うわ、絶対高いやつ」

手触り良過ぎる。シルク？

ジャケットやスラックス、靴下さえも一目で良い物と分かるし、靴も自分では持ってない様な手の込んだ作りとデザインで僕は唖然《あぜん》とする。

「昨日と全然違うじゃん……」

昨日は気心の知れたアンナさんとのお茶会という事できちんとした形式では無く、普段通りの気の抜けた服装で赴いた。

それなのに、何で今日はこんなに気合の入った格好なの……？

取り敢えず一式着てみると、僕の身体にジャストフィットしている。僕の髪色に合わせたジャケットとスラックスに靴。

カフスなんかの小物は全て黒で統一されていて、レオの色なんだなぁと思いながら眺めているとアクセントに僕の瞳《ひとみ》の色も入っていてその芸の細かさに驚く。

そして、箱の1番奥に小さな箱を見付けて息を呑《の》んだ。

「まさか……」

自然と指が緊張から震える。

箱の底から小さな箱を取り出すと、意を決して開いた。

「っ…………」

僕は声を無くし、暫くの間それを見つめた。

未だカーテンが閉められた室内でもきらりと輝いたそれは、レオと僕の色があしらわれた指輪だった。


「父さん母さ……」

昨日の今日でいきなり客を呼ぶ詫《わ》びを入れようと朝食を摂っているであろう食堂に入ると、違和感を感じた。

「あらメル、おはよう」

「メルの朝食もあるよ」

いつもの格好では無く、きっちりと正装した2人が朝食を食べていた。

「……え、あ、そうなの……？」

2人は驚きもせずに僕を見て和やかに笑った。

前もって連絡した訳でも無いのにまるで僕が居る事を知っていたかの様だ。

「ああ。レオくんが教えてくれたからね」

なんですと？

「えっ、レオが？」

僕は心臓がバクバクしながらも自分の席に着く。確かに僕の分の朝食が用意されていて、まだホカホカと湯気を立てている。

すると、横からグラスに注がれたリンゴジュースが置かれた。

「朝方に私のもとにレオニード様がいらして、坊ちゃんの朝食も必要との事でしたので用意した次第です」

家令のジャンがグラスを置くとすっと後ろに身を引く。

「レオが……」

「はい」

「うん……ジャン、急にごめんね……父さんと母さんも。後で厨房《ちゅうぼう》の方にも行かないと」

温かいキッシュをナイフで切り分けて頬張る。うーん、この味。懐かしいなぁ。

「ご心配には及びませんよ。坊ちゃんが居なくなってから張り合いが無くなったとリュークも言っていたので、今日は張り切って準備していますよ」

「そうなの？」

リュークは料理人で僕が生まれる前から我が家に仕えてくれているんだけど、何故か彼はレオに対抗心を燃やしている。何故だか分からないんだけど。

学園に入る前は毎日我が家に来ていたレオ、昼にお茶をし、たまに夜も食べて行く事があり、頻繁に料理を持って来てくれた。異空間収納なのでいつでも出来立てほやほやのレオの料理が食べれる。

そのどれもレオの手作りでそのどれもがまぁ美味《うま》い。一流シェフですかっていうその数々は使用人にも振る舞われてそれは好評で、リュークの料理人魂に火を点《つ》けたんじゃ無いかと誰かが言っていたけど定かでは無い。

「なら良かった。後で顔出そうかな」

「ええ、喜びますよ」

そんな僕とジャンのやり取りを、父さんと母さんは朝食を食べながら和やかに眺める。

「メルももう15歳なんだなぁ」

「本当にねぇ。あっという間だったわねぇ、あなた」

「そうだなぁ……ユリア」

両親の穏やかな目線が何だか遠い目をしている様な気がして、僕は首を傾げながらリンゴジュースを飲む。

このリンゴジュースは領地内で採れた林檎《りんご》で、搾りたてを飲めるので毎日楽しみにしていた。

そうだ、悪天候で不作になる年もあるから、その時はレオのお陰で強化された僕の土魔法を使ってみようかな。

林檎農園以外でも役立てられる事はある筈《はず》だから、今度兄さんにも相談しよう。

我が家を継ぐ長男のエディは婚約者と日々領地を巡り領民の暮らしぶりを見て回っている。活発な2人は日帰りで帰って来る日もあれば、何日も掛けて領地の端の端まで訪れる事もある。

2人の熱心な姿勢は領民にも受け入れられ、父が引退した後も安泰だと言われている。

そんな真面目な兄だが、殊更末っ子の僕には甘い。

次男のロンバルドにも良い兄なのだが、僕には輪を掛けて甘い。

それ故に、エディも僕を溺愛《できあい》するレオを目の敵にしている節がある。

大好きな2人だから仲良くして欲しいんだけど、兄はそもそも同性愛についてどう思っているのだろう。

真面目な兄だから、受け入れて貰えないかも知れない。

前世で読んだ雑誌の中に、同性愛者の男性が腐女子の姉に同性愛者だとカミングアウトしたら、男同士の絡みを見るのは好きだけどそれは他人だからであって、身内だと受け入れられないと言われた、という投稿があった事を覚えている。

他人事《ひとごと》だから許せるものもあるのだろう。

他人は祝福出来ても、身内だとそうはいかない。それは仕方の無い事だと思う。

割と生き易かった前世でも、僕は自分自身の心情を家族に偽ったまま、恋愛も出来ずに生を終えた。

前世よりもしがらみの多いこの世界で僕とレオは生きて来て、このまま一生を共にしたい。

そんな願いが聞き入れられるのだろうか。

ふと、フォークとナイフを持つ指がじんわりと温かくなった気がした。

小指と、薬指。

迷って、薬指に嵌《は》めてみたらピッタリだったそれはどこか誇らしげに光り輝いている様に見えた。

そっとテーブルの下で2つの指輪を撫でると、仄《ほの》かにレオが隣にいる様な錯覚を覚える。

「うん。頑張る」

ぽつりと漏らした囁《ささや》きに、両親とジャンが穏やかに微笑んでいる事にはまだ気付かなかった。

「よし、大丈夫かな」

鏡の前で服装をチェックして部屋を出る。

もうそろそろアトモス家が一家揃《そろ》ってやって来るのでお出迎えの準備をしないと。

階段を降りると既に父さんと母さんが並んでいる。……気が早過ぎない？

2人が待ってるからジャンも待機してるし、後ろを見たらそんなに多くない我が家の使用人達がちらちらと奥からこっちを覗《のぞ》いてる。君達、コソコソしてるみたいだけどバレバレだよ……。

「2人共早いね。まだ向こうで座ってたら？」

玄関の前で姿勢正しく並んでる両親に声を掛けるも、背筋はピンと伸びて、崩れる気配は無い。

「いや、そわそわしちゃうから立ってた方が良いんだよ」

「そうね、こちら側は初めてだものね」

「え？」

アトモス家とのティータイムなんてもう何十回もしてるのに……？　迎える側だって向こうと同じくらいしてるよね？

どういう意味かと尋ねようとしたけど、不意にアトモス家の3人が転移魔法でパッと玄関先に出現した。

「わぁっ」

3人が現れた事にも驚いたけど、その3人の服装にも目を見開く。

「メル、驚かせてごめん」

「レ……レオ……？」

そう言えばレオの正装姿はジョシュアに呼び出された時くらいのものだけど、その時よりも遥《はる》かに気合が入っている様に見える。いや、確実にそうなのだろう。

「髪……上げてるの初めて見た」

「ああ。少し長めだから上げてみたんだ……変じゃ無いか？」

いつもレオは前髪を下ろして襟足も長めなんだけど、今日は襟足は結んで前髪をオールバックにして一筋だけ垂れてる。おでこが全開です。ヤバイ。可愛いのに色気が半端無い。

可愛いのにエロい。どうしよう。

「メル、この髪型好き？」

「っ……す、き……だけど……」

いつの間にか腰をホールドされておでこが付きそうな程近付いてるんですけど!?

止めて下さいダダ漏れの色気に鼻血が出そう……。

「けど？」

「ちょっと……刺激が、強過ぎる……」

僕の反応に玄関ホールには笑いが起こる。

そうでした、皆が勢揃いしてるんでした。

「メルくんらしいわね」

「いやでも確かにこれは刺激強めよね」

「デイビットの若い頃よりも色気が凄《すさ》まじいね」

「レオ、まだ昼間だからね」

口々に両家の両親が笑いを堪えながら言う。

レオは僕の頰に触れる程度のキスをして、そっと指輪の嵌《はま》っている薬指を指先で撫《な》でながら「メルも凄《すご》く可愛い」とか言うからもう耳まで真っ赤だよ。

うう……恥ずかしい……しかし、デイビットさんにアンナさんも気合の入った格好じゃない……？

え？　何で……？　いや、一応気合は入れなきゃいけないんだけど、今日って、お茶会だよね……？

「アトモス様、ようこそお越し下さいました」

「ジャン、いつもいきなりでごめんね」

「いえ、準備が整っておりますので皆様どうぞ」

ジャンはデイビットさんとの付き合いも長いので軽く挨拶《あいさつ》を済ませて移動するんだけど……あれ？

庭じゃ無いの……？　何で応接室に入るの？

「メル」

「あ、うん」

我が家なのにレオにエスコートされながら応接室に入ると、僕の直ぐ後ろから先程まで玄関ホールを覗き見していた1人の侍女がお茶の一式が載ったワゴンを押して入って来る。

え？　何？　皆今日の予定知ってるの？　いや、そりゃ把握してて当たり前なんだろうけど……。

知らなかったの僕だけ……？

応接室のソファーに6人全員が腰掛けると、お茶が配られて侍女が退室する。

「では、早速本題に入らせて貰《もら》おうか」

お茶を一口飲んだ所でデイビットさんの言葉にレオが居住まいを正すと、皆も釣られて姿勢を正す。

「エヴァン卿《きよう》」

「何かな？」

レオと父さんが視線を交わす。

あれ、僕はどうすれば良いんだ……？

黙っていて良いんだろうか？

打ち合わせ無しの一発本番、レオと2人で報告する筈だったんだけど……これは想定外だよ……！

「御令息のメルクリスさんと生涯を共にする事を許可して頂きたく思います」

レオの言葉に、僕は目を見開いた。

交際宣言ぶっ飛ばして、事実上の求婚をするなんて聞いてないよ。

でも、でも……真剣な表情のレオの左手薬指に光る僕の瞳《ひとみ》の色の指輪に気付いて、喉《のど》の奥が震える。

子供の頃に前世と現世で記憶が混濁した時期があり、その時にレオに話した事を思い出した。

『婚約する時は相手に婚約指輪をプレゼントするんだよ』

『それはどこの国の話？』

『ん……？　何処だっけ……？　忘れちゃった』

『そっか』

『えとね、結婚するまでは左手の薬指に着けてね、結婚したら結婚指輪をするの！』

『じゃあ俺は将来メルに婚約指輪と結婚指輪を贈るね』

『じゃあ僕もレオに贈るよ！』

『お互いの瞳の色の指輪を着けようね』

『うん！』

あの時は確か指輪の渡し方までは教え無かったかぁ。

でもレオに指輪を渡されながらプロポーズとかされたら大泣きしちゃいそうだし、レオの事だから
それはもう物凄《ものすご》いシチュエーションでプロポーズされそうだしで、これはこれで良かったのかな。

なんて思いながら涙が溢《あふ》れて零れる瞬間、レオと目が合い笑い合った。

僕の隣に座っている父は紅茶を一口飲むとゆっくりとティーカップをソーサーの上に置いた。

「レオくん」

「はい」

父は真っ直ぐにレオと向き合い、レオも父と視線を交わす。

「私はね、メルが選んだ人なら誰であっても祝福すると決めているんだよ」

そう言って父さんは隣の僕に向き直り、僕も父さんの方を向く。

「メルの気持ちはどうなんだい？」

「はい。僕もレオとずっと一緒に生きていきたいと思っています」

緊張しながら、ゆっくりと言葉を紡ぐ。

何かレオより子供っぽくなっちゃったかな……と恥ずかしくなりつつも父さんの目を見て言い切る。

「うん。なら私達は応援するよ」

「父さん……ありがとう」

「ありがとうございます」

涙ぐみそうになりながら感謝を述べると、父さんと母さんは微笑んで頷《うなず》いている。

レオと目を合わせると微笑んでいて、デイビットさんもアンナさんの肩を抱き寄せて満足そうに微笑んでいる。

何だか僕、皆に見守られてる子供みたいじゃ無い……？


「メル、久し振りに丘に行かないか？」

後は若い者同士でデートでもしておいで、なんて言われて屋敷から追い出されてしまった。

あれは絶対酒盛りをする為に追い払われたんだろう。

僕達が応接室を出た時、侍女達が軽食やお酒が載ったワゴンを用意しているのを見逃さなかった。

「レオに食べて貰おうと思ってフィナンシェ焼いたのに……」

朝からリュークに手伝って貰って作ったのになぁ……とぶつぶつ呟《つぶや》いていたら、レオが僕の頭を撫でる。

「また俺の為に作ってくれないか？」

「うん、作る」

僕、中々にちょろいな。

2人で手を繋《つな》ぎながら懐かしい道を歩く。

思えばこの道を5歳のあのお祭りの日にもこうしてレオと2人並んで歩いた。

あの丘に辿《たど》り着《つ》いて、前世の記憶を思い出した。

あれから色々とあったなぁ……。

いつかレオと離れなければならないんだと思い切なくなったりした事もあった。

そんな時にも僕の側にはいつもレオが居てくれた。

……感慨深いものがあるな。

もう直ぐで丘に辿り着く。

10年前と変わらない景色がそこにあると思った僕は言葉を失った。

「えっ……え、え？」

思い出の街が見下ろせる丘は草原が広がっているだけの場所だった。

そこが、一面黄色で埋め尽くされていた。

「メルの魔法を見て思い付いたんだ」

「え、これ、向日葵《ひまわり》、レオが植えたの？」

辺り一面に向日葵が咲いている。

前世でも今生でも花をあまり知らない僕でさえ知ってる好きな花。

「今日満開になる様に調節してみた」

「えっ凄っ！　流石レオ……」

レオに手を引かれ、向日葵の中を進む。

ふわふわした夢心地で歩く向日葵畑の中でレオが立ち止まった。

丘の上から見る向日葵畑は圧巻で、僕は感嘆の息を吐く。

「凄い……綺麗《きれい》だね」

「ああ、綺麗だな」

2人して暫く向日葵を眺めていたら、不意にレオが僕の前で片膝《かたひざ》をついて跪《ひざまず》くと僕の両手を取った。

「レオ……？」

「メル」

レオは跪いたまま微笑むと、僕の小指に嵌った指輪と薬指に嵌った婚約指輪に唇を寄せ、僕を見上げた。

「俺とメルはこれからもずっと一緒だ」

あの時と何にも変わらない笑顔でレオがあの時と同じ誓いを立てる。

「うん。ずっと一緒だよ」

あの時言えなかった返事をやっと言えた。

レオの首元に抱き付くと、しっかりと抱き留められてレオが立ち上がる。

視線が少し高くなり、上から見る向日葵もとても綺麗でレオが大好きで、幸せ過ぎて何だか少し怖くなる。

そんな不安を消すかの様にレオの唇が僕の顔中に降り注ぎ、僕達は何度もキスをした。


「うーん……皆完全に出来上がってるね……」

「こんなに酔ってる両親を見るのは初めてだな」

「僕もだよ」

レオと向日葵畑でゆっくりしてから帰ると、両家両親の賑《にぎ》やかな笑い声が響いていた。

帰る素振りを見せないアトモス夫婦にジャンが夕食もうちでと提案すると、わっと盛り上がりそのまま晩酌に雪崩れ込んでまだまだ話は尽きないみたい。

今は学園時代の父さんと母さんの喧嘩《けんか》の話で盛り上がっている。

レオと僕はソファーに並んで食後のお茶を飲みながら両親達を遠目に眺めている。

前世の様に貴族はどんちゃん騒ぎなんて滅多にしないので、こんな光景を見るのは前世の大学の時の飲み会以来かも知れない。

「「あ」」

アンナさんが落としそうになったグラスをデイビットさんが魔法で防ごうとしたんだけど、勢いが付いてグラスは弧を描いてこちらに飛んで来た。

僕は咄嗟《とっさ》に目を瞑《つぶ》ったけど、何の衝撃も起きなかった。

「メル、何も当たってないか？」

「うん。ありがとう」

グラスが僕達の目の前で宙に浮いている。

中に入っていたワインも宙でふよふよと浮いてるんだけど、これ、どうするんだろう？　と思ってレオを見ると、指先をグラスに向けてスッと動かした。するとワインがグラスの中に収まり、再びレオが指を動してグラスがテーブルの上に音も無く着地すると、両親達は手を叩《たた》いて喜んでいる。

「相変わらずレオは凄いなぁ」

「メルも練習すれば出来る様になるよ」

「……頑張ってみようかな」

「ああ、俺が手取り足取り教えるから心配要らない」

レオが耳元でけしからん発言を残して親達のもとへ向かう。

僕も手伝おうとしたら「メルはそこに座ってて」と言われ、ジャンも「坊ちゃんは安全な位置に」とか言う。僕は赤ん坊扱いか。

「皆さん、今日はここまでです」

レオは魔法で全員の持つグラスを取り上げると侍女が待機していたワゴンに移動させる。

うーん、やっぱりレオは凄《すご》い。指先1つであんなに簡単に魔法が使えるなんて。僕にも出来る様になるのかなぁ。

レオを真似て空中で指先をスッと動かしてみると、視界に妙な違和感を覚えた。

「ん?」

ゴミでも入ったのかな、と目を擦ってみるけどまだ違和感がある。

瞬きを1つしてみると、視界の端に小さいマークの様な物が浮いて見える事に気付いた。

「あっ」

思わず出た声に口を押さえて辺りを見渡すが、レオや使用人達は酔って駄々を捏《こ》ねる大人達の介抱をしていて僕の声には気付いていない様だ。

僕は小さく息を吐いて、もう1度瞬きをすると、やっぱり見えるその懐かしいマークに意識を集中した。

これは、やっぱり……!!

右斜め上に見える見覚えのあるマーク。

それは『君まも』がゲーム化された時のスチルが保存されているアイコンのマークだった。

王冠形のそのマークを目立たぬ様に膝元《ひざもと》で操作してみたら、なんと出来た。

ポチ、とゲームをプレイする時の様にアイコンの王冠マークが光り、各キャラクター別のフォルダが出て来る。

うわぁ!! ゲームと一緒だ！！！

僕は内心の興奮を必死に抑えながら、レオのフォルダを開いた。

あああああこれこれこれこれ！！！！

懐かしいスチル画像一覧が視界一面に広がる。

同時に近未来SFみたいで興奮が倍増する。

僕の生きている間にはこうはならなかったけど、今のテクノロジーではこうなってるのかなぁ……なんて思いを馳《は》せながら1枚1枚眺める。

そうだ。最初のスチルは異世界転移して来た時にヒロインがレオにお姫様抱っこされるやつだ。

そうそう、こうなる筈《はず》だったんだよな……。

あ、これはジョシュアとの初対面、こっちはアンナさんとのお茶会、レオと段々話せる様になって来て王都を案内して貰《もら》うんだよな……所謂《いわゆる》デートみたいな事をしてると事件が起きて、それを機に2人の距離はぐっと縮まって魔王討伐で……。

最後のハッピーエンドスチルは学園を卒業したレオがヒロインに婚約を前提にした交際を申し込むスチルなんだよなぁ。

ああ、懐かしい。

全体的に原作でレオが笑ってる顔は少ない。

笑っていても何処か遠くを見ている様なスチルが多い。

今のレオは僕の目を見て笑ってくれる。

何処でどう違ったんだろう。

他のキャラクターのスチルも開いてみたけれど、僕がレオルートしかプレイしていないので全くスチルが無い。

辛うじてジョシュアフォルダに共通のイベントスチルがあるくらい。

ローランドに至っては隠しキャラ扱いなのでフォルダさえ無い。

一通り調べてみて確信する。これ、僕のプレイ状況に反映されているんだ。

しかし、何だって急にこんなものが……。

フォルダを閉じてみると耳鳴りがしたと思ったが、よく聞くと新しいスチルを獲得した時のメロディーで、それと共に王冠マークの下に新しい王冠マークが現れた。

上と下が違うのは、下は王冠２つが重なり合っている様なマークだという事だ。

これは一体……？

ドキドキしながらも謎のフォルダを開いてみる。

…………っ!?

謎のフォルダの中身は、僕だった。

速くなる心臓を落ち着かせながら中身を確認する。

1枚目はキラが転移して来た時の僕がレオに抱き締められている光景。

もしかするとゲームのスチルと状況がリンクしてる場面が表示されるのかな？

その次は原作と順番が前後するけど、レオと夏季休暇に出掛けた先での画像が多数あった。

トラブルがありレオがスマートに解決してくれた時の画像を見て今更思い出したけど、これはヒロインとレオが巻き込まれる筈のトラブルだった。

オリジナルとは構図やレオの表情が違うけど、間違い無い。

これから増えるのか、画像一覧には『?』とゲームと同じ様に未回収スチルの欄に表示されるマークが付いている箇所もある。

もしかして僕、ヒロインポジションを突き進んでるの……？


急に見られる様になった『君まも』のスチル画像に動揺しながら視線をレオ達に向けると、大人達はレオに絡んでいて、流石のレオも僕の両親は適当にあしらえないみたいで酔っ払い達に付き合ってくれている。

僕は改めて視界の隅にあるフォルダを見ようとして反対側、左上にも何か影が見えた。

ん……？

見た事のないハート形のマークがキラキラと輝いている。

ハート……なんてあったっけ……？

あ、もしかして全キャラクター攻略したら現れたりするやつなのかな？　そう思ってハートマークを押してみると、ピンク色にキラキラと点滅してフォルダが開いた。

「えっ」

また慌てて口を閉じる。

よし、誰も気付いていない。

意味もなくお茶を一口飲んでみたりして。

いざ！

うわぁあああああああああナニコレナニコレ！！！！

凄い！！！　スチルと言うか、アルバムだよこれ！！！！！

僕の生まれた時から1年毎にフォルダがある！

ドキドキしながら0歳のフォルダを開くと出るわ出るわ僕とレオのツーショット!!

うわぁあああレオ可愛い！！！

生まれた瞬間から美しいとかもうなんなの……。

ああもう興奮が止まらない……これは後で1人で見よう。

いや、それよりこれは一体なんなの!?　ストーカー並の量だけど……生まれた瞬間から現在進行形で増えて行ってるみたいだ……。

スチルが見れる事といい、キラが来た事が関係しているのだろうか。

ふと、最近はどんな画像があるんだろうと15歳のフォルダを開いてみた。最新画像から表示されるみたいで、つい先程見たばかりの向日葵《ひまわり》の画像が何枚か表示されている。

あ！　向日葵の丘だ！　うわ、さっきのレオのカッコいいシーンあるかな⁉

1番上の画像を拡大しようとぽちっと押して見る。

ん……？　これ、動画？

スマートフォンの画像フォルダを見る時みたいな懐かしの三角マークを押すと、動画の再生が始まった。

『んっ……ん、ぁ……っ』

⁉⁉⁉

いきなり僕とレオのドアップキスシーンが再生されて、僕は慌てて指を動かしたらどうやら早送りを押してしまったらしい。

『んぅ……レオ……っ、こんな所で……！』

『向日葵があるから見えないよ』

『でも……っ、ひゃっ』

こっ、これは……もしかして、向日葵の丘でレオとゆっくりして来た行為が丸ごと入ってる……⁉

よくよく見ると下の方に動画の時間45分とか表示されてるよ！

ヤバイ、僕の声がどんどんヒートアップしていく。レオの魔法で遮音されてると知ってから声を抑える事が出来なくなったんだ……。

『あんっ……レオっ……そこ駄目ぇ！』

『メル、舐《な》めて？』

『んっ、はぁ……っ』

うわー！！！　うわ――――！！！

慌てて停止ボタンを押した僕は、はぁはぁと荒い息を吐く。

ば、バレて無い……？

っていうか、僕の喘《あえ》ぎ声ってあんな甲高いの……うう、自分で自分が気持ち悪い……。

「坊ちゃん、いかがなさいましたか？」

「っ……ううん、ちょっと……眠くなって来たかなぁって」

食器を片付けていたジャンに様子がおかしい事に気付かれて咄嗟に嘘を吐《つ》く。ごめん、ジャン。声漏れてなくて良かった！

「メル、こっちは大丈夫だから先に休んでいてくれないか？」

僕達のやり取りが聞こえたのか、レオが大人達の相手をしながら僕を見る。

「う、うん。ごめんね？」

「メル……顔が赤いが大丈夫か？」

「ちょっと酒気に当てられちゃったのかも……寝れば治ると思う」

「そうか……ジャン、メルを頼む」

「かしこまりました」

にこりと微笑むレオに罪悪感やら恥ずかしいやらで赤くなった顔は、酒の所為にしてしまった。ごめん、レオ。

自室に向かうとジャンは安眠に効くハーブティーを淹れてくれた後に部屋を出て行った。

ハーブティーを一口飲んでからクローゼットを開けると、何故か朝は無くなっていた服が元通りになっていて、僕は寝間着に着替えるとベッドの上に寝っ転がり、深呼吸して停止を押した動画の再生ボタンを押した。

『んんっ、レオ……ぐりぐりしちゃ……っ』

『メルが可愛いから』

レオに抱っこされたままの僕のお尻《しり》にレオの硬くなったモノが丁度当たり、それがぐりぐりと押し付けられるとお尻に力が入ってしまう。

『メル……力抜いて？』

『ほん、とに……此処《ここ》で……？』

『メルのここは欲しいって言ってるよ？』

僕の唾液《だえき》で濡《ぬ》れたレオの指で解された僕のお尻にはレオの物があてがわれていて、僕のお尻を両手で鷲掴《わしづか》みにするレオの先端が動く度に僕のお尻がきゅっと締まる。

『言わなっ！　んぁああ……っ』

『く……っ、メル……』

僕のお尻を持ち上げてズブズブと飲み込んでいく様子がハッキリと動画に収まっている。

『ぁああっ、ひぃっ、ぁああっ』

『メル……』

レオに抱えられたまま僕は上下に身体ごと揺さ振られている。

揺さ振るというより、先端まで抜ける様に持ち上げられては根元まで飲み込む様に降ろされてを繰り返している……こんな事になってたの……必死で気付かなかった……。

レオの体力というか、筋力半端無いな……だって、こんな、僕の身体を……何度も何度も上げ下げ……ダイエットした方が良いかな……。

自分の喘ぎ声に耳を塞《ふさ》ぎたくなる中、レオの半端無くエロい表情に釘付《くぎづ》けになりながら夢中で動画を眺める。

最中は本当に必死だから、レオの様子をこうやって見れるのは、ちょっと……いや、かなり嬉《うれ》しい。

『レオぉ、待っ……ぁ、あ、駄目、もぉ……！』

『メル、いく？』

『うんっ、うん、ぁあ……っ！』

上半身しか服を身に着けていない僕の身体をレオが抱き締めて、レオの顔がアップになる。

ひぃっ!!　エロい！！！

眉間《みけん》に皺《しわ》が寄り快感に耐えるレオが超絶にエロい！！！

そんなエロいレオの背後には元気いっぱいに咲く向日葵よ……気の所為？　向日葵、全部僕達の方見てない？

呆然《ぼうぜん》としてる内に動画が終わった。

どういう原理なのか訳が分からないけど、凄《すご》い機能を授かってしまった……。

「……メル？　まだ起きていたのか」

「っ……う、うん。何だか目が冴《さ》えて来ちゃって……」

「そうか」

僕の部屋に入って来たレオが僕の頬にそっと触れる。

レオの手が冷たくて身体が熱い僕には気持ちが良くて、思わず擦り寄ると小さく笑って頬を撫《な》で、服を着替え始めた。

露わになったレオの上半身に僕の身体は更に熱くなる。

青姦したから夜は駄目！　……ってレオに言ったのに身体が、下半身が疼《うず》いて仕方がない。

さっきはお互い服を着ていて直に身体の触れ合いが無かったから少しもどかしかった。

「……レオ」

「メル？」

そっとベッドを降りて寝間着を着ようとする下着姿のレオに後ろから抱き付いた。

「……あのね、眠い？」

「……いや、全然」

「あの、だったら……その」

レオに抱き付いてしどろもどろにお誘いを掛けてみると、僕の手にレオが指を絡めて握り合う。

「……メルからおねだりされるなんて今日は本当に最良の日だな」

「う…………レオ、しよ？」

精一杯の気力を振り絞って誘った瞬間、僕の身体はベッドに寝転んでいた。

「メルのおねだりには全身全霊で応えないとな」

「あ……お手柔らかに……お願いね……？」

早まっちゃったかな……と思いながらも、耳の奥で微かにまた聞き慣れたメロディーが響くのを感じつつ、レオの噛《か》み付く様な口付けに応えた。

＊

「やっぱり昨夜の分も増えてる……」

選択授業でレオと離れてる今をフォルダの確認タイムにあてないと、常にレオと一緒にいるから中々見れないんだよね……。

レオと離れてると言っても、学園所有の森にクラスの皆で学園にある転移魔法陣で転移して来ていて、レオは騎士志望の生徒達と少し離れた場所に居るから探せば姿は見付かる。

まぁレオは探すまでも無く見付かるんだけども。

人一倍高い背にオーラを纏《まと》ったレオは、周りのクラスメイトから遠巻きにされているから一瞬で見付かる。

皆話したいけど話し掛けられない、だけどその一挙手一投足を眺めていたいと、レオはいつだって皆の視線を集める。

僕は文官志望メンバーに交ざって基礎の魔法を習っている。

僕達は騎士志望メンバーのカリキュラムより難易度が下がるので、和やかなムードで基本操作の確認という訳で、ちょーっとだけサボってフォルダの確認という訳です。

木に凭《もた》れ掛かって皆の様子を見てる振りをしながら、昨夜新たに増えた画像をチェックする。

クラスメイトはレオの反応が怖いのか僕の半径1m以内に近付こうとしない。

悲しいけど、今日はそれが非常に有難い。

うわ……僕のお誘いシーンは割愛してくれても良いのに、何故かアングルに拘《こだわ》った様な動画が保存されていた……。

僕がベッドを降りる引きの映像から始まり、僕とレオの背後からのカット、そして流れるように横に移動してレオの正面に来るってなんなの？

エッチの最中なんてアングルが変わる変わる……。

もしかしてこれ、僕を転生させた神様的な何かに見られてる……とかある……？

やだ何それ怖い怖い怖い怖い怖い。

う――――ん……レオのレアなアルバムがいつでも見れるのは良いけど、どうなんだろうかこれは。

見られてると思うと怖いよなぁ……。

ていうか物凄《ものすご》く恥ずかしい……。

今更な気がしないでも無いけど……。

「ん？」

先程まで晴れていたのに、急に影が差して顔を上げるとレオが真上を睨《にら》み付けていた。

何だかデジャブだな……と思って、直ぐにキラがやって来た日の噴水広場と同じ光景なのだと気付く。

すると、レオが急にバッと振り返り僕を見て走り出した。

「メル!!」

「……レオ？」

光の速さとはこの事なのかという、まるで瞬間移動の速さでレオが僕のもとに走って来た。

「メル、俺から離れるな、絶対に」

「レオ……？」

レオは僕を腕に収めると、呆気《あっけ》に取られていたクラスメイト達に向かって怒鳴り声を上げた。

「今直ぐ此処に集まれ!!」

急に怒鳴ったレオにクラスメイトはぽかんとしていたが、皆は直ぐに慌てて走り出しレオのもとに集まり出す。

「早く！　俺の周りに！　先生も!!」

教師もクラスメイトと同じ様にレオの大声に驚いていたが、ハッとして周りの生徒を誘導し皆がレオの周りに集まる。

レオはクラスメイトが集まったのを確認すると防御魔法を展開させた。

僕を始め、皆は何が起きてるのか分からなくて心配そうにレオを見ているが、レオは相変わらず空を睨み付けている。

僕等もレオに倣って空を見上げる。

すると、あの日の様に空が暗くなった。

けど、あの日とは禍々しさが桁違《けたちが》いの様に感じる。

ゴロゴロと空が鳴り、あっという間に辺りは夜になったかの様に暗くなる。

「これって……」

僕は前世の記憶をかき集め必死に思い出す。

原作でヒロインが聖魔法に目覚めた後、暫くして学園での授業中に……。

そうだ、どうして忘れていたんだろう。こんな大事な事を。


魔王が覚醒《かくせい》して、蘇《よみがえ》るんだ。

雷とは思えない物凄い破壊音がして、目の前が見えなくなる程の閃光《せんこう》が辺り一帯に走った。

けど、不思議と何の恐怖も感じなかったのはレオに抱き締められていたからなのかも知れない。


（つづく）

Ruby collection

転《てん》生《せい》したら大《だい》好《す》きな幼《おさな》馴《な》染《じみ》に斬《き》られるモブ役《やく》だった。 上《じょう》

2024年2月1日　初版発行

著者　むにむに

発行者　山下直久

発行　株式会社KADOKAWA
〒102-8177
東京都千代田区富士見2-13-3
電話：0570-002-301（ナビダイヤル）
https://www.kadokawa.co.jp/

印刷所　株式会社暁印刷

製本所　本間製本株式会社

デザインフォーマット　内川たくや（UCHIKAWADESIGN Inc.）

イラスト　サマミヤアカザ

初出：本作品は「ムーンライトノベルズ」（https://mnlt.syosetu.com/）掲載の作品を加筆修正したものです。

ISBN 978-4-04-114581-4　C0093　Printed in Japan

この本を読んでのご意見、ご感想を編集部までお寄せください。

＜あて先＞〒102-8177　東京都千代田区富士見2-13-3
株式会社KADOKAWA　ルビー文庫編集部気付
「むにむに先生」「サマミヤアカザ先生」係